Arena-Taschenbuch
Band 50089

Mari Mancusi
hat sich in der Schule immer gewünscht, ein Vampir zu werden. Stattdessen ist sie in einem anderen blutsaugenden Metier gelandet, im Journalismus. Heute arbeitet sie als Nachrichtenjournalistin bei NBC und ist zweifache Emmy-Preisträgerin. *Jungs zum Anbeißen* ist ihr erstes Buch auf Deutsch.

Mari Mancusi

Jungs zum Anbeißen

Ein Vampirroman

Aus dem Amerikanischen
von Michaela Link

Arena

Die Handlung ist frei erfunden. Namen, Orte und Vorfälle entstammen entweder der Vorstellung der Autorin oder sind fiktiv gebraucht, jede Ähnlichkeit mit tatsächlich lebenden oder verstorbenen Personen, Unternehmen, Ereignissen oder Schauplätzen ist rein zufällig.

In neuer Rechtschreibung

Deutsche Erstausgabe
3. Auflage 2008
Die Originalausgabe erschien 2006 bei Berkley Books,
einem Mitglied der Penguin Group (USA) Inc.,
im Imprint Berkley Jam Books
unter dem Titel »Boys that bite«.

Aus dem Amerikanischen von Michaela Link
Covergestaltung: Frauke Schneider
Umschlagtypografie: knaus. büro für konzeptionelle
und visuelle identitäten, Würzburg
Gesamtherstellung: Westermann Druck Zwickau GmbH
ISSN 0518-4002
ISBN 978-3-401-50089-8

www.arena-verlag.de

All denen, die mir zu Hilfe geeilt sind,
als mein Haus bis auf die Grundmauern niederbrannte.
Ohne euch hätte ich es nicht wieder aufbauen können.

Danksagung

Ich danke Nadia Cornier für die Vermittlung dieses Buches und Susan McCarty, die es für ihren Verlag gekauft und redigiert hat; außerdem Paige Wheeler, einer wunderbaren Agentin und Freundin. Danke, dass Du immer an mich geglaubt hast.
Ein Dankeschön an Hank – die selbst eine fabelhafte Schriftstellerin ist. An Mary, die über die unheimliche Fähigkeit verfügt, mich aus höheren Regionen auf den Boden der Tatsachen zurückzuholen. Und an Marley für ihre wie immer exzellente Kritik.
Den *Literary Chicks* (Alesia, Lani und Michelle) danke ich für die Brandauktion, die sie zu meinen Gunsten veranstaltet haben, und Gemma Halliday für all die Arbeit, die sie sich zu deren Vorbereitung gemacht hat. Ein Danke auch an alle Agenten, Lektoren und Autoren, die Kritiken und Bücher dazu beigesteuert haben. Die *Romance Writers of America* sind schon eine bewundernswerte Gemeinschaft!
Dann danke ich all meinen alten Freunden aus dem *Rave* in Nashua, New Hampton – dem Vorbild für den Club Fang. Und Gretchen, die mich als Erste mit den Verlockungen der Vampirwelt bekannt gemacht hat. Meinen Eltern, die nicht allzu viele Einwendungen erhoben, als ich anfing, mich ganz in Schwarz zu kleiden und mir zu wünschen, ich sei eine Untote. Suzanne, die jeden Dienstag einen »Buffy-Abend« veranstaltete. Und natürlich Joss, der Buffy überhaupt erst geschaffen hat. (Du bist mein Held!)
Und zum Abschluss noch ein Dankeschön an die Mitglieder

der Gilde Meiyo Seraph der World of Warcraft für die vielen Abende dringend benötigten Stressabbaus. Vor allem an Kel (alias Ed), der über die bemerkenswerte Fähigkeit verfügt, gleichzeitig über mein Buch zu reden und reihenweise finstere Horden auszulöschen.

Prolog Sunshine und Rayne

Eine Woche vor dem Schulball von einem Vampir gebissen zu werden, das nervt, ich kann es dir sagen. Wie du es auch drehst und wendest: Es nervt heftig.

Also gut. Es würde bestimmt in jeder anderen Woche genauso nerven. Am Fototag in der Schule zum Beispiel, da willst du doch nicht mit zwei Löchern im Hals rumlaufen – da, wo andere einen Knutschfleck haben. Ostern wäre auch ein Hammer – stell dir vor, du müsstest deiner Mom erklären, dass du nicht am Frühgottesdienst teilnehmen kannst, weil du, na ja, gegen die Sonne allergisch bist. Oder Weihnachten. Klar, du hättest die Chance, dem Weihnachtsmann über den Weg zu laufen. Und könntest du dem Drang widerstehen, dir an seiner schnuckeligen Halsschlagader einen kleinen Imbiss einzuverleiben?

Je länger ich darüber nachdenke: Es gibt anscheinend gar keinen guten Zeitpunkt, sich von einem Vampir beißen zu lassen.

Aber du wirst mich schon verstehen. Vor drei Stunden, fünfundzwanzig Minuten und dreiunddreißig Sekunden hat JAKE WILDER mich zum Schulball eingeladen! Ich meine JAKE WILDER, Leute! Der schärfste Typ an der Oakridge High School. Der Mädchenschwarm Nummer eins mit seelenvollen dunkelbraunen Augen und einem Körper, bei dem einem der Sabber aus dem Mund läuft. Der Typ, der in jeder Schulaufführung die Hauptrolle spielt. Jedes Mädchen, das ich kenne, ist offiziell in ihn verliebt – sogar Mary Markson, und die ist praktisch mit ihrem Freund Nick verheiratet.

Aber wen bitte, frag ich dich, hat der besagte Traumtyp zum

Ball der Abschlussklasse eingeladen? Ah ja, niemand anderen als *moi.* Mal im Ernst, wenn du mich vor drei Stunden, fünfundzwanzig Minuten und VIERunddreißig Sekunden gefragt hättest, ob Jake Wilder auch nur meinen Namen kennt, hätte ich meinen iPod darauf verwettet, dass er keinen Schimmer hat. (Und es ist ein verdammtes Glück, dass ich diese Wette nicht abgeschlossen habe, denn ein Tag ohne zwanzig Musik-Gigs auf Tastendruck ist wie ein Tag ohne Sonnenschein.)

Jetzt schnallst du also auch, dass es absolut oberätzend ist – schlimmer, als ich es mit Worten beschreiben könnte –, eine Woche vor dem großen Ereignis langsam zu einem Vampir zu mutieren.

Aber ich greife mir vor. Da du keinen Schimmer hast, wer ich bin, kümmert dich meine unmittelbar bevorstehende Verwandlung in ein Geschöpf der Nacht wahrscheinlich herzlich wenig. (Mom sagt immer, ich hätte die schlechtesten Manieren unter Gottes Sonne, also entschuldige ich mich schon mal im Voraus für alle weiteren Versäumnisse.)

Also erst mal Genaueres zu meiner Person. Ich heiße Sunshine McDonald. Ja, Sunshine, und wenn du das schon blöd findest, was wirst du dann erst sagen, wenn ich dir Rayne vorstelle, meine eineiige Zwillingsschwester? Ich weiß, ich weiß, Sunshine und Rayne – da wird einem schon ein bisschen übel, wie? Also, die Schuld daran kannst du unseren grausamen Exhippie-Eltern geben, die (hallo!?) in der Disco-Ära aufgewachsen sind und im Studio 54 hätten rumhängen und die Nächte durchtanzen sollen, statt in der Genossenschaft »Ernte« Tofu zu kochen. Aber leider haben sie das nicht. Frieden, Liebe und blödsinnige Babynamen waren den beiden wichtiger als heiße Rhythmen und Glitter- und Goldkram.

Allerdings macht Dad neuerdings vermutlich in einem heißen roten Sportwagen Vegas unsicher und reißt sich dort scharfe Bräute auf. Er hat Mom vor ungefähr vier Jahren verlassen, um »sich selbst zu finden«, und seither ist er verschollen. Wir bekommen gelegentlich schuldgepeinigte, Vergebung heischende Geburtstagskarten mit einem frischen Fünfzigdollarschein als Beilage und das war's dann. Ich vermisse ihn manchmal, aber was ändert das schon?

Wie dem auch sei, zurück zu mir. Ich bin sechzehn Jahre alt. Eins fünfundsechzig groß, durchschnittliches Gewicht, schmutzig blondes Haar und schlammbraune Augen, die ich eines Tages hinter blauen Kontaktlinsen verstecken werde. Und eine Milliarde blöder Sommersprossen, die nicht blasser werden, ganz egal, wie viele Zitronen ich darüber ausquetsche. Mom sagt, ich hätte die Sommersprossen von Dads irischer Seite der Familie. Dad sagt, ich hätte sie von Moms schottischen Vorfahren. Aber so oder so, Rayne und ich sind im Mutterleib von der bösen Gen-Fee verflucht worden und können nichts dagegen machen.

In der Schule schlage ich mich ganz gut – im Allgemeinen stehe ich zwischen eins und zwei. Ich mag Englisch. Hasse Mathe. Möchte Journalistin werden, wenn ich »groß« bin. Ich spiele Feldhockey in unserer Auswahlmannschaft und habe zweimal für die Schulaufführung vorgesprochen, hauptsächlich um in die Nähe von Jake Wilder zu kommen. Aber zwei Mal bin ich dabei nur Heather Millers Reservebesetzung geworden und diese blöde Kuh ist niemals krank. Sie hat den großen Preis für »zwei Jahre ohne Fehlen wegen Krankheit« gewonnen, damit du weißt, wovon ich rede. Um dem Ganzen die Krone aufzusetzen, hat sie außerdem große Brüste und wirft sich Jake Tag für Tag an den Hals.

Aber wie dem auch sei, diese ganze Vampirgeschichte interessiert dich wahrscheinlich viel mehr als Heather Millers Oberkörper. (Obwohl du ihn wirklich mal sehen solltest – sie sieht aus wie die blödsinnige Pamela Anderson!) Im Grunde genommen hat der ganze Ärger angefangen, als Rayne beschloss, mich in einen Gothclub zu schleppen.

Also, nur der Vollständigkeit halber, ich stehe ÜBERHAUPT nicht auf Goth Music oder diese ganze Szene. Nicht dass ich ein Britneyfan wäre. Du liegst eher richtig, wenn du an den Norah-Jones- oder Liz-Phair-Typ denkst. Rayne dagegen ist eine ausgewachsene Gothbraut. Wenn ich sie jemals etwas anderes als Schwarz tragen sähe, würde ich vor Schreck und Ehrfurcht wahrscheinlich aus den Latschen kippen. Sie lässt sich von dieser bizarren Musik berieseln, die man nie im Radio hört, und liebt düstere, verdrehte Filme, die nicht den geringsten Sinn ergeben. Sie hat zum Beispiel fünfzigmal *Donnie Darko* gesehen und kann siebzehn *Buffy*-Episoden auswendig hersagen. Wenn ein neues Buch von Anne Rice erscheint, campiert sie über Nacht vor der Buchhandlung, um es am nächsten Morgen als Erste kaufen zu können. (Obwohl es mehr als genug von diesen kranken Büchern für alle gibt, glaub mir.)

Jedenfalls, vor zwei Tagen erzählt Rayne mir, sie hätte in den Newbury Comics so einen Flyer für einen Gothicclub (für Jung und Alt) in Nashua in New Hampshire gesehen – ungefähr zwanzig Minuten von unserem Wohnort entfernt, an der Grenze nach Massachusetts. Er heißt – ist das noch zu fassen – »Club Fang«. Fang heißt Reißzahn. Das dürfte ja wohl der bekloppteste Name auf dem Planeten sein. Rayne dagegen ist so aus dem Häuschen, dass ich fast damit rechne, sie wird sich in die Hosen machen. (Oder um genau zu sein, in ihren langen

schwarzen Rock – das Mädchen würde sich nicht mal tot in Hosen blicken lassen.) Und da ich sie, wie sie mir ins Gedächtnis gerufen hat, seit ihrer Geburt kenne, ist es offenkundig meine zwillingsschwesterliche Pflicht, jedwede Sonntagabendpläne, die ich vielleicht hegen könnte, aufzugeben, um sie zu begleiten, da all ihre Freunde zu viel zu tun haben.
Ich Glückspilz.

1 Goth Me Up – Bay-Bee

»Nenn mir nur einen Grund, warum ich heute Abend mitgehen sollte.«

Es ist Sonntagnachmittag, fünf Uhr, und ich versuche verzweifelt, irgendwie aus diesem großen Club-Fang-Event rauszukommen, das meine Schwester für uns geplant hat. Allerdings habe ich nicht viel Hoffnung. Schließlich ist es eine unumstößliche Tatsache, dass Rayne bekommt, was Rayne will. Punkt. Aus. Ende.

Rayne rollt sich auf ihrem Himmelbett herum, stützt den Kopf auf die Ellbogen und schmollt mich gekonnt an.

»Hör auf zu jammern. Es wird ein irrer Spaß werden, das weißt du. Außerdem bin ich mit dir in das Konzert von Dave Mathews gegangen und du kannst dir nicht vorstellen, wie qualvoll das für mich war. Meine Ohren haben sich immer noch nicht davon erholt.«

Mein theatralisches Ebenbild reibt sich mit zwei Fingern die Ohrläppchen, als täten sie ihr immer noch weh. Oh Jammer.

»Na egal.« Ich versetze ihr einen spielerischen Stoß und sie lässt sich auf die Matratze fallen. »Als wäre es eine Zumutung, diese traumhafte Stimme zu hören.«

»Eine Zumutung, nein. Eine grausame und ungewöhnliche Strafe, schlimmer als der Tod? Jetzt wird es langsam wärmer.«

Rayne springt vom Bett auf und stürzt schnurstracks auf ihren Schrank zu. »Also, du kommst mit. Die Sache ist entschieden.«

Sie durchstöbert mit konzentrierter Miene die Kleider. »Jetzt müssen wir dir nur noch etwas zum Anziehen aussuchen.«

Alarmstufe Rot!
»Oh nein, das wirst du nicht!«, heule ich auf. »Selbst wenn ich gezwungenermaßen mit in diesen blöden Club gehe – ich werde mich auf gar keinen Fall von dir auf Gothic trimmen lassen. Was ich anhabe, ist total okay.« Ich stehe auf und stolziere in meiner bewährten Standardkombi – Tanktop, Jeans und Flipflops – durch den Raum.
Rayne sieht mich genau eine Sekunde lang an – lange genug, um mich von Kopf bis Fuß zu mustern und die Augen zu verdrehen –, dann wendet sie sich wieder ihrem Schrank zu. Sie zieht einen langen schwarzen Rock und einen schwarzen Pulli heraus.
»Ich gehe ganz bestimmt nicht in einem Pulli in eine Disco«, protestiere ich. »Ich werde mich zu Tode schwitzen!«
»In Ordnung. Meine Güte. Es war doch bloß eine Idee.« Sie stopft das Ganze wieder in den überquellenden Schrank zurück und tauscht es gegen ein schwarzes (so eine Überraschung) Tanktop. Obwohl ich im Normalfall absolut der Tanktop-Typ bin, müssen sie für mich nicht unbedingt aus Lack sein.
»Vergiss es.« Ich schüttele den Kopf. »Die Leute werden denken, ich stehe auf SM, und versuchen, mich auszupeitschen oder mich mit Handschellen auf der Bühne anzuketten.«
Rayne stößt daraufhin ihren patentierten Frustseufzer aus, hängt das Bondage-Outfit aber glücklicherweise in den Schrank zurück. Während ich mich aufs Bett setze und mich frage, ob ich mir Sorgen darüber machen sollte, dass meine Zwillingsschwester so etwas überhaupt besitzt.
»Wie wär's damit?«, fragt sie. Sie zieht ein wirklich süßes Top mit Spaghettiträgern heraus, auf dem vorne die Worte *Fashion*

Victim geschrieben stehen. »Das scheint mir ziemlich passend zu sein.«

Ich werfe ein Kissen nach ihr.

»Ist natürlich pure Ironie«, räumt sie mit einem Kichern ein. »Oh, das würde selbstverständlich auch infrage kommen.« Sie tauscht das Top gegen ein anderes ein – ein pinkfarbenes mit weißer Aufschrift: *Beiß mich!*

»Wo hast du das denn her?«, frage ich neugierig. »Auf so was stehst du doch eigentlich gar nicht. Es ist nicht mal schwarz.«

Sie zuckt die Achseln. »Irgendein Vampir hat es mir vor einer Weile mal geborgt. Ich vergesse dauernd, es zurückzugeben.«

»Ein Vampir?« Ich ziehe eine Augenbraue hoch. Ich wusste zwar, dass Rayne mit etwas ungewöhnlichen Leuten abhängt, aber mir war nicht klar, dass diese Typen sich für Geschöpfe der Nacht halten. »Tauschen wir jetzt Klamotten mit den Untoten?« Ich nehme an, das würde all das schwarze Zeug erklären.

Rayne schnaubt. »Es ist bloß ein geliehenes T-Shirt, Besserwisser. Aber im Prinzip, ja. In Nashua gibt es eine ganze Gruppe davon. Sie sehen aus wie Gothics, sind in Wirklichkeit aber Mitglieder eines uralten Vampirzirkels.«

»Du nimmst mich auf den Arm«, stöhne ich. »Warum sollte überhaupt jemand so tun, als sei er ein Vampir? Ich meine, warum ist das so cool? Trinken sie ständig gegenseitig ihr Blut oder was?«

Rayne antwortet mit einem unverbindlichen Achselzucken, was nur sagt, dass sie diese Sache tatsächlich cool findet, ohne es mir gegenüber jemals zugeben zu wollen. Ich erwäge, sie aufzuziehen, komme dann jedoch zu dem Schluss, dass die »Leben-und-leben-lassen«-Theorie schwesterlichen Verhaltens hier der beste Schlachtplan ist, und lasse das Thema fallen. Schließlich muss ich den ganzen Abend mit ihr rumhängen. Wenn sie sauer auf mich ist, wird diese blöde Geschichte nur umso qualvoller.

»Okay, ich zieh das *Beiß-mich*-Shirt an«, sage ich, um sie zu beschwichtigen. »Wenigstens ist es nicht schwarz.«

Rayne wirft mir mit einem anerkennenden Grinsen das Tanktop zu. »Allerdings könnte es jemanden auf die Idee bringen, du wolltest damit sagen: ›Sieht das nicht lecker aus? Komm, greif zu, heute ist Selbstbedienung!‹ «

»Uh!« Daran habe ich natürlich noch nicht gedacht.

Aber bevor ich protestieren kann, sagt meine Schwester: »Keine Sorge. Die meisten Jungs da werden schwul sein, da bin ich mir sicher. Das sind die guten immer, vor allem in der Gothicszene. Man findet nicht viele Heterotypen, die Eyeliner tragen.« Währenddessen hat sie bereits ihr T-Shirt gegen ein langes schwarzes Prinzessinnenkleid getauscht, das mit einer Tonne Spitze verziert ist. Wo treibt sie dieses Zeug bloß auf?

Sie schnaubt. »Also, mein kleiner engelsgleicher Zwilling, ich bin recht zuversichtlich, dass deine Tugend unversehrt bleiben wird, ganz gleich, welches T-Shirt du anziehst.«

Jetzt fängt sie schon wieder an. Ich wusste, dass wir unmöglich ein ganzes Gespräch führen konnten ohne Raynes berüchtigte Seitenhiebe à la »Sunny, das Unschuldslamm«. Meine geliebte kleine Schwester hat letztes Jahr ihre Jungfräulichkeit verloren und gibt seitdem pausenlos damit an. Man sollte meinen, sie hätte eine olympische Sexmedaille gewonnen oder so was. Aber entschuldige mal. Sich im Ferienlager mit einem schmuddeligen Skatertypen nach draußen zu schleichen, um es auf dem Boden des Bootshauses zu treiben! Das ist jedenfalls nicht meine Vorstellung von einer erfüllenden ersten Erfahrung. Nenn mich ruhig mädchenhaft – ich möchte einfach, dass es bei mir beim ersten Mal Kerzen und Rosen gibt, nicht Holzsplitter und aufgeschürfte Knie. Jeder das Ihre, würde ich sagen.

»Wie dem auch sei«, fährt Rayne fort, die mein Schweigen als Erlaubnis auffasst, mich weiter aufzuziehen, »du kannst versichert sein, dass deine Unschuld im Club Fang keinerlei Gefahr ausgesetzt sein wird.«

Obwohl ich es eigentlich gar nicht will, muss ich kichern. Sie klingt wie eine Verkäuferin. »Steht das in dem Flyer?«

»Absolut«, erklärt Rayne selbstbewusst. »Mit Geld-zurück-Garantie.«

2 Club Fang

Der Club Fang erweist sich so ziemlich als das, was ich mir vorgestellt hatte, aber meine Erwartungen waren ja auch eher bescheidener Art gewesen. Die anderen Jugendlichen tragen ihr Schwarz wie eine Uniform, wiegen sich im Takt der Musik und vollführen einen Tanz, der mich stark an jemanden erinnert, der mit einem Fuß im Schlamm stecken geblieben ist. Langsam und bedächtig ziehen sie den Fuß heraus, mit dem Ergebnis, dass nun anscheinend der andere Fuß feststeckt und sie den ganzen Prozess noch einmal von Neuem wiederholen müssen.

»Schule!«, schreit Rayne mir ins Ohr.

»Hä?« Was soll das heißen, »Schule«? OMG – hat sie jemanden von unserer Highschool gesehen? Ich würde vor Scham im Boden versinken, wenn jemand, den ich kenne, mich hier in meinem gegenwärtigen Outfit sähe und sich das bis zu meiner Feldhockeymannschaft rumsprechen würde. Die würden mir bis an mein Lebensende damit in den Ohren liegen. »Wer aus der Schule ist denn hier?«

»Nein, ich habe gesagt: ›Es ist cool!‹ «, korrigiert Rayne mich. Oh. Puh. Nicht dass ich ihrer Einschätzung zugestimmt hätte, wohlgemerkt, aber zumindest brauche ich mich jetzt nicht hinter einem der lakengleichen Fenstervorhänge zu verstecken.

»Ich hole mir einen Drink«, sagt Rayne und zeigt auf eine kleine, improvisierte Theke an der Wand. Im Gegensatz zu den Theken in richtigen Clubs bekommt man an dieser natürlich nur Limo. Pech gehabt. Nicht dass ich Alkoholikerin wäre, aber in diesem Fall hätte ein Bier vielleicht geholfen, den Schmerz zu dämpfen.

»Hol mir ein Red Bull«, antworte ich. Vielleicht wird eine Megadosis Koffein die Sache ja rausreißen. Rayne nickt und verschwindet im Nebel, den eine kleine Maschine auf der Bühne verbreitet.

Ich finde eine Mauer und mache einen auf Mauerblümchen, während ich mich frage, warum um alles in der Welt ich dieser Tortur zugestimmt habe. Wir sind erst seit fünf Minuten hier und ich habe jetzt schon mörderische Kopfschmerzen. Ganz zu schweigen davon, dass mir der Gestank der Massen einen starken Brechreiz verursacht. Mal im Ernst, würde es schaden, sich ein wenig Deo in die Achselhöhlen zu sprühen, bevor man sich zu einer schweißtreibenden Aktion auf dem Tanzboden aufmacht?

Ich versuche, mir selbst gut zuzureden.

Okay, sieh die Sache mal positiv, Sunny. Rayne hat schon viel für dich getan. Hör auf, so selbstsüchtig zu sein, und mach einfach mit. Wer weiß, vielleicht wirst du ja sogar Spaß haben!

Ja klar. Wer's glaubt, wird selig. Ich werde bestenfalls so tun können, als amüsierte ich mich.

»Guten Abend.« Oh nein. Ein Typ. Der mich anspricht. Ich dachte, Rayne hätte gesagt, hier seien alle schwul. Ich hebe den Kopf, bereit, auf mein Tanktop zu deuten, als mein Blick auf die umwerfendsten Augen fällt, die ich in meinen sechzehn Jahren auf diesem Planeten gesehen habe. Sie haben buchstäblich die Farbe von Saphiren. Ich meine, ich habe in meinem Leben eine Menge blauer Augen gesehen, aber doch nichts Vergleichbares.

Und es kommt noch besser, die Augen gehören zu einem nicht minder erstaunlichen Gesicht. Ich mache eine schnelle Bestandsaufnahme: glatte Haut, hohe Wangenknochen, rußschwarze Wimpern. Langes braunes Haar, zu einem Pferdeschwanz gebunden. Ich stehe normalerweise nicht so auf lange Haare, aber bei diesem Typen funktioniert es wirklich. Er sieht aus wie ein blauäugiger Orlando Bloom. (Der Orlando aus *Fluch der Karibik.)* Und das Beste von allem, er macht anders als die anderen hier keinen auf Gothic; er trägt nicht einen einzigen schwarzen Faden am Leib. Lediglich ein simples, enges weißes T-Shirt und eine Low-Rise-Jeans. Und Gott sei Dank auch keinen Eyeliner.

Ich checke die nähere Umgebung, fest davon überzeugt, dass »Orlando« mit jemand anderem als mir sprechen müsse. Mit irgendeinem Supermodel zu meiner Rechten vielleicht. Aber ich kann niemanden in Reichweite entdecken. Hm ...

»H. . .hi«, sage ich und es klingt furchtbar jung und schrill. Ich hasse meine Stimme. Ich klinge immer wie eine Zehnjährige. Rayne und ich sind eineiige Zwillinge, aber aus irgendeinem unerfindlichen Grund hat sie eine kehlige, erotische Stimme. Was jedoch vielleicht an ihrer Qualmerei liegt, und, sorry, aber wenn man die Wahl hat zwischen späterem Lungenkrebs und einer Quiekstimme, kannst du mich jederzeit gern Minni Maus nennen.

Statt zu antworten, streckt der Typ die Hand aus und drückt sie auf meine Wange. Seine Finger sind kühl, aber seine Berührung versengt mir die Haut. Sein Blick gleitet über mein Gesicht und wandert dann über meinen Körper und plötzlich fühle ich mich nackt. Ich schaudere unwillkürlich und spüre, wie mir die Gänsehaut die Arme hochkriecht. Wow. Ich kann

mich nicht daran erinnern, wann mir das letzte Mal ein Typ Gänsehaut gemacht hat! Vielleicht noch nie.
Ich weiß, ich sollte fragen, warum so ein dahergelaufener Typ mich in einer Disco anspricht und sich offensichtlich nicht viel dabei denkt, mich so intim zu berühren, aber ich finde keine Worte, um irgendwelche Einwände zu erheben.
»Ich bin Magnus«, sagt er mit einer rauchigen, gefährlichen Stimme, in der ein unverkennbar englischer Akzent mitschwingt. »Ich glaube, du hast mich erwartet.«
Ich unterdrücke einen Seufzer. Verdammt, ich wusste doch, dass er das falsche Mädchen erwischt hatte. Wahrscheinlich hat er ein Blind Date und das Ganze ist bloß eine Verwechslung. (Obwohl mir unbegreiflich ist, warum ein Typ von seinem Kaliber ein Blind Date vereinbaren sollte.)
Einen Moment mal. Wenn er sein Möchtegerndate nicht erkennt, welches Recht hat sie dann überhaupt auf ihn? Die beiden sind offensichtlich noch kein Paar, was ihn in meinen Augen zu Freiwild macht. Ich sehe mich um und überzeuge mich davon, dass keine verrückte, besitzergreifende Blind-Date-Tussi in der Nähe rumlungert, die nur darauf wartet, jedem die Augen auszukratzen, der auf ihrem Territorium wildert. Aber die Luft scheint rein zu sein.
»Hi, Magnus«, sage ich und muss schreien, um die Musik zu übertönen. »Ich bin Sunny.«
Er legt den Kopf zur Seite und ein verwirrter Ausdruck tritt in seine Züge. Dann legt er einen Finger an sein Ohr und lächelt mich an. Ah. Ich kapier's. Er kann mich in dem Lärm nicht hören. Gerade als ich im Begriff stehe, meine Vorstellung mit lauterer Stimme zu wiederholen, greift er nach meiner Hand und zieht mich zum Ausgang des Clubs hinüber.

Ich spüre, wie mir das Herz in der Brust hämmert – eine Milliarde Schläge die Minute wäre an dieser Stelle eine Untertreibung gewesen. Wohin bringt er mich? Soll ich ihm folgen oder mich losreißen? Ich suche den Raum nach Rayne ab – um sie zumindest wissen zu lassen, dass ich gleich wieder da sein werde –, aber sie ist nirgends zu sehen.

Wir treten in die frische Abendluft hinaus. Selbst für New Hampshire im Mai ist es ziemlich kühl hier draußen. Der Rausschmeißer des Clubs beäugt uns einen Moment lang argwöhnisch, bevor er sich wieder auf seinen Flirt mit der süßen, viel zu jungen Blondine zu seiner Rechten konzentriert. Magnus, der meine zitternde Hand noch immer in seiner Rechten hält, führt mich die Vordertreppe hinunter.

»Ähm, wohin gehen wir?«, frage ich und bleibe wie angewurzelt stehen. Egal, wie süß dieser Typ auch sein mag, ich weiß rein gar nichts über ihn. Und logischerweise höre ich im Kopf die Stimme der Grille aus Pinocchio, die mich vor der Gefahr warnt, einem Wildfremden aus einer Disco zu folgen.

Magnus dreht sich um und lächelt abermals und meine Abwehr zerbröselt. Jemand mit einem so schönen Lächeln kann schließlich unmöglich gefährlich sein, oder?

»Es war ein bisschen schwierig, dich da drin zu verstehen«, sagt er schließlich. Wow, ich liebe seinen Akzent! »Ich dachte, wir könnten nach draußen gehen, um ein wenig zu plaudern.«

Okay, plaudern. Plaudern wie reden. Reden ist gut. Reden bedeutet nichts, was Mom nicht gutheißen würde. Nicht dass es mich interessiert, was Mom gutheißen würde, rufe ich mir ins Gedächtnis. Ich meine, ich bin sechzehn Jahre alt – praktisch offiziell eine Erwachsene. Ich muss dieses Tugendlammgleis, auf dem ich bisher fahre, wirklich mal hinter mir lassen.

»Also, ähm, kommst du oft her?«, frage ich in dem Bemühen, Konversation zu machen. Zu spät geht mir auf, wie klischeehaft das klingt.
Er kichert leise und ich spüre, wie mir die Röte ins Gesicht schießt. Das ist noch so ein ätzendes Ding, wenn man helle Haut und Sommersprossen hat. Ich erröte im Handumdrehen und das lässt sich nicht verstecken. Hoffentlich verbirgt die Dunkelheit um uns herum meine feuerwehrrote Birne.
Ich möchte weitersprechen, um meine idiotische Frage wiedergutzumachen, aber meine Zunge will anscheinend nicht richtig funktionieren. Was zum Teufel ist los mit mir? Mein Gehirn sagt, dass ich eigentlich ausflippen sollte, aber mein Herz rät mir, mich treiben zu lassen. Wie oft wird man schon in einer Disco von einem himmlischen Typen angesprochen? Ich meine, klar, für Lindsay Lohan mag so was ein alltägliches Ereignis sein, aber meiner Wenigkeit passiert dergleichen so was von selten.
Wir gehen hinter das Gebäude, wo ein Parkplatz ist und eine einsame Straßenlaterne gelbliches Licht auf die Autos wirft. Magnus bleibt stehen und lächelt mich an. Ich lehne mich an die Ziegelsteinmauer des Gebäudes und lächle schüchtern zurück.
Was jetzt? Ich hoffe, er erwartet keine intellektuelle Konversation von mir, denn ich glaube nicht, dass ich in diesem Moment dazu imstande wäre.
Aber ein verbaler Austausch ist wohl ganz und gar nicht das, was ihm vorschwebt. Er kommt einen Schritt näher und sein Knie berührt meinen Oberschenkel auf der Innenseite. Bei dem plötzlichen Körperkontakt wird mir leicht übel, aber auf eine gute Weise übel, wenn so etwas möglich ist.

Er legt mir abermals eine Hand aufs Gesicht, diesmal, um mir mit einem glatten Finger die Wangenknochen nachzuzeichnen. Seine Augen blicken forschend in meine, als könnten sie bis in die tiefsten Tiefen der Seele sehen. Die ganze Geschichte ist so irritierend und gefährlich und sexy, dass ich gleich umkippe und ohnmächtig werde.

»Du bist schön«, flüstert er. »Und so unschuldig.«

Ich runzele die Stirn. Gott, ich hasse es, wenn die Leute das sagen. Ich meine, technisch gesehen bin ich unschuldig, total unschuldig. Aber es ist einfach oberätzend, dass man mir das auf den ersten Blick anmerkt. Trage ich vielleicht ein großes *J* auf der Brust oder so was? Rayne ist meine eineiige Zwillingsschwester und NIEMAND sagt jemals, dass SIE *unschuldig* aussähe. Oh nein. Die Jungen halten sie für total verführerisch. Vielleicht sogar für eine harte Nuss, aber niemals für unschuldig.

»*So* unschuldig bin ich nun auch wieder nicht«, erkläre ich und begreife zu spät, dass ich Britney zitiere. Ich sollte wirklich den Mund halten, bis ich mich darauf verlassen kann, dass etwas Intelligentes, Witziges und Interessantes herauskommt. »Das ist keine Beleidigung«, murmelt er und lässt die Finger über mein Ohr wandern. »Ich finde es sehr, sehr attraktiv.«

Hab ich schon erwähnt, wie unglaublich heiß er ist? Und wie sehr er mich anturnt? Und dass ich absolut unfähig bin, auf irgendetwas, das er sagt, zu antworten?

»Oh. Hm, na ja. Danke. Schätze ich.« Ich lache mein blödsinniges Lachen – das, das man immer von mir hören kann, wenn ich nervös bin. Es ähnelt einem Eselsschrei und ich mag es nicht allzu sehr.

Er rückt noch näher heran und sein Mund ist jetzt so nah, dass ich seinen Atem auf meinem Gesicht spüren kann. Er riecht nach Pfefferminz und nach etwas Würzigem, das ich nicht identifizieren kann. »Bist du dir auch sicher, dass du das willst?«, fragt er und blickt mir abermals forschend ins Gesicht.

Ich ziehe verwirrt die Nase kraus. Ob ich mir sicher bin, dass ich was will? Diese ganze Angelegenheit vermittelt mir echt das Gefühl, dass mir eine wesentliche Information fehlt. Aber irgendwie glaube ich, dass er mich fragt, ob ich mir sicher sei, dass ich ihn küssen will. Und die Antwort auf diese Frage ist *Ja, verdammt.*

»Ich bin mir sicher«, murmele ich und hoffe, dass meine Stimme heiser klingt wie die von Demi Moore. Wie die von Rayne. »Ganz, ganz sicher.«

Er lächelt. »Also schön. Tun wir's.«

Ich schließe die Augen und im nächsten Moment spüre ich seine vollen Lippen auf meinen. Prickelnde Schauer überlaufen mich am ganzen Körper und die Gänsehaut kehrt mit Macht zurück. Ich bin keine Kussexpertin, musst du wissen – tatsächlich bin ich in meinem ganzen Leben erst mit drei Typen so weit gekommen –, aber sogar ich kann erkennen, dass dies ein umwerfender Kuss ist, wie man ihn nur einmal im Leben bekommt. Die Art, wie sich seine Lippen auf meine pressen, als sei er vollkommen ausgehungert und habe seit Tagen nichts gegessen. Als begehre er etwas, das ihm nur mein Mund geben könne. Meine Lippen öffnen sich und ich kann ein leises Stöhnen der Wonne nicht unterdrücken. Ich hoffe, er hält mich nicht für eine totale Schlampe, weil ich ihm erlaube, mich so zu küssen. Ich meine, ich kenne ihn kaum. Aber irgendwie fühlt es sich so richtig an.

Seine Lippen wenden sich von meinem Mund ab und küssen einen Pfad zu meinem Hals hinunter. Ich liebe es, auf den Hals geküsst zu werden. Aus irgendeinem Grund macht mich das total an. Die ultraleichte Berührung seiner Lippen auf meiner – AAAAH! »Was zum . . .?« Ich springe entsetzt von ihm weg. OMG! Hat er mich gerade GEBISSEN?

3 Der Vertrag (gezeichnet mit Blut)

Meine Hände fliegen an den Hals. Ich fühle, wie heißes Blut aus der Wunde sprudelt. »Warum zum Teufel hast du das getan, du Arschloch?«

Er hat nicht einmal den Anstand, zerknirscht dreinzublicken. Er stemmt lediglich die Hände in die Hüften und runzelt die Stirn. »Du hast gesagt, du wärest dir sicher«, antwortet er mit entschieden angekotzter Stimme. »Verdammt, ich hasse es, wenn ihr Kids in der letzten Sekunde eure Meinung ändert.«

»Ich war mir sicher, dass ich dich *küssen* wollte, es war nicht die Rede davon, dass du an meiner Halsschlagader nuckeln sollst«, gebe ich zurück. »Was hat dich bloß je auf die Idee gebracht . . .« Ich ertappe ihn, wie er auf mein *Beiß-mich*-Shirt hinabblickt. Oh. Ich verschränke die Arme über dem Schriftzug. »Das war nicht wörtlich zu verstehen.«

»Hör mal, du wusstest, dass die erste Prozedur mit einem leichten Unbehagen verbunden sein würde. So steht es unmissverständlich in dem Vertrag, den du unterzeichnet hast.« Jetzt wirkt er richtig ärgerlich.

»Vertrag? Was für ein blöder Vertrag?« Dieser Typ ist ja verrückt. Göttlich, aber offenkundig und absolut verrückt.

Zu meinem weiteren Schrecken greift er in seine Aktentasche und zieht einen dicken Stapel Papiere heraus, die von einem schwarzen Klemmhefter zusammengehalten werden. Er hebt sie hoch und zeigt auf den unteren Rand von Seite eins. *»Vertrag«*, sagt er langsam, als spreche er mit einem kleinen Kind.

»Hör mal, ich weiß nicht, wovon du redest, aber ich habe niemals irgendeinen Vertrag ...«
Er blättert zur letzten Seite vor und zeigt auf eine Unterschrift. *»Un-ter-schrift«,* erklärt er mit demselben herablassenden Tonfall. Ich kann nur mit Mühe dem Drang widerstehen, ihm eine Ohrfeige zu verpassen. Inzwischen brennt mein Hals wie die Hölle. Was hat er gegessen, bevor er mich geküsst hat? Wasabi?
Ich spähe auf die Unterschriftenzeile hinab und versuche herauszufinden, wovon er redet. Als ich die krakelige Handschrift meiner Schwester sehe, kann ich nur hörbar aufkeuchen.
»Was zum ...?«, flüstere ich. Ich versuche, ihm den Vertrag zu entreißen. Er hält ihn fest – der Typ hat einen Killergriff. Ich sehe ihm fest in die Augen. »Was ist das?«
Er fährt sich mit der Hand durch sein langes braunes Haar, das sich aus dem Pferdeschwanz gelöst hat. Er sieht wild und gefährlich und wütend aus. »Du weißt verdammt genau, was das ist. Du hast den Kursus mitgemacht. Die Prüfung. Zur Hölle, du hast mit deinem Namen unterschrieben!«
»Das ist nicht mein Name, Kumpel. Das ist der Name meiner Schwester. Also, wie wär's, wenn du mir jetzt verraten würdest, was hier wirklich los ist?« Oh Gott, in was für einen Schlamassel hat Rayne sich da hineingeritten? Ist das irgendeine Art von Spinnerclub?
Magnus runzelt die Stirn. Er sieht zuerst den Vertrag an, dann mich. »Deine Schwes...?«
»Magnus?«
Ich fahre restlos aus der Haut, als die Stimme meiner Schwester über den Parkplatz weht. Wenn man vom Teufel spricht.
»Oh, Magnus, bist du da draußen? Rosa meinte, ich würde

dich hier vielleicht finden. Ich bin bereit. Mehr als bereit, Baby«, sagt sie und kriegt diese schwüle Stimme, an der ich mich vor ein paar Minuten abgemüht habe, problemlos hin.

Ich blicke zu Magnus hinüber, dessen selbstbewusste Haltung plötzlich restlos erschüttert ist. Er sieht so aus, als würde er Blut schwitzen. Ich meine, der Typ war von Anfang an nicht gerade sonnengebräunt, aber jetzt sieht er so weiß aus, dass seine Haut in der Dunkelheit regelrecht leuchtet. Er starrt mich an, dann schaut er über meine Schulter hinweg. Ich drehe mich um und sehe Rayne näher kommen.

»Sunny, was machst du da mit Magnus?«, fragt Rayne missbilligend. »Er ... er hat dir doch nichts Komisches erzählt, oder?«

»Rayne, was zur Hölle ist hier los?«, verlange ich zu erfahren.

»Es gibt ... zwei ...« Magnus, eben noch der glatte Superlover-Typ, stammelt. »Aber ich dachte ...«

»Rayne ist meine Zwillingsschwester«, erkläre ich ihm und staune darüber, wie beherrscht meine Stimme klingt.

»Aber du siehst ... ich dachte ...« Magnus verstummt.

Rayne wird totenblass. »Oh nein«, ruft sie. »Das hast du nicht getan!« Sie legt mir eine Hand auf die Schulter, reißt mich herum und starrt auf meinen Hals. »Oh nein!«, ruft sie noch einmal. »Nein, nein, NEIN!«

»Würde mir bitte mal irgendjemand sagen, was hier los ist?«, frage ich, die Hände in die Hüften gestemmt. Diese Geschichte ist wirklich schon zu weit gegangen. »Und ich meine, sofort!«

»Also, Sunny, werd jetzt nicht wütend, aber . . .«, beginnt Rayne mit zitternder Stimme.

Ich werfe ihr einen aufgebrachten Blick zu. »Aber WAS, Rayne?«

»Ich, ähm, glaube, dass du versehentlich in einen Vampir verwandelt worden bist.«

4 Ein ganz böser Fall von Verwechslung

»Einen Vampir?«, rufe ich. »Soll das einer von deinen kranken Witzen sein?«
Rayne schüttelte den Kopf. »Kein Witz, Sun. Sondern ein ernsthaftes Problem.« Sie wendet sich an Magnus. »Wie konntest du nur so eine Scheiße bauen? Du solltest mein Pate sein. Und du raffst es nicht mal, wenn es jemand anderes ist als ich?«
Magnus stöhnt, dann beugt er sich vor und fängt an, auf den Gehsteig zu spucken. Sehr attraktiv. Ich kann nicht fassen, dass ich vor fünf Minuten dachte, er sei irre sexy. Jemand, mit dem ich was anfangen wollte. An dieser Stelle hätte ich eher den Glöckner von Notre-Dame geküsst.
»Ihr seht genau gleich aus«, jammert er. »Woher sollte ich das denn wissen?« Er ballt die Hand zur Faust. »Lucifent wird mich umbringen.«
»Ähm, bist du nicht technisch gesehen bereits tot?«, frage ich mit honigsüßer Stimme. Ich habe dieses Spiel so was von satt.
Er bedenkt mich mit einem böse funkelnden Blick. »Du hast wohl in der Schule gefehlt, als ihr ›übertragene Bedeutung‹ durchgenommen habt?«
Ich ziehe eine Augenbraue hoch. »Zumindest bin ich aufgetaucht, als man uns beigebracht hat, die anderen Kinder im Kindergarten nicht zu beißen.«
»Leute, bitte!«, unterbricht Rayne uns. »Hört auf zu streiten. Das ist jetzt bitterer Ernst. Es spielt keine Rolle, warum das alles geschehen ist. Nur dass es geschehen ist. Und dass wir es ungeschehen machen müssen. Sunny kann kein Vampir wer-

den. Sie hat nächste Woche Ausscheidungsspiele im Hockey.«

Nur der Vollständigkeit halber, Hockey wäre die geringste meiner Sorgen, sollte ich mich wirklich in einen Vampir verwandeln. Ich würde da eher in größeren Zusammenhängen denken: Da wäre zum Beispiel diese Nummer von wegen »Vampire schlafen den ganzen Tag und machen nachts Jagd auf Menschen«. Das würden wohl sämtliche Colleges, an denen ich mich zu bewerben plane, als echtes Hindernis ansehen.

Magnus rotzt abermals auf den Gehsteig. Igitt.

»Ähm, könntest du diese Spuckerei wohl bleiben lassen?«, frage ich und trete einen Schritt zurück, um ein wenig Abstand zwischen mich und seine Sprühzone zu legen. »Das ekelt mich total an.«

Er blickt auf. »Ich versuche, alle Spuren deines Blutes aus meinem Mund zu entfernen. Du bist nicht getestet worden. Wer weiß, was für Krankheiten du mit dir rumschleppst!«, sagt er und ein Ausdruck des Entsetzens huscht über seine Züge. »Du hast doch nicht etwa Aids, oder?«

Was für eine ... äh! Dieser Typ kotzt mich monstermäßig an. Ich hab ihn schließlich nicht gebeten, an meiner Halsschlagader zu nuckeln. Es würde ihm recht geschehen, wenn ich tatsächlich irgendeine unheimliche, leicht übertragbare Krankheit hätte.

Rayne verdreht die Augen. »Bitte. Sunny ist so rein wie frisch gefallener Schnee, Mag. Die totale Jungfrau. Also, wenn sie keine heimliche Heroinsucht hat, von der sie mir nichts erzählt hat, glaube ich, dass du aufatmen kannst. Genau genommen«, fügt sie mit einem Grinsen hinzu, »bin ich mir ziemlich sicher, dass sie kein Junky ist. Schließlich sieht sie nicht gerade wie eine halb verhungerte Heroinbraut aus, oder?«

»Oh, herzlichen Dank, Rayne.« Müssen wir jetzt auch noch über den Umfang meiner Hüften sprechen? Dieser Abend wird ja immer schöner.

»Okay«, sagt Magnus. »Keine Krankheiten. Nun, das ist immerhin etwas. Aber trotzdem. Ein nicht autorisierter Biss! Weißt du, dass Lucifent mich dafür umbringen – ähm, mir in den Arsch treten wird? Ich meine, in diesem Zeitalter verwandelt sich niemand gegen seinen Willen in einen Vampir. Das ist einfach nicht koscher und schreit förmlich nach einem Gerichtsprozess.«

»Ich kann dich verklagen? Cool.« Ich stöbere in meiner Handtasche nach einem Kuli, weil ich mir das aufschreiben will. »Weswegen? Medizinischer Kunstfehler? Angriff mit einem tödlichen Reißzahn?« Ich blicke auf. »Was glaubst du, wie viel die Gerichte mir dafür zusprechen würden?«

Rayne runzelt die Stirn. »Sunny, hör auf, dich so zickig aufzuführen. Siehst du nicht, dass der arme Magnus förmlich ausflippt?«

»*Ich* soll aufhören, zickig zu sein? Wegen *Magnus?«* Ich starre sie fassungslos an. »Ähm, hallo? Er ist der Typ, der mich angequatscht und ohne den geringsten Grund gebissen hat.«

»Ich hatte einen Grund«, bemerkt Magnus schmollend. »Ich hab dich einfach für Rayne gehalten. Ein ganz böser Fall von Verwechslung, das.«

»Hört mal, Leute«, fahre ich fort. »Ich habe keinen Schimmer, was für kranke kleine Spielchen ihr Gothics spielt, und um die Wahrheit zu sagen, ich will es auch gar nicht wissen. Also hängt weiter auf Friedhöfen rum, wünscht euch, ihr wäret tot, tut alles, was euer Gothictick euch eingibt. Aber ich bin so was von weg hier.« Ich drehe mich zu meiner Schwester um. »Rayne, du kannst alleine nach Hause gehen. Ich bin nicht mehr in Stimmung.«

Ich wende mich ab und gehe schnurstracks auf den Wagen zu. Aber Rayne kommt hinter mir hergelaufen, packt mich an der Schulter und wirbelt mich herum. Ihre Augen sind riesig und angstvoll und ihr gepudertes Gesicht ist noch weißer als sonst. (Und das will etwas heißen!)

»Sunny, hör mir zu«, ruft sie. »Das ist kein Spiel. Magnus ist ein Vampir. Und wenn er dich gebissen hat, dann wirst du ebenfalls ein Vampir werden. Du musst diese Sache ernst nehmen.«

Ich verdrehe die Augen. »Rayne, Süße. Meine ganz offenkundig geistig verwirrte Zwillingsschwester. Ich weiß, dass das vielleicht ein großer Schock für dich sein wird, aber so etwas wie Vampire gibt es nicht.«

»Das habe ich früher auch gedacht. Aber es gibt sie. Und Magnus ist ganz eindeutig einer von ihnen«, beharrt Rayne. »Mag, zeig es ihr.«

Ich schnaube und drehe mich widerwillig um. Ich hoffe, diese Nummer wird gut. »Ja, Mag, zeig es mir.«

Magnus stößt einen tiefen, übertriebenen Seufzer aus. Als sei er es müde, dass die Welt von ihm verlangt zu beweisen, dass er ein Geschöpf der Nacht ist. Mit so was muss er sich bestimmt dauernd rumschlagen.

»Na schön«, brummt er und zieht ein Messer aus seinem Beutel. »Möchtest du dir die Ehre geben?«, fragt er und lässt die Klinge vorspringen, bevor er mir das Messer hinhält.

»Ich denke, mir ist für einen Tag genug Ehre erwiesen worden, Kumpel.«

»Ich mach's. Ich mach's«, mischt Rayne sich aufgeregt ein.
»Was genau machen wir eigentlich?«, frage ich, während Magnus meiner übereifrigen Zwillingsschwester das Messer überreicht.
»Ihn erstechen natürlich«, erwidert Rayne sachlich.
Natürlich.
Als Magnus sein Hemd hochhebt, um seinen Bauch zu entblößen (und seine Waschbrettmuskeln, die ich einfach bemerken musste), frage ich mich, wie sie diesen Trick zuwege bringen wollen. Eine einziehbare Klinge? Mit einem versteckten Blutpäckchen an der Spitze?
»Weißt du, was? Ich glaube, ich werd's doch machen«, verkünde ich. Auf diese Weise komme ich ihnen besser auf die Schliche. Dann kann ich ihnen die Maske vom Gesicht reißen und mir einen schönen Abend machen.
Rayne zuckt die Achseln und reicht mir das Messer. Ich streiche mit den Fingerspitzen sachte über die Klinge. Autsch! Aus dem Schnitt quillt ein kleines Rinnsal Blut. Das Messer ist wirklich scharf. Hmm.
Ich höre ein leises Stöhnen und blicke auf. Magnus starrt meinen Finger an, als sei er ein Gourmetdessert. Ich habe noch nie so viel Begierde in den Augen eines anderen Menschen gesehen und es ist irgendwie ziemlich entnervend.
»Hast du was dagegen, ähm, deinen Finger abzuwischen?«, fragt er mit einer rauchigen, panikerfüllten Stimme.
»Warum, macht es dich an?«, frage ich und wedele mit besagtem Finger herum. »Möchtest du daran lutschen oder was?«
»Sunny, du darfst den Vampir nicht reizen«, tadelt Rayne mich.
Also, eins muss ich Magnus lassen, er hat seine Vampirnum-

mer auf Scheibe. Ich glaube, ich kann sogar einen kleinen Sabberfaden in seinem Mundwinkel sehen.
»Okay, tut mir leid«, sage ich hochtrabend. Ich führe den Finger langsam an die Lippen und lecke mit großem Getue das Blut ab.
Magnus ächzt und sieht einen Moment lang so aus, als würde er ohnmächtig werden.
»Also, das war absolut gemein«, ruft Rayne mich zur Ordnung. »Wirklich, Sunny.«
Ich lache. Die beiden nehmen diese Geschichte so was von ernst. »Okay, okay«, sage ich. »Der große, böse, blutige Finger ist weg. Kommen wir zu dem Teil mit dem Messer.«
Magnus, der sich anscheinend etwas erholt hat, hebt abermals sein Hemd hoch. Wow, ich frage mich, wie viele Sit-ups er machen muss, um sich so einen Körper zu bewahren. Wirklich schade, dass er so ein Loser ist. Wenn er sich einer Persönlichkeitstransplantation oder etwas in der Art unterziehen könnte, wäre er das gefundene Fressen.
Ich untersuche das Messer noch einmal. Wie zieht sich die Klinge zurück? Ich kann keine Federn fühlen …
»Beeil dich«, sagt er. »Wir haben nicht die ganze Nacht Zeit.«
»In Ordnung. Wir wollen doch nicht, dass dich die Morgensonne erwischt und du uns zu Staub zerfällst«, antworte ich mit einem Schnauben. »Schön. Los geht's.« Ich hole mit dem Messer aus und ramme es ihm dann, so fest ich kann, in den Bauch.
»Arghh!« Er schreit vor Schmerz auf und krümmt sich. Das Messer ragt immer noch aus seinem Leib und dunkles Blut sickert aus der Wunde.
»Äh, hm …« Wow. Das sieht echt echt aus. Wie machen sie das

bloß, dass all dieses Blut aus dem Messer kommt? Und wie bleibt die Klinge in seinem Bauch stecken, wenn sie einziehbar ist? Und, ähm, warum benimmt er sich so, als würde es wirklich verdammt wehtun?

»Ähm . . .«

Ich blicke zu Rayne hinüber, die das Ganze mit kühlem Blick beobachtet. Was zur Hölle ist hier los?

Ich drehe mich wieder zu Magnus um. Er ist auf die Knie gefallen und umklammert seinen Bauch, einen Ausdruck der Qual auf dem Gesicht. Seine Hände sind fast purpurn von Blut und er stöhnt immer noch vor Schmerz.

Angst umfasst mein Herz mit eisernem Griff. Habe ich es vermasselt? Ist die Klinge nicht eingefahren, als sie es eigentlich hätte tun sollen?

Habe ich soeben tatsächlich einem Typen ein Messer in den Bauch gerammt?

»Bist du okay?«, frage ich besorgt. Blöde Frage, wirklich. Die Blutlache nimmt die Antwort irgendwie vorweg.

Magnus krümmt sich zusammen und fällt aufs Pflaster.

In meiner Panik lasse ich mich neben ihm auf die Knie nieder und versuche, ihn umzudrehen, damit ich die Wunde betrachten kann. Das Blut spritzt nur so heraus. Wenn ich nicht solche Angst gehabt hätte, wäre es total eklig gewesen.

»Oh, mein Gott, ich glaube, er ist wirklich verletzt«, kreische ich und halte Ausschau nach meiner Zwillingsschwester. »Rayne! Ruf den Notruf. Er braucht einen Krankenwagen!«

Ich drehe mich wieder zu Magnus um und suche nach einer Möglichkeit, die Blutung zu stillen. Soll ich das Messer herausziehen oder stecken lassen? Mein Atem geht stoßweise, während mein ganzes Leben blitzartig an mir vorüberzieht.

Ich, Sunshine McDonald, habe soeben jemandem ein Messer in den Bauch gerammt. Und jetzt könnte er sterben. Und ich werde dafür verantwortlich sein. Man wird mich des Mordes anklagen. Mich ins Gefängnis stecken und den Schlüssel wegwerfen. Gibt es in New Hampshire noch die Todesstrafe? Oh, mein Gott. Warum habe ich mich erboten, das Messer zu nehmen? Was ist nur in mich gefahren, einen irregeleiteten Teenager niederzustechen, der sich für einen Vampir hält? *Dämlich, Sunny. Saudämlich.*

Tränen strömen mir über die Wangen, während ich neben Magnus hocke. »Bist du okay?«, frage ich schluchzend. »Kannst du mich hören?« Ich beuge mich tiefer über ihn. »Siehst du irgendein weißes Licht? Wenn ja, dann flehe ich dich an, geh nicht darauf zu. Ich habe noch so viel, wofür es sich – ich meine ... *du* hast noch so viel, wofür es sich zu leben lohnt.«

»Habe ich es dir nicht erklärt?« Plötzlich öffnet Magnus die Augen, setzt sich aufrecht hin und fängt an, hysterisch zu lachen. »Ich bin schon tot!«

Ich sehe voller Entsetzen zu, wie er das Messer packt und es mühelos aus der Wunde zieht. Dann schrumpft der Schnitt unglaublicherweise vor meinen Augen zusammen. Ich beobachte wie gebannt, wie ein unsichtbarer Faden die Haut wieder zusammenzunähen scheint, bis nichts als eine winzige Narbe übrig bleibt.

»Oh, mein Gott! Du bist wirklich ein ...« Ich mache einen erschrockenen Satz rückwärts. »Oh, mein Gott!«

»Tut mir leid«, sagt er kichernd. »Ich musste mich wegen dieser Geschichte mit dem blutigen Finger an dir rächen.«

Ich wirbele zu Rayne herum. Auch sie gackert so heftig, dass

ihr praktisch die Tränen übers Gesicht laufen. Als wäre das das Komischste, was sie seit *Shrek 2* gesehen hat.
»Oh Mann!« Sie lacht. »Du hättest mal dein Gesicht sehen sollen, Sunny. Das war große Klasse!«
Ich starre zuerst sie an, dann Magnus. Ich kann es nicht glauben. Ich kann es einfach nicht glauben. »Du ... ich meine ... ich dachte ...« Wow, ich habe komplett die Sprache verloren. Möglicherweise werde ich den Rest meines Lebens stumm verbringen müssen. Ich werde mit einer Tafel herumlaufen und alles aufschreiben, was ich früher einmal sagen konnte, bevor mir ein Vampir, der sich ein Messer aus dem Bauch zieht, die Fähigkeit der menschlichen Rede gestohlen hat.
»Tut mir leid«, sagt Magnus noch einmal und rappelt sich hoch. Er steckt das blutverschmierte Messer zurück in seine Tasche, ohne es abzuwischen. »Aber du hast gesagt, du wolltest einen Beweis.«
Ich stehe haarscharf davor zu kotzen. »Dann bist du also wirklich ...«
»... ein Vampir?«, fragt er und zieht eine Augenbraue hoch. »Ja.«
»Und das heißt ...« Inzwischen spielt mein Magen verrückt. Als wäre ich auf einem Schiff mitten in einem gewaltigen Sturm.
»... mein Biss hat dich angesteckt.« Er seufzt, diesmal ernsthaft. »Unglücklicherweise trifft auch das zu.«
Ich beuge mich vor und kotze.
»Iiiih.« Rayne macht einen Satz, um der Schweinerei auszuweichen. »Sunny, das ist widerlich.«
»Oh, tut mir ja *so* leid, dass ich dein Feingefühl gekränkt habe«, sage ich so sarkastisch wie möglich und wische mir mit dem

Arm über den Mund. »Ich schätze, ich nehme die Tatsache, dass ich mich versehentlich in einen verdammten Vampir verwandelt habe, nicht so gut auf, wie du gehofft hattest?«

Rayne zuckt die Achseln. »Ich hab's kapiert, echt, Sun. Das heißt aber noch lange nicht, dass ich Spaß daran habe, mich von deiner Kotze bespritzen zu lassen.«

Ich verdrehe die Augen und wende mich wieder Magnus zu. »Also, eine Sekunde«, sage ich. »Ich bin verwirrt. Ich dachte immer, um ein Vampir zu werden, müsste man das Blut eines Vampirs trinken. Du hast mich bloß gebissen.«

»Das verdammte Hollywood mit seinen barbarischen Fehlinterpretationen«, erwidert Magnus erschöpft. Er greift in seinen Mund und zieht etwas heraus. Er hält es mir hin. Es ist ein Reißzahn aus Porzellan, der zur Hälfte mit einer roten Flüssigkeit gefüllt ist. »Bei unseren Post-mortem-Studien haben wir erfahren, dass die meisten Leute den Teil, bei dem es darum geht, das Blut von ihren Paten zu trinken, ein wenig beunruhigend finden. Außerdem«, fügt er hinzu, »heilt unsere Haut zwar bemerkenswert schnell, aber es kann durchaus Narben hinterlassen, wenn man sein Handgelenk aufschneidet, um den Lehrling trinken zu lassen. Und niemand möchte einen vernarbten Vampir.«

Er hält mir den Zahn hin, damit ich ihn genauer betrachten kann. »Deshalb hat Vampcoven.com vor einigen Jahren diese Implantate geschaffen. Absolut fantastische Erfindungen. Ich brauche mir bloß den Finger anzuritzen, ein paar Tropfen Blut in das Implantat sickern zu lassen und es dann dem Lehrling zu injizieren.« Er zuckt die Achseln. »Wir könnten natürlich eine Spritze für die Injektion benutzen; das wäre wahrscheinlich sogar einfacher und hygienischer. Aber etliche Studien sind zu dem Ergebnis gekommen, dass Lehrlinge diesen romantischen Teil der alten Schule, nämlich in den Hals gebissen zu werden, ganz einfach genießen.«

Ich kann mich nicht entscheiden, was mich mehr beeindruckt: Dass es Internetseiten gibt, die Gerätschaften zum Injizieren von Blut verkaufen, oder dass diese Typen ihre Opfer bitten, Feedback-Formulare auszufüllen.

Magnus greift in seine Tasche und zieht ein kleines Silberetui heraus. »Vampcoven.com ist der führende Hersteller für Vampirzubehör. Blutbeutel, Reißzahnschärfer, Körperpanzer und dergleichen Dinge.« Er öffnet das Etui und legt den falschen Reißzahn auf das Samtfutter.

Oh Mann, im Web kann man wirklich *alles* kaufen.

»Okay, kapiert«, sage ich. »Aber eine Frage hätte ich noch. Wenn ich mich in einen Vampir verwandelt habe, wie kommt es dann, dass ich mich nicht wie einer fühle?«

»Woher willst du wissen, wie sich ein Vampir fühlt?«, unterbricht Rayne mich mit einem bedauerlicherweise recht guten Argument.

»Hm, zum einen giere ich nicht nach deinem Blut«, antworte ich langsam. »Und, ähm ...« Ich greife unter mein Shirt und ziehe meine Kette mit dem Kreuz hervor. Magnus macht einen Satz und springt von mir weg. »Und das Kreuz turnt mich nicht ab und es verbrennt mich auch nicht oder so was.« Ich denke einen Moment lang nach. »Und ich hätte eindeutig Lust auf ein Stück Käse und eine Knoblauchpizza zum Frühstück, sobald die Sonne aufgeht.«

Tatsächlich finde ich den Gedanken an Letzteres tatsächlich ein bisschen eklig, aber das werde ich bestimmt nicht zugeben.

»Könntest du das ... bitte ... wegstecken?«, fragt Magnus nach

Luft ringend. »Also, eins wüsste ich gerne«, sage ich, wobei ich ihn absichtlich ignoriere und mit meinem Kreuz herumwedele, während er hin und her tänzelt, um ihm auszuweichen. »Wie bringen wir das wieder in Ordnung?«, frage ich.

»In . . . Ordnung?«

»Ja. Ich meine, die Verwandlung aufhalten. Sie rückgängig machen. Es muss doch eine Möglichkeit geben, dem Ganzen ein Ende zu machen. Stimmt's? Vielleicht könntest du das Blut aus der Wunde saugen, wie man es bei einem Schlangenbiss macht?«

Mir wird klar, dass Magnus versucht, etwas zu sagen, aber anscheinend die Worte nicht bilden kann. Oh, richtig, das Kreuz. Ich stecke es unter mein Tanktop. Das Metall fühlt sich ein bisschen warm auf meiner Haut an, aber nicht unangenehm. Trotzdem, kein besonders gutes Zeichen.

»Danke.« Magnus keucht. »Also, wie ich gerade zu sagen versuchte, es gibt keine Möglichkeit, die Verwandlung rückgängig zu machen.«

»Falsche Antwort.« Ich greife nach meinem Kreuz.

»Warte!«, ruft er.

Ich halte inne, die Hand an der Kehle.

»Es . . . könnte eine Möglichkeit geben. Ich bin mir nicht sicher. Ich weiß es nicht. Aber Lucifent könnte es wissen.«

»Wer ist dieser Lucifent?«

»Mein Boss. Der Anführer des Zirkels. Er ist ein dreitausend Jahre alter Vampir. Wenn irgendjemand es weiß, dann er.«

Ich nicke. »Okay. Gehen wir zu ihm und reden mit ihm.«

»Das können wir nicht. Nun, jedenfalls nicht in diesem Moment. Er ist beim Abendessen.«

»Ja, aber dies ist ein Notfall. Können wir nicht einfach in das

Restaurant gehen, in dem er ... oh.« Ich schlucke. »Diese Art von Abendessen?«

Magnus nickt.

»Iiiih.«

»Sunny, versuch doch, diese Dinge ein wenig offener zu betrachten«, wirft Rayne ein. »Andere Leute haben andere Sitten, und sie zu verspotten ...«

»Also, wann wird er mit seinem, ähm, Abendessen fertig sein?«

Magnus denkt nach. »Ich kann seine Sekretärin anrufen und nachfragen. Vielleicht hat er ja eine Absage für morgen Abend bekommen oder etwas in der Art. Wie wär's, wenn wir uns morgen Abend um acht auf dem St.-Patricks-Friedhof treffen? Ich werde vor dem großen Grabstein in der Mitte auf dich warten.«

»Morgen?«, entfährt es mir. »Aber das sind ja noch vierundzwanzig Stunden. Ich muss morgen in die Schule.«

»Dann gehst du eben hin.« Magnus zuckt die Achseln.

»Aber wird die Sonne mich nicht, na ja, braten oder so was?«

»Hör mal«, sagt er mit einem übertriebenen Seufzer. Als sei ich diejenige, die ihm Ungelegenheiten bereitet. Meine Güte. »Die Verwandlung in einen Vampir dauert sieben Tage. Also müsstest du eigentlich klarkommen. Während der ersten vierundzwanzig Stunden sollte die Sonne dir nicht allzu viel zu schaffen machen. Obwohl ich dir vorschlagen würde, nur für den Fall des Falles ein wenig Sonnenschutzcreme aufzutragen.«

Klar. Sonnenschutzcreme und Schule. Das dürfte lustig werden. Oder auch nicht.

5 Jungs zum Anbeißen: der Blog

Man sollte meinen, dass wir den Club Fang nach diesem Missgeschick sofort verlassen würden. Aber nein! Als wir in den Club zurückkommen, damit Rayne sich ihren Mantel schnappen kann, besteht sie darauf, zu *Safety Dance* zu tanzen, bevor sie weggeht. Angeblich ist das ihr allerliebster Lieblingssong aus den Achtzigern und es wäre eine grausame und ungewöhnliche Strafe, wollte ich sie jetzt wegschleppen. Also schön, sie kann sich leicht und ohne eine einzige Sorge auf der ganzen weiten Welt auf dem Tanzboden wiegen, denn schließlich ist nicht sie diejenige, die sich langsam in ein Geschöpf der Nacht verwandelt. Ich meine, wie kann man bloß so selbstsüchtig sein?

Ich schweige fast während des ganzen Heimwegs und ergreife nur einmal kurz das Wort, um zu erwähnen, dass es angesichts der Umstände eine winzige Spur unsensibel von Rayne sei, ausgerechnet den Vampirhit *»Bela Lugosi's Dead«* auf ihrem iPod-iTrip auszuwählen. Sie weist mich natürlich darauf hin, dass Bela technisch gesehen lediglich ein Schauspieler war, der Dracula gespielt hat, kein echter Vampir. Als würde mir deswegen der Refrain »I'm dead, I'm dead, I'm dead« weniger zusetzen.

Als ich zu Hause ankomme, habe ich nur den einen Wunsch, in mein Bett zu kriechen und zu schlafen. Aber meine schwere Federbettdecke ist nicht so tröstlich, wie ich es mir vorgestellt hatte. Ich bin hellwach, beinahe so, als hätte ich es mit dem Koffein übertrieben. Was komisch ist, da ich nicht mal dazu

gekommen bin, dieses Red Bull zu trinken, das Rayne mir holen sollte.
Da ich nicht schlafen kann und mir eine Milliarde Fragen durch den Kopf schwirren, halte ich es für das Beste, Rayne zu nerven. Ich öffne ihre Tür einen Spaltbreit, um festzustellen, ob sie schläft. Aber sie sitzt an ihrem Computer, hackt wie wild auf die Tastatur ein und wirkt ausgesprochen angekotzt. Ich schüttele den Kopf. Mann, sie kann so ein Freak sein. Ich weiß nicht, in welchem Paralleluniversum der Zwischenwelten wir Schwestern geworden sind.
Ich klopfe an ihre Tür und sie ruft mich herein, ohne den Blick von ihrem Computerbildschirm abzuwenden. Ich trete ein und schließe die Tür hinter mir. Glücklicherweise ist Mom bei irgendeinem Rettet-den-Planeten-Wohltätigkeitsdinner und kann uns deshalb nicht hören.
Ich setze mich auf Raynes Bett und sinne darüber nach, dass wir erst vor wenigen Stunden Witze darüber gemacht haben, was ich für den Abend anziehen sollte. Wenn ich gewusst hätte, welche Konsequenzen das *Beiß-mich*-Top haben würde, hätte ich definitiv meinen guten Geschmack heruntergeschluckt und stattdessen das schweißtreibende Lack-Outfit gewählt.
Nach einigen weiteren Mausklicks wendet Rayne sich von ihrem Computer ab und setzt sich zu mir aufs Bett. Sie trägt einen karierten Flanellpyjama und hat sich das schwarze Make-up von den Augen gewaschen. Mit Ausnahme ihres Zungenpiercings sieht sie fast normal aus.
»Das nervt«, erklärt sie und setzt sich wie ein Indianer im Schneidersitz auf die Matratze.
»Meinst du?« Ich ziehe eine Augenbraue hoch. »Denn mich hat die ganze Sache fix und fertig gemacht.«

»Ich rede nicht von dir, du Schwachkopf, sondern von mir. Ich habe zig beschissene Jahre auf diesen Abend gewartet. Ich habe recherchiert, ich habe mich im Net schlaugemacht, ich habe auf Wartelisten gestanden, das ganze Drum und Dran. Und jetzt ist alles für die Katz.«

»Wovon redest du?« Ich weiß, dass sie Englisch spricht, aber nichts von dem, was sie sagt, ergibt irgendeinen Sinn. »Weshalb hast du recherchiert und im Net gesurft?«

»Um ein Vampir zu werden, natürlich.«

Natürlich.

»Warum um alles in der Welt willst du ein Vampir sein?«

Rayne verdreht die Augen, als wolle sie andeuten, dass ich wohl der dümmste Mensch auf Erden sein müsse. »Nimmst du mich auf den Arm?«, fragt sie ungläubig. »Warum ich mir Unsterblichkeit wünsche? Warum ich mir Reichtümer wünsche, die meine wildesten Fantasien übersteigen? Warum ich mir unbegrenzte Macht über bloße Sterbliche wünschen sollte? Du solltest fragen, warum sich irgendjemand auf Erden *nicht* wünschen sollte, ein Vampir zu sein.«

»Ja, aber«, ich greife hier nach Strohhalmen, »möchtest du denn die Highschool nicht beenden? Aufs College gehen? Heiraten und ein Leben haben?«

»Nein.«

»Nein?«

»Auf keinen Fall. Das ist doch todlangweilig, oder? Mit den starren Regeln der Gesellschaft konform zu gehen? Schwach und machtlos zu sein und gezwungen, anderer Leute Vorstellung von einem erfüllenden Leben zu leben, nur um am Ende krank und allein zu sterben und mit ansehen zu müssen, wie sich deine Enkelkinder um deine mageren Lebensersparnisse streiten? Igitt. Nein danke. Da ziehe ich doch jederzeit eine allmächtige, unsterbliche Existenz vor.«

Okay, wenn sie es so ausdrückt ...

»Aber ... du wirst Menschen töten müssen.«

Rayne seufzt entnervt. »Ja. Das sagt jedenfalls Hollywood. Im richtigen Leben, Sun, geht es erheblich weniger barbarisch zu.«

»Oh?«

»Klar. Jeder Vampir bekommt ein Spenderkontingent. Leute, die bereit und imstande sind, jeden Tag einen Teil ihres Blutes herzugeben, damit der Vampir überleben kann. Keine Sorge, sie werden alle für ihre Dienste bezahlt und sie können ihren Vertrag jederzeit mit einer Kündigungsfrist von dreißig Tagen auflösen. Und sie werden natürlich gründlich auf übertragbare Krankheiten, Drogen und dergleichen Dinge getestet, bevor man sie jemandem zuweist.« Rayne schüttelt den Kopf. »Niemand bringt Leute um wie in den Filmen.«

»Okay, schön. Aber was ist mit dieser Sonnengeschichte? Ich kann bei Tageslicht nicht mehr rausgehen, habe ich recht?«

Rayne begutachtet ihre puderweiße Haut. »Ja. Ich müsste mir nie Sorgen machen, dass ich versehentlich braun werde. Wunderbar.«

Sie hat wirklich an alles gedacht, wie?

»Was ist mit einem Freund? Du würdest nie einen Freund kriegen. Du würdest nie heiraten. Es sei denn, du würdest eine Abendhochzeit veranstalten ...«

»Ich würde etwas Besseres kriegen. Wenn jemand auserwählt wird, ein Vampir zu werden, teilt man ihm oder ihr einen Paten zu«, erklärt Rayne. »Die Person, die sich bereitgefunden hat, einen Tropfen ihres oder seines Blutes zu spenden, um dir bei deiner Verwandlung zu helfen. Danach wirst du für alle Zeit ein Blutsband mit dieser Person teilen. Er wird dein Seelengefährte sein. Nun ja, technisch gesehen dein Blutsgefährte, da du, wenn du dich verwandelst, auf diese ganze Seelengeschichte verzichten musst.« Sie hält inne, starrt ins Leere und wirkt ein wenig traurig. »Magnus sollte mein Blutsgefährte sein. Jetzt ist er deiner.«

Aha! Deshalb ist sie also so außer sich. Sie denkt, ich hätte ihren Freund gestohlen. Was nur mal wieder zeigt, dass selbst in dieser verrückten, übernatürlichen Welt unterm Strich alles auf das grünäugige Ungeheuer namens Eifersucht hinausläuft.

»Hey, du kannst ihn haben«, sage ich und strecke die Hände aus. »Ich will nichts mit diesem Spinner zu tun haben.«

Rayne dreht sich um und sieht mich an. »Du verstehst nicht«, sagt sie und ihre Augen sind feucht und niedergeschmettert. »Er hat dich verwandelt. Also seid ihr miteinander verbunden. Für immer. Ob es dir gefällt oder nicht.«

»Das wäre ein definitives *Nicht.*«

»Weißt du, du hast wirklich keinen Schimmer, was für ein unbezahlbares Geschenk man dir gemacht hat«, sagt Rayne und in ihrer Stimme schwingt jetzt ein verärgerter Unterton mit. »Unsterblichkeit. Die perfekte Existenz. Den schärfsten Blutgefährten auf dem ganzen Planeten. Und du zerbrichst dir wahrscheinlich mehr den Kopf darüber, ob jemand dich zum Schulball einladen wird.«

»Hm, der Ball ist diesen Samstag . . .«

»Mann, ich kann echt nicht fassen, wie sehr das nervt.« Rayne wischt sich wütend mit dem Ärmel übers Gesicht. Weint sie? Oh Mann. Sie *weint.* Sie ist so was von fertig.

»Hör mal, Rayne«, sage ich, denn aus irgendeinem unerklärlichen Grund tut sie mir tatsächlich ein winziges bisschen leid, »sobald wir diese ganze Geschichte rückgängig gemacht haben, spricht bestimmt nichts dagegen, dass ihr beide, du und Magnus, eure kranke Beziehung fortsetzen könnt. Du kannst ein Vampir werden und für immer ein Leben der Nacht führen.«

»Ich wünschte, das wäre wahr.« Rayne schnieft. »Aber nein. Selbst wenn sich der Prozess umkehren lässt, werde ich noch einmal ganz von vorn anfangen müssen. Mich wieder auf die Warteliste setzen lassen. Einen neuen Paten suchen.«

»Warum?«

»Vampire dürfen während ihrer ganzen Existenz nur eine einzige Person umwandeln. Im Wesentlichen stellt das sicher, dass es niemals zu einer Blutknappheit kommt, ein Problem, das sie beim Roten Kreuz dauernd zu haben scheinen«, erklärt sie. »Nachdem der Vampir die betreffende Person verwandelt hat, sind sie für alle Zeit verbunden. Blutsgefährten, bis einer von ihnen stirbt.«

»Ähm, wie kann man sterben, wenn man ewiges Leben besitzt?«

»Oh, da gibt es viele Möglichkeiten. Man kann im Sonnenlicht verbrennen. Von einem Feuer erwischt werden. Oder jemand rammt einem einen Holzpflock durchs Herz, du weißt schon. All die tragischen Dinge, die auch im Film passieren.«

Okay, nur mal kurz zum Mitschreiben: blutrünstige Filmklischees, falsch. Methoden, einen Vampir zu töten, falls man mal in die Situation kommt: genau wie im Film.

Was mich zu der Vierundsechzigtausend-Dollar-Frage führt.

»Woher weißt du all diese Sachen?«

Rayne zuckt die Achseln. »Wie ich schon sagte. Ich habe gelernt. Als ich meine Ausbildung vor drei Monaten begonnen habe, habe ich sogar ein Blog angefangen, um meine Recherchen zu katalogisieren.« Sie deutet auf ihren Computer. »Du solltest ihn dir wahrscheinlich mal ansehen. Ich meine, das wird dir zumindest einen groben Überblick darüber geben, was du über deine Verwandlung wissen musst. Es ist ziemlich übel, wie unvorbereitet du bist. Alle anderen, die verwandelt werden, durchlaufen ein ausgedehntes, dreimonatiges Zertifikatsprogramm.«

Sie hat ihr Vampirzertifikat? Kann man es sich einrahmen und über den Sarg hängen?

»Ich kann nicht glauben, wie durchorganisiert diese ganze Sache ist«, staune ich.

»Es ist ein Multimilliardendollar-Unternehmen«, erklärt Rayne. »Und sehr hightech.« Sie springt vom Bett, geht zu ihrem Computer hinüber und klickt den Monitor an. »Komm her.«

Ich trete hinter sie und spähe auf die Seite, die sie aufgerufen hat. Und tatsächlich, es ist eine Art Blog, total Gothic in Schwarz und Rot. Ich schätze, das pastellfarbene Design auf Blogspot.com wäre als Vampirseite nicht gerade der Brüller.

»Jungs zum Anbeißen?«, frage ich, als ich die Überschrift lese.

Rayne kichert. »Ja, den Namen habe ich mir ausgedacht. Witzig, wie?«

»Wenn du's sagst.« Vampirhumor. Großes Ha-ha-ha. Rayne erhebt sich von ihrem Stuhl und gibt mir ein Zeichen, mich zu setzen. »Hier. Lass dir Zeit und lies. Ich denke, du wirst eine Menge lernen.«

Als ich mich auf den Stuhl plumpsen lasse, geht sie zu ihrem Bücherregal rüber und zieht einen schweren, gebundenen Band heraus. »Außerdem habe ich den Vampir-für-Anfänger-

Leitfaden, den du lesen kannst. Ich hatte ihn Gott sei Dank noch nicht in die Bibliothek zurückgebracht.« Sie legt das Buch auf den Schreibtisch. »Es macht dir doch, ähm, nichts aus, die Strafgebühr dafür zu übernehmen?«
Ich sehe mir den massigen Band an. Auf der Vorderseite sind ganz komische Schnitzereien und das Ding muss etwa dreitausend Seiten haben. »Wow. Bei dieser Vampirgeschichte sind eine Menge Hausaufgaben angesagt, wie?«
»Wie ich schon sagte, es ist ein Dreimonatskurs. Es gibt viel zu lernen. Du wirst jetzt echt ackern müssen.«
Als hätte ich nicht schon genug Sorgen mit den Abschlussprüfungen nächste Woche. Ich blättere das Buch durch. Verflixt. Nicht mal viele Bilder drin.
»Also, ist das ein Fernkurs oder musst du tatsächlich irgendwohin gehen?«
»Normale Kurse. Die richtige Art, eine sichere und sterile Bluttransfusion durchzuführen, kannst du nicht im Internet lernen.«
»Klar.« Ich schüttele den Kopf, außerstande zu glauben, dass ich irgendwie in diese Freakshow hineingeraten bin. Ich wende mich wieder dem Blog zu und scrolle zum ersten Eintrag hinunter.

Mein Name ist Rayne McDonald. Ich bin sechzehn Jahre alt und so was von bereit für das ewige Leben. Auf Vorschlag meines Mentors hin habe ich diesen Blog geschaffen, um die verschiedenen Stadien meiner Transformation aufzuzeichnen. Ich hoffe, ihr werdet bei der Lektüre viel Spaß haben!

Oh, den werd ich haben. Glaub mir.

6 Jake Wilder: Traumtyp und . . . Schulball-Date?

Nachdem ich einen Teil von Raynes verrücktem »Jungs-zum-Anbeißen«-Blog gelesen und einige Links im Vampirwebring aufgerufen habe (ja, es gibt wirklich einen Vampirwebring), kriege ich von dem grellen Bildschirm Kopfschmerzen. Also sage ich meiner Schwester Gute Nacht und ziehe mich in die dunkle Sicherheit meines Zimmers zurück, wo ich mich unter der Decke zusammenrolle und einzuschlafen versuche.

Aber ich kann nicht. Ich bin zu aufgedreht von Angst und Verwirrung und Gott weiß was noch. Außerdem juckt die Stelle, an der Magnus mich gebissen hat, wie verrückt. Also wälze ich mich hin und her und frage mich, was ich tun soll.

Was ist, wenn die Transformation nicht rückgängig gemacht werden kann? Was, wenn in sieben Tagen ich, Sunshine McDonald, für alle Zeit ein Vampir werde? Das bedeutet, keine Abschlussprüfungen. Kein Schulball. Keinen sonnigen Trip auf die Bahamas mit meinen Freunden in diesem Sommer. Kein College. Ich werde mich in der Abendschule einschreiben müssen oder so was. Vielleicht haben die Vampire ja ihre eigene Universität; es scheint tatsächlich, als wären sie ziemlich organisiert. Welche Anforderungen man in deren Zulassungstest wohl erfüllen muss?

Das nervt. Ich habe das ganze Leben noch vor mir und jetzt werde ich es vielleicht gar nicht leben können, bloß wegen dieser Verwechslung. Zum Teufel mit Rayne und ihrem blöden Blog und ihrer blöden Idee, dass sie auf diese Weise das blöde Geheimnis zum ewigen Leben finden kann. Was hat sie sich bloß dabei gedacht? Und warum musste sie mich da mit reinziehen?

Gerade als die Sonne über den Horizont lugt, gelingt es mir endlich einzuschlafen. Ungefähr fünf Minuten später, so kommt es mir vor, geht mein Wecker los und plärrt Songs aus den Achtzigern. Der DJ von heute Morgen weckt mich mit Michael Jacksons »Thriller«.

Wie passend.

Ich taumele groggy aus dem Bett und in die Dusche. Es ist eiskalt im Haus und das heiße Wasser fühlt sich gut an auf meinem Körper. Ich versuche herauszufinden, ob ich mich irgendwie anders fühle. Ob ich den Drang verspüre, irgendjemandes Blut auszusaugen. Aber nein, noch nicht, Gott sei Dank. Willige Spender hin oder her, diesen Teil des Ganzen würde ich gern so lange wie möglich hinauszögern, vielen Dank. Vielleicht könnte ich ja ein magersüchtiger Vampir werden? Ich frage mich, ob mir diese Geschichte als kleine Entschädigung helfen wird, ein paar Kilo abzunehmen?

Ich steige aus der Dusche und öffne das Medizinschränkchen. Eine schwindelerregende Ansammlung von Sonnenschutzcremes starrt mir entgegen. So was Blödes, ich habe ganz vergessen, Magnus nach dem richtigen Lichtschutzfaktor für die Schule zu fragen.

Am Ende entscheide ich mich für den goldenen Mittelweg, Faktor fünfzehn, wer weiß, vielleicht fällt bei der Sache wenigstens ein brauner Teint für mich ab. He. Dann wäre ich der erste Vampir, der aussieht, als hätte er eine Kreuzfahrt durch die Karibik hinter sich.

Nachdem ich mich mit der Creme eingerieben habe, fällt mir ein, dass ich mich auch um die purpur angelaufene Bisswunde

an meinem Hals kümmern sollte. Wenn jemand die sieht, wird er sie für einen Knutschfleck halten und ich habe so was von keine Lust, mich obendrein noch mit einem heimlichen Lover mit einer Schwäche für meinen Hals aufziehen zu lassen. Allerdings könnte ich natürlich erzählen, ich hätte mir den Hals mit dem Lockenstab verbrannt, wie Mary Markson es tut, wenn Nick an ihr rumgemacht hat, aber ihr glaubt auch niemand.
Ich stöbere in meinem Kleiderschrank und muss feststellen, dass ich herzlich wenig Klamotten habe, die dazu geeignet wären, meinen Hals zu verdecken. Was höchstwahrscheinlich daran liegt, dass ich vor diesem Morgen nie einen Grund hatte, ihn zu verstecken. Schließlich finde ich ganz hinten im Schrank einen alten schwarzen Rollkragenpulli. Ich glaube, der gehört eigentlich Rayne, aber er wird seinen Zweck erfüllen. Natürlich werden mich die anderen für einen ziemlichen Freak halten, dass ich im Mai mit einem Rollkragenpulli rumlaufe. Aber was soll ich machen? Ich bin ein Teenie-Vampir-Fashion-Victim.
Solange mich bloß niemand für einen Gothic hält ...

Die Schule ist okay, obwohl ich so beschissen müde bin, dass es mir schwerfällt aufzupassen. Und wie es aussieht, ziehe ich die Fragen der Lehrer plötzlich magnetisch an. Ich ruhe gerade mal eine winzige Sekunde lang meine Augen aus und im nächsten Moment piesackt man mich damit, dass ich Pi ausrechnen soll oder so was. (Was ich nicht mal in gut ausgeschlafenem Zustand schaffe und wenn ich mich gerade nicht in einen Vampir verwandle.)
Ich esse mit einigen Mädchen aus der Feldhockeymannschaft zu Mittag und stochere lustlos in meinem Salat, während ich

halbherzig zuhöre, wie sie vom Spiel der letzten Wochen reden. Meine Mannschaftskameraden sind so mit sich selbst beschäftigt, dass sie mich kaum wahrnehmen. Was mir nur recht sein kann. Das Letzte, was ich in meinem gegenwärtigen Zustand will, ist Aufmerksamkeit.

Glücklicherweise ist meine beste Freundin Audrey diese Woche mit ihren Eltern in Disneyworld. Das Mädchen ist so beängstigend scharfsinnig, sie würde sofort merken, dass etwas nicht stimmt. Gleichzeitig würde sie mir diese ganze Vampirgeschichte nicht abkaufen und denken, ich hätte jetzt wirklich den Verstand verloren. Also, obwohl ich schrecklich gern etwas moralische Unterstützung gehabt hätte (Rayne zählt in dieser Hinsicht so was von gar nicht!), ist es wahrscheinlich besser, wenn ich meine Freunde nicht zu Tode erschrecke.

Ich erwäge kurz, den Schauspielunterricht nach der Schule zu schwänzen, aber Magnus hat mir erklärt, dass er am Abend bis fast acht Uhr schlafen würde, daher kann ich genauso gut die Zeit totschlagen, bevor ich mich auf den Weg zu meinem großen Treffen mit dem Obervampir mache. Außerdem kann ich bei der Gelegenheit auch wunderbar Jake Wilder nachspionieren. Das wird mich garantiert aufmuntern.

Ah, Jake Wilder. Wie soll ich die Größe, die Jake Wilder ist, auch nur ansatzweise erklären? Irgendwie passt er gar nicht in eine normale, alltägliche Highschool. Er hätte vor etlichen Jahrhunderten geboren werden sollen, in Zeiten der Römer oder so – als Fahrer eines flammenden Triumphwagens mit sechs weißen Pferden, denen der Schaum vorm Maul steht. Mit seinen stolzen eins fünfundachtzig, seinem schlanken, aber muskulösen Körper und den hohen Wangenknochen sieht er aus wie ein griechischer Gott. Hm, wie ein griechischer Gott oder wie Chad Michael Murray, du kannst es dir aussuchen. Er hat kurzes blondes Haar und die seelenvollsten dunkelsten braunen Augen, die man sich vorstellen kann. Mit dem echten Schlafzimmerblick.

Ich würde diesen Schlafzimmerblick nur allzu gern in einem Schlafzimmer sehen. Vorzugsweise in meinem Schlafzimmer. Tatsächlich würde ich für diese Möglichkeit meinen Status als Sunny das Unschuldslamm schneller aufgeben, als du »pup« sagen kannst.

Das Problem ist, er hat keine Ahnung, dass ich überhaupt existiere. Nicht die blasseste.

Ich gebe Heather Miller die Schuld daran.

Es ist nämlich so, Jake Wilder spielt in diesem Jahr in unserer Klassenaufführung *Bye Bye Birdie* die Hauptrolle, den sexy Conrad Birdie. Und Heather spielt natürlich Kim. Was keine Überraschung ist. Ganz gleich, welche Aufführung wir machen, Heather reißt sich die Hauptrolle unter den Nagel. *Little Shop of Horrors?* Sie ist die Audrey. *Oklahoma?* Sie ist die Laurie. In der zweiten Klasse haben wir *Der Igel und der Hase* aufgeführt und Jake hat den Igel gekriegt und sie war der Hase. Sie ist die unbestrittene Bühnenkönigin. Schön. Blond. Vollbusig. Sogar intelligent, wenn du das fassen kannst. Man sollte doch wenigstens hoffen, dass sie nur Stroh im Kopf hätte, aber nein. Nein, sie ist außerdem die Vorsitzende der Ehrengesellschaft, was uns übrigen Sterblichen gegenüber einfach nicht fair ist.

In diesem Jahr habe ich nicht mal eine kleine Rolle in dem Stück ergattert. Nicht mal einen Einzeiler. Nada. Stattdessen bin ich Heather Millers zweite Besetzung. Was bedeutet, dass ich die ganze Arbeit machen und den ganzen Text auswendig

lernen muss, und nur wenn Miss Perfect krank ist, darf ich überhaupt einen Fuß auf die Bühne setzen.
Was nicht so schrecklich ist, wie es klingt, da ich unter chronischem Lampenfieber leide, und wenn ich plötzlich in die Hauptrolle katapultiert würde, bin ich mir nicht sicher, ob ich damit fertig werden würde.
Für mich ist der Schauspielunterricht schlicht die Erlaubnis, Jake Wilder stundenlang pausenlos anzustarren, ohne dass jemand mich für einen Stalker hält.
Mit diesem Gedanken schlüpfe ich in die vorletzte Reihe der Schulaula und nehme meinen Skizzenblock heraus. So weit hinten kann niemand sehen, was ich zeichne. Ich kriege so viele blöde Bemerkungen für meine Malerei, du würdest es nicht glauben. Die Leute haben einfach keinen Respekt.
»Sunshine McDonald? Bist du das?«
Ich blicke von meiner Zeichnung auf, einer ziemlich brillanten Skizze von Jake Wilder, auch wenn ich das selber sage. Der Schauspiellehrer, Mr Teifert, steht unten vor der Bühne und winkt mich zu sich.
O-kay. Das ist komisch. Ich war davon überzeugt, dass er nicht mal meinen Namen kennt, geschweige denn jemals die Notwendigkeit sehen würde, meine Aufmerksamkeit zu erregen. Ich stecke meinen Skizzenblock wieder in meine Büchertasche und trotte ein wenig argwöhnisch zur Bühne hinüber.
»Sunshine. Gott sei Dank, dass du hier bist«, sagt Mr Teifert und fährt sich mit der Hand durch sein wildes schwarzes Lockenhaar. Er ist klein und untersetzt und sieht aus wie dieser Typ aus *Animal House.* »Heather ist krank. Du musst sie heute bei der Probe vertreten.«
Ich starre ihn an, weil ich zuerst nicht ganz verstehe. Die Köni-

gin hat ihren Thron im Stich gelassen? Und ich muss sie vertreten? Wow. Ich hatte nicht damit gerechnet, dass das geschehen würde. Erst recht nicht heute, wo ich so viele andere Dinge im Kopf habe.

»O-kay«, sage ich und schlucke das Lampenfieber herunter, das sich sofort wie eine Blase in meinem Magen bildet und meine Speiseröhre hinaufkriecht. »An welcher Szene arbeiten wir denn?«

»An der, in der Birdie Kim küsst«, erklingt eine tiefe, sinnliche Männerstimme hinter mir.

Ich wirbele herum und werde fast ohnmächtig, als mir klar wird, dass dort, gerade mal einen halben Meter von mir entfernt, der himmlische Jake Wilder steht und tatsächlich mit mir spricht. Und in einem Satz das Wort *küssen* benutzt. Einem Satz, der an mich gerichtet ist.

»Küsst Kim?«, gelingt es mir, mit meiner Minni-Maus-Stimme vorzubringen. *Toll, Sunny.* So ungemein attraktiv und reizvoll.

»Mach nicht so ein entsetztes Gesicht«, sagt Mr Teifert mit einem Lachen.

Ich mache ein entsetztes Gesicht, weil ich mich soeben wie ein Volltrottel angehört habe, nicht wegen des Vorschlags, Jake Wilder zu küssen. Das ist kein Entsetzen. Das ist Romantik. Ein fantastischer Traum, der wahr wird. Aber das kann ich Mr Teifert kaum erklären, oder?

»Mit mir ist alles in Ordnung. Tun wir's«, antworte ich und zwinge meine Stimme, wieder normal zu werden. Ich hüpfe auf die Bühne, wobei meine Beine buchstäblich zittern und ich nur hoffen kann, dass man es nicht sieht. Jake taucht einen Moment später auf und steht mir jetzt gegenüber.

»Okay, die Szene ist die: Conrad und Kim sind bei der Probe

für die *Ed Sullivan Show.* Sunny, du rezitierst deine Conrad-Birdie-Fanclub-Ansprache und dann kommst du, Jake. Du langweilst dich und willst lieber einen draufmachen, deshalb unterbrichst du sie und, tadadada, dann küsst du sie. Ronald«, Mr Teifert blickt zu dem großen, mageren Jungen hinüber, der Kims Freund Hugo spielt. »Du stehst auf dem Balkon und funkelst Birdie an, so richtig eifersüchtig. Sunny, nach dem Kuss wirst du ohnmächtig.«

Eine Ohnmacht nach Jake Wilders Kuss? Sollte nicht allzu schwierig werden, das realistisch darzustellen!

Mr Teifert klatscht in die Hände. »Alles klar? Dann alle auf eure Plätze.«

Und los geht's. Ich erkläre Conrad Birdie, auch bekannt als Jake Wilder, meine Liebe. Und er unterbricht mich, dann reißt er mich an sich und küsst mich fest auf den Mund.

Die Zeit scheint stehen zu bleiben.

Als er seine Lippen auf meine drückt, gebe ich einen widerstrebenden Seufzer von mir. Nie, nie hätte ich gedacht, dass ich jemals eine Chance bekommen würde herauszufinden, wie es ist, von Jake Wilder geküsst zu werden. Und es fühlt sich besser an, als ich es mir in meinen wildesten Träumen hätte ausmalen können.

Er stutzt einen Moment lang, als überrasche ihn irgendetwas, dann macht er sich meinen leicht geöffneten Mund zunutze und dringt mit seiner Zunge ein. Arghh! Was für ein unglaubliches Gefühl. Ich glaube, ich werde gleich explodieren, es fühlt sich so gut an. Jake Wilder küsst mich. Mit einem Zungenkuss. Ist es überhaupt vorgesehen, dass er mir für die Aufführung einen Zungenkuss gibt? Ich dachte ... oh, wen schert es, was vorgesehen ist und was nicht. Er tut es, das ist alles, was zählt.

»He, Leute, okay, das reicht. Du sollst an dieser Stelle ohnmächtig werden, Sunny.« Mr Teiferts Stimme klingt Millionen Meilen entfernt.

Jake löst sich von mir, widerstrebend, wie es scheint. Unsere Gesichter sind noch immer nur wenige Zentimeter voneinander entfernt – ich kann seinen warmen, nach Pfefferminz riechenden Atem auf meinem Gesicht spüren. Dann grinst er schwach und flüstert: »Ich glaube, wir brauchen mehr Übung«, und das so leise, dass nur ich es hören kann. »Findest du nicht auch?«

Dann werde ich ohnmächtig. Oder zumindest tue ich so, obwohl ich tatsächlich das Gefühl habe, dass ich nach dem, was soeben geschehen ist, beinahe wirklich das Bewusstsein verlieren könnte. Jake Wilder. Küsst mich. Klar, es war nur für die Aufführung, aber irgendwie fühlte es sich nach mehr an. Es fühlte sich so an, als hätte er es genossen.

Ich weiß, dass ich es getan habe.

Danke, Heather, dass du heute fehlst. Danke, danke, danke.

Dafür hat sich jede langweilige Probe, jede vergeudete Stunde für das Lernen der Rolle gelohnt.

Und das Beste ist, wir müssen es noch einmal machen. Mehrmals. Übung macht den Meister, du weißt schon.

Als die Probe vorbei ist, klettere ich von der Bühne und gehe zurück nach hinten, wo ich meine Büchertasche gelassen habe. Meine Beine fühlen sich an wie Wackelpudding.

»He, Sunny!«

Die Tasche in der Hand, drehe ich mich um. Ich zwinge mich, den Mund nicht vor Schreck aufzureißen, als mir klar wird, wer da hinter mir aufgetaucht ist.

»Hey, Jake«, sage ich schüchtern und senke den Blick. Boah, er ist so süß. Ich kann es kaum ertragen. Wie kann bloß ein einzelner Typ in puncto Aussehen so viel mitbekommen haben? Ich meine, nicht mal Brad Pitt kann Jake Wilder das Wasser reichen.

Jake fährt sich mit der Hand durchs Haar und aus irgendeinem Grund wirkt er ein wenig nervös. Sehr merkwürdig. Ich sollte hier diejenige sein, die zittert wie Espenlaub, nicht er.

»Du warst, ähm, große Klasse da oben«, sagt er und tritt von einem Fuß auf den anderen.

Das Kompliment entlockt mir ein Strahlen. Ich weiß, es ist uncool, deswegen so aus dem Häuschen zu geraten, aber ich kann nicht dagegen an. Jake Wilder hat gerade gesagt, ich sei große Klasse. Ich, Sunshine McDonald, war in den Augen von Jake Wilder große Klasse.

»Danke«, antworte ich gekonnt beiläufig. »Du warst auch große Klasse. Ich verstehe, warum du immer die Hauptrolle kriegst.«

Er zuckt die Achseln. »Ja, wahrscheinlich«, sagt er und räuspert sich. Ich sehe ihn neugierig an. Er ist total anders als sonst, überhaupt nicht selbstbewusst. Was ist los mit ihm? »Aber du, du warst göttlich.«

Göttlich? Was soll das nun wieder heißen? Ich weiß, ich habe die Tanzszene gut hinbekommen, aber ich fand nicht, dass mein Auftritt besonders göttlich war. Ich kneife die Augen zusammen, nicht ganz sicher, ob er sich über mich lustig macht. Vielleicht ist dies einer der grausamen Witze, wie sie die beliebten Kids in den Filmen immer machen. Nun, ich werd da so was von nicht drauf reinfallen.

»A-ha. Göttlich. Klar.« Ich schnaube. »Ja, jetzt, wo du es erwähnst, ich habe mich immer als eine Art Teenager-Artemis betrachtet.« Ich schnappe mir meinen Mantel. Nach allem, was während der letzten vierundzwanzig Stunden passiert ist, bin ich absolut nicht in Stimmung, mich von dem Typen aufziehen zu lassen, auf den ich scharf bin. »Tatsächlich muss ich jetzt dringend ein paar göttliche Pflichten erledigen. Also, ähm, man sieht sich.« Ich mache einen Schritt an ihm vorbei.

Er tritt mir in den Weg. »Warte«, sagt er.

Ich warte. Mir schlägt jetzt das Herz bis zum Hals. Das ist einfach zu komisch.

»Ähm, ich wollte dich fragen, ähm, ob du ...« Er räuspert sich abermals. Ist er vielleicht erkältet? »Ob du einen Partner für den Ball hast und ob du nicht mit mir hingehen willst?«, platzt er mit einem einzigen atemlosen Satz heraus.

Ich starre ihn an und tue mein Äußerstes, ihn nicht mit offenem Mund anzugaffen. Hat er gerade das gesagt, wovon ich glaube, dass er es gesagt hat? Hat er gerade ... nein, ich muss mich verhört haben.

»W-was?«, frage ich und da ist sie wieder, die quiekige Minni-Maus-Stimme.

Er läuft dunkelrot an. Jake Wilder. Errötend. Sind wir plötzlich in einem Paralleluniversum? Ich rufe mir ins Gedächtnis, dass das Ganze ein grausamer Streich sein könnte wie in dem Film *Carrie*. Dass ich auf dem Ball auftauche und die tonangebende Clique mich mit Schweineblut übergießt, wenn ich zur Ballkönigin gewählt werde. Und ich hätte nicht einmal die telekinetischen Kräfte, die Schule bis auf die Grundmauern niederzubrennen.

Aber das ist idiotisch. Ich mag nicht die erste Cheerleaderin sein, aber ich bin gewiss auch nicht der Loser vom Dienst. Ich habe tonnenweise Freunde und spiele in der Hockeymannschaft der Schule. Also bezweifele ich stark, dass ich ganz oben auf der Abschussliste der tonangebenden Clique rangiere. Außerdem scheint es Jake todernst zu sein.

»Ich dachte nur, wenn du mit niemandem hingehst, dann hättest du vielleicht, ähm, Lust, mit mir, ähm, hinzugehen«, stottert er weiter. »Ich meine, nur wenn du willst. Ich würde es verstehen, wenn du nicht wolltest. Außerdem haben dich wahrscheinlich schon drei Millionen andere gefragt.«

Jetzt kippe ich wirklich fast hintenüber und diesmal wäre die Ohnmacht echt. Wie die Dinge liegen, bin ich mir nicht ganz sicher, ob mein Herz noch schlägt.

Jake Wilder hat mich gerade zum Schulball eingeladen. Jake Wilder!

»Ähm, ja. Klar. Cool«, sage ich achselzuckend und schreibe mir eine ganze Masse *Brownie*-Punkte zu, weil ich nicht vor lauter Begeisterung Purzelbäume durch die Aula schlage. »Warum nicht?«

Auf seinem Gesicht malt sich sein verblüffendes Lächeln ab, und er wirkt ungemein erleichtert. »Klasse«, sagt er. »Echt klasse. Danke. Also, ähm, man sieht sich.«

»Ähm, klar. Okay«, sage ich in Ermangelung eines intellektuelleren Kommentars. *Echt souverän, Sunny.*

Er lächelt mich abermals an, dann dreht er sich um und stürmt aus der Aula. Ich starre ihm maßlos verwirrt nach.

Jake Wilder hat mich gerade zum Schulball eingeladen. Und ich habe Ja gesagt. Vor dem heutigen Tag hätte ich nicht mal darauf gewettet, dass er auch nur meinen Namen kennt. Jetzt bin ich plötzlich sein Schulball-Date?

»He, Sunny, wie fühlst du dich?«

Ich drehe mich um. Rayne ist gerade hereingekommen.

»Rayne!«, rufe ich. »Du wirst es nie erraten! Jake Wilder hat mich zum Schulball eingeladen. Ist das nicht umwerfend? Jake Wilder, verstehst du? Kannst du das fassen? Ich flippe total aus!«

Rayne antwortet mit ihrem schönsten herablassenden Lächeln. »Ah, der Vampirduft schlägt also schon durch, wie?«

Ich verziehe das Gesicht. »Vampirduft?« Wovon zum Teufel redet sie da? Und was hat das damit zu tun, dass Jake mich zum Schulball eingeladen hat?

»Ach, du weißt schon. Eine Art Pheromon. Vampire verströmen einen Duft, der schnöde Sterbliche verrückt vor Verlangen macht. Sie können nicht dagegen an. Es ist übrigens ausgesprochen nützlich, wenn man sich bei einem Verkehrspolizisten, der einem gerade einen Strafzettel verpassen will, rausreden muss. Oder wenn man sich in einem Flugzeug einen Sitz am Gang erschnorren will. Obwohl die alte Dame, die auf der anderen Seite des Gangs sitzt und dich während des ganzen Fluges mit Geschichten über ihre Enkelkinder volllabert, durchaus ein Nachteil sein kann.«

Mein Herz rutscht mir bis in die Zehen.

Also hat sich Jake Wilder nicht schon seit Jahren nach mir verzehrt und gerade erst den Mut aufgebracht, mich anzusprechen.

»Verdammt.« Ich trete frustriert gegen die Sitzreihe. »Und ich dachte schon, er wäre heimlich in mich verschossen.« Ich seufze. Ich weiß, es war einfach zu schön, um wahr zu sein.

»Himmel, Sunny, tu nicht so enttäuscht. Ich meine, hast du denn gestern Abend nicht in meinem Blog davon gelesen?«

Ähm – oh.

»Ich, ähm, bin nicht ganz durchgekommen. Ich meine, der Blog war ziemlich lang.«

Rayne starrt mich an. »Diese Pheromon-Geschichte müsste so ungefähr der dritte Eintrag sein.«
»Ja, aber ...« Ich spüre, wie mein Gesicht langsam heiß wird. »Da waren diese Links und ...«
»Links?«
»Ja, zu den richtig guten Storys über Spike und Angel ...«
»Also, damit ich das nicht falsch verstehe«, sagt Rayne, verkreuzt die Arme über der Brust und macht ein ausgesprochen unglückliches Gesicht. »Statt dir einen Überblick über die wichtigsten Dinge zu verschaffen, die du über deine bevorstehende Transformation zum Vampir wissen musst, hast du dir lieber Fanfiction über Buffy reingezogen?«
Okay, wenn sie es so ausdrückt, sieht es tatsächlich nach einer schlechten Entscheidung meinerseits aus. Aber einige dieser Geschichten waren einfach so faszinierend und ...
»Weißt du, du hättest keine Links auf deine Website setzen sollen, wenn du nicht willst, dass die Leute sie anklicken«, verteidige ich mich.
Rayne seufzt. Tief. »Weißt du, ich hoffe wirklich, dass Lucifent eine Möglichkeit kennt, dich wieder in einen Menschen zu verwandeln. Denn als Vampir wirst du eine echte Lachnummer sein.«
»Wer ist ein Vampir?«
Wir wirbeln beide herum und da steht Mr Teifert, der Schauspiellehrer, und schaut uns durch seine schwarz umrandete Brille neugierig an. Wir waren wahrscheinlich so in unser Gespräch vertieft, dass wir ihn gar nicht haben näher kommen gehört.
Rayne lächelt boshaft. »Sunny ist ein Vampir«, sagt sie. »Nun ja, sie steht kurz davor, einer zu werden.« Dann fängt sie an

zu lachen. Ich trete ihr vors Schienbein, damit sie den Mund hält. Obwohl ich mir zu etwa einhundert Prozent sicher bin, dass Mr Teifert ihre Behauptung mit einem gewissen theatralischen Vorbehalt betrachten wird, muss ich mit dem Knaben doch bei der Schulaufführung zusammenarbeiten. Ich möchte nicht, dass er mich für einen Schussel hält. Dann wird er mir wahrscheinlich nie wieder eine gute Rolle geben und ich werde bis in alle Ewigkeit in der Welt der Zweitbesetzungen verharren.

Mr Teifert zieht eine seiner buschigen Augenbrauen hoch. »Ist das wahr, Sunny?«, fragt er mit einer Stimme, die dem Gesprächsgegenstand unangemessen ernst klingt. Worauf will er hinaus? »Bist du ein Vampir?«

Gott sei Dank trage ich einen Rollkragenpullover, sodass er die blau angelaufene, knutschfleckähnliche Bisswunde an meinem Hals nicht sehen kann. Dann würde er mit Sicherheit die Schulpsychologin anrufen, aber pronto.

»Nein, Mr Teifert«, sage ich und zwinge mich zu einer ausdruckslosen Miene. »Ich bin kein Vampir. Wir haben bloß rumgeblödelt.«

Seine ernste Miene entspannt sich und er lächelt. »Gut zu wissen. Vor allem da wir dich für diese Aufführung brauchen. Ich habe soeben erfahren, dass Heather an Mononukleose erkrankt ist und für eine ganze Weile ausfällt. Also wirst du von jetzt an die Rolle der Kim spielen.«

Ich kann mich mit Mühe zurückhalten, laut Hurra zu schreien, und versuche, so auszusehen, als würde ich mir um die arme kleine Heather Miller Sorgen machen. Aber zur Hölle mit ihr! Ich bin jetzt der Star der Schulaufführung. Wenn das nicht cool ist! Abgesehen davon, dass diese ganze Vampirgeschichte

ziemlich ätzend ist, scheint der Rest meines Lebens eindeutig eine Wendung zum Besseren zu nehmen.
»Danke, Mr Teifert. Ich werde Sie nicht enttäuschen«, erkläre ich begeistert.
»Das weiß ich«, antwortet er mit einem Augenzwinkern. »Versprich mir nur, dass du mir nicht zum Vampir wirst. Wir haben eine Menge Proben vor uns und die meisten finden tagsüber statt.«
»Das, ähm, geht klar«, sage ich und lache mein nervöses Eselswiehern. Als sei seine Bemerkung das Blödsinnigste im ganzen Universum.
Er nickt und lächelt uns zu, dann verlässt er die Aula. Rayne und ich tauschen einen Blick, greifen uns unsere Büchertaschen und wuseln nach draußen.
»Das war irgendwie unheimlich«, sage ich, als wir über den Parkplatz zu unserem Wagen gehen.
»Das war mehr als unheimlich«, stimmt Rayne mir zu. Sie stöbert in ihrer Handtasche nach den Autoschlüsseln. »Du solltest vorsichtig sein, wenn er in der Nähe ist.«
»Oh, er hat uns bestimmt nur belauscht und gedacht, es wäre witzig, auf den Scherz einzusteigen.«
Rayne zieht die Schlüssel an ihrer Spinnenschlüsselkette heraus. »Ich weiß nicht, Sunny. Ich habe eine merkwürdige Aura bei ihm bemerkt.« Sie schließt die Tür auf und springt in den Wagen.
Ich nehme auf dem Beifahrersitz Platz. »Bist du jetzt auch noch Aurendeuterin?«, frage ich skeptisch. »Er ist Lehrer. Er dachte, er wäre witzig. Du bist paranoid.«
Rayne zuckt die Achseln und steckt den Schlüssel in die Zündung. »Okay, Sun, meinetwegen. Ich versuche nur, auf dich

aufzupassen. Es gibt nämlich eine Menge Vorurteile gegen Vampire da draußen, wie du weißt.« Sie hält inne. »Genau genommen weißt du es *nicht*«, fügt sie hinzu, »da du es ja vorgezogen hast, dich über die sexuellen Großtaten von Spike und Buffy zu informieren, statt das Thema zu recherchieren.«
»Um ehrlich zu sein, mir waren die Geschichten über Angel lieber.« Ich kichere.
Rayne schüttelt den Kopf. »Siehst du, was ich meine?«, sagt sie und klingt dabei eindeutig frustriert. »Du weigerst dich, die ganze Angelegenheit ernst zu nehmen. Ich weiß nicht, warum ich mir überhaupt die Mühe mache, dir zu helfen. Ich sollte dich einfach machen lassen und abwarten, bis du das alles selbst spitzgekriegt hast.«
Sie wirkt ernsthaft sauer, daher beschließe ich, ihr einen Knochen hinzuwerfen. Schließlich brauche ich jemanden, der mich zu dem Treffen mit Magnus zum Friedhof fährt.
»Tut mir leid, Rayne. Ich weiß, dass du versuchst, mir zu helfen«, sage ich in dem aufrichtigsten Tonfall, den ich zuwege bringen kann. »Aber manchmal flüchte ich mich in Humor, um eine angespannte, stressige Situation zu entschärfen.« Wow, ich höre mich an wie der Psychologe vom Dienst. »Aber ich bin dir dankbar für deine Hilfe. Mehr, als du weißt.«
»Hm, du bist meine kleine Schwester«, meint Rayne.
»Ja, ich bin um ganze sieben Minuten jünger als du. Was bedeutet, dass du viel älter, weiser und weltgewandter bist, als ich es je zu sein hoffen darf.«
Rayne wirft mir einen Blick zu.
Ich lache. »Tut mir leid.«
»Okay, fahren wir zum Friedhof«, antwortet sie. »Lass uns he-

rausfinden, ob wir diese Vampirgeschichte rückgängig machen können.«

»Klingt nach einem guten Plan.«

Rayne fährt vom Parkplatz und biegt nach links ab. Wir schweigen einen Moment lang. Dann . . .

»Meinst du, dass Jake seine Einladung zum Ball rückgängig machen wird, wenn ich mich wieder in einen Menschen verwandele?«

»Arghh!«

»'tschuldigung.« Ich verschränke die Hände auf dem Schoß und mime die brave, schweigende, ernsthafte zukünftige Vampirbraut.

Aber die Frage beschäftigt mich trotzdem.

7 Der Zirkel – alias unterirdische Luxusvilla

Wir biegen auf den St.-Patricks-Friedhof ein und fahren zwischen zwei Statuen von toten Katholiken am Eingang hindurch und eine schmale, von Grabsteinen gesäumte Straße hinunter.

»Ein Treffen mit einem Vampir auf einem Friedhof kommt mir ziemlich abgeschmackt vor«, bemerke ich, während ich aus dem Fenster starre und versuche, mir die Grabsteine nicht allzu sehr unter die Haut gehen zu lassen.

Rayne zuckt die Achseln. »Wenn du meinen Blog gelesen hättest, würdest du wissen, warum, aber he, ich bin davon überzeugt, dass die Fanfiction absolut faszinierend war.«

»Würdest du bitte mit diesem ›Wenn-du-meinen-Blog-gelesen-hättest‹ -Müll aufhören?«, flehe ich und verdrehe die Augen. »Ich meine, ehrlich, ich werde das Ding lesen. Von Anfang bis Ende, versprochen. Aber ich hätte es wohl kaum zwischen dem Schauspielunterricht und unserem Trip zum Friedhof lesen können, oder?«

»Schön, schön.« Rayne dreht das Lenkrad und fährt an den Straßenrand. Dann würgt sie den Motor ab. »Wir sind sowieso da.«

Ich sehe mich um. Wir sind umringt von Grabsteinen, so weit das Auge reicht, was, wie ich vielleicht hinzufügen darf, unter den gegebenen Umständen eine Spur beunruhigend ist.

»Wir sind da? Wo ist Magnus?«

Bong! Bong!

Als plötzlich jemand an mein Fenster klopft, fahre ich prak-

tisch aus der Haut. Ich sehe, wie sich ein Kopf herunterbeugt und zwei Augen zu uns hereinspähen.
Wenn man vom Teufel spricht.
Ich kurbele das Fenster herunter. »Verdammt, Magnus«, knurre ich. »Ich hätte fast einen Herzinfarkt gekriegt. Schleichst du dich oft so an?«
Er grinst und scheint keineswegs zerknirscht zu sein, dass er mich halb zu Tode erschreckt hat. »Wir Vampire verstehen uns recht gut darauf, unbemerkt zu kommen und zu gehen.«
Okay, fügen wir zu der Liste vampirischer Fähigkeiten noch übernatürliche Verstohlenheit hinzu. Das war wahrscheinlich sehr nützlich bei der Jagd auf Menschen, bevor sie diese Geschichte mit der Spenderblutbank ausgeknobelt haben. Wirklich, sie sollten als Attentäter bei der Regierung anheuern oder so was. Sich nach Afghanistan hineinschleichen und Bin Laden ausnuckeln.
Hm. Vielleicht haben sie das bereits getan und das ist der Grund, warum niemand den Typen aufspüren kann ...
»Ähm, bist du so weit oder möchtest du lieber noch ein Weilchen im Auto sitzen und Grimassen schneiden«, fragt Magnus honigsüß.
»Halt deine Reißzähne still, ja?« Ich werfe ihm einen wütenden Blick zu, während ich die Autotür aufstoße, und empfinde eine leichte Befriedigung, als sie ihn am Schienbein trifft. (Obwohl es ihn wahrscheinlich gerade mal kitzelt, als Vampir und alles.)
Ich steige aus dem Wagen und drehe mich noch einmal zu Rayne um. »Kommst du mit?«
Sie runzelt die Stirn. »Ich bin nicht eingeladen.«
Was? Sie hat die Absicht, mich mit diesem irritierenden Blut-

sauger allein zu lassen? Lästige Zwillingsschwester hin oder her, ich werd die Sache auf gar keinen Fall allein durchziehen.

»Doch, bist du wohl«, sage ich. »Du bist so was von eingeladen. Ich lade dich ein. Wenn's hilft, werde ich dir sogar eine Einladung drucken lassen.«

»Nein.« Dieser Einwurf kommt von dem oben erwähnten irritierenden Blutsauger, nicht von meiner armen, uneingeladenen Zwillingsschwester.

»Nein? Was soll das heißen, nein?«, sage ich und drehe mich, die Hände in die Hüften gestemmt, zu ihm um.

»Sunny, ich darf nicht mitkommen. Nur Vampire dürfen den heiligen Zirkel betreten.«

»Könnt ihr nicht mal eine Ausnahme machen? So eine Art Sonderdispens?« Ich setze meine schönste flehende Miene auf. Die, die mir an Abenden unter der Woche immer den Autoschlüssel einbringt, wenn meine Mom findet, dass ich eigentlich lernen sollte. »Bitte? Sie ist meine Zwillingsschwester. Und schließlich weiß sie viel mehr über Vampire als ich. Sie hat sogar einen Blog darüber.« Ich wende mich zu Rayne um und werfe ihr ein verstohlenes Lächeln zu. »Den ich so was von lesen werde, sobald ich nach Hause komme.«

»Nein.« Magnus schnauft laut. Als sei ich ein Dorn in seinem Fleisch und nicht umgekehrt. »Sie darf nicht mitkommen. Es gibt Regeln. Regeln, die schon seit Tausenden von Jahren gelten.«

»Scheißregeln«, murmele ich halbherzig. Ich weiß, dass ich verloren habe. Ich blicke zu Rayne hinüber, die ebenfalls leicht gekränkt und enttäuscht wirkt. Sie hat bestimmt gehofft, sich dieses Zirkel-Dingsbums mit ihren vampirbesessenen Augen ansehen zu dürfen.

»Tut mir leid, Rayne«, sage ich und beuge mich über den Beifahrersitz. »Trotzdem, vielen Dank fürs Herbringen.«
»Soll ich auf dich warten?«
»Klar . . .«
»Nein.« Von Magnus natürlich. Er hat eine echte Vorliebe für dieses Wort, das kommt deutlich rüber. Er muss als Kleinkind der echte Brüller gewesen sein. »Ich weiß nicht, wie lange wir wegbleiben werden. Ich werde Sunshine nach Hause bringen, wenn wir fertig sind.«
Ich ziehe eine Augenbraue hoch. »Okay, schön. Solange niemand von mir verlangt, dass ich mich in eine Fledermaus verwandle und nach Hause fliege.« Tatsächlich könnte das durchaus cool sein, aber das werde ich ihm gegenüber nicht zugeben.
»Ähm, nein. Das Mittel der Wahl wäre ein Jaguar XKR-Cabrio, falls Mylady sich damit abfinden könnten«, korrigiert er mich spöttisch.
Oh. »Ähm, ja. Ich schätze, das wäre okay«, sage ich, obwohl ich innerlich einen Indianertanz aufführe. Eine Fahrt in einem Jaguar-Cabrio? Wie cool ist das? Viel cooler als Fledermausflügel, IMO. Und um Längen besser als unser zerbeulter Käfer.
Solchermaßen aufgemuntert, verabschiede ich mich von meiner enttäuschten Schwester und folge Magnus in die Dunkelheit. Als wir über den mondbeschienenen Friedhof gehen, finde ich es zuerst ein bisschen unheimlich, aber dann wird mir klar, dass das einzige reale Monster hier bereits in meiner Mannschaft ist, daher dürfte ich also ziemlich sicher sein.
Wir kommen zu einer riesigen, kunstvollen Gruft in der Mitte des Friedhofs. Ich meine, dieses Ding ist groß genug, um hineinzugehen, und hat eine Tür und alles. Daneben wirkt der Rest des Friedhofs total winzig.

Ich beobachte Magnus, wie er vor der Gruft stehen bleibt und einen goldenen Schlüssel hervorholt, den er um den Hals trägt. Ich war vorher so sauer, dass ich ihn mir nicht genau angesehen hatte. Nicht dass mich das interessieren sollte, aber Loser hin oder her, er ist der reinste Augenschmaus. Heute Abend hat er sich für diesen totalen Euro-Look entschieden; er trägt eine lederne Jacke über einem schwarzen Armani-Rollkragenpullover, der sich an seine perfekt geformte Brust schmiegt, und dazu eine arg gebeutelte Diesel-Jeans, die sich an, na ja, du weißt schon, an alles andere schmiegt. Sein glänzendes haselnussbraunes Haar hat er mit einem schwarzen Lederband zurückgebunden, was ihm definitiv das Aussehen eines rebellischen Piraten verleiht.

Es ist wirklich ein Jammer, dass er der Fluch meiner Existenz ist und alles.

Magnus steckt den Schlüssel ins Schloss und die rostigen Angeln der schweren Marmortüren öffnen sich knarrend. Wir treten in die Gruft und sofort überflutet der modrige Geruch meine Sinne. Ich fange an zu niesen.

Als ich das tue, sagt mein Vampirführer nicht *Gesundheit* und zuerst erwäge ich ernsthaft, ihn auf sein schlechtes Benehmen hinzuweisen, aber dann beschließe ich, es besser sein zu lassen.

Die Tür fällt hinter uns zu und einen Moment lang umhüllt uns tiefe Finsternis. O-kay. Irgendwie schaurig. Ich stehe in pechschwarzer Dunkelheit in einer echten Gruft, nur mit einem Vampir zur Gesellschaft. Wenn du mir letzte Woche auf einen Stapel Bibeln geschworen hättest, dass ich mit alledem zurechtkommen würde, hätte ich dir nicht geglaubt.

Magnus tastet nach meiner Hand, und als er sie gefunden hat, führt er mich in die Dunkelheit hinein. Und ja, bedauerlicherweise muss ich zugeben, dass seine Berührung mir einen widerstrebenden Schauder über den Rücken jagt.

Herzlichen Dank, Körper. Fällst du deiner Besitzerin gern in den Rücken?

»Sei vorsichtig auf der Treppe«, sagt er, als wir hinabsteigen. Gehen wir in ein unterirdisches Geschoss? Es wird immer merkwürdiger und merkwürdiger, wie Alice im Wunderland sagen würde.

Wir steigen hinab. Stufe um Stufe um Stufe. Wie tief geht das runter? Es kommt mir so vor, als würde ich das Empire State Building runterlaufen oder so was. Die sollten hier wirklich Aufzüge einbauen lassen. Was ist, wenn sie einen Behinderten in einen Vampir verwandeln würden? Das schreit ja förmlich nach Gerichtsprozessen wegen Diskriminierung. »Alles in Ordnung mit dir?«, fragt Magnus leise und sein heiserer britischer Akzent durchschneidet die Dunkelheit.

»Ja«, flüstere ich zurück. »Mir geht es gut.«

Okay, in Ordnung. Ich gebe es zu. Die Situation ist irgendwie intim und ich fühle mich irgendwie angeturnt. Ich meine, ganz egal, wie nervig Magnus sein mag, er ist außerdem unbeschreiblich scharf. Und die Tatsache, dass mich ein unglaublich scharfer Typ an der Hand hält und mich blind durch die Dunkelheit führt, ist irgendwie sexy, auf eine sehr komische Art.

Bah! Ich kann nicht fassen, dass ich das gerade zugegeben habe! Wenn ich mit diesem Vampirunfug fertig bin, werde ich meinen Kopf mal ernsthaft untersuchen lassen. Schließlich denke ich auf diese Art nicht an Magnus. So denke ich an Jake Wilder, mein Schulball-Date. Nur Jake Wilder. Nicht Magnus. Definitiv nicht Magnus.

Nach einer halben Ewigkeit erreichen wir zu guter Letzt das

Ende der endlosen Treppe und ich höre, wie Magnus auf irgendwelche Computerknöpfe drückt. Klingt wie ein Schlüsselcode oder so was. Dieses Vampir-Dingsbums ist echt gesichert.
Eine Tür gleitet lautlos auf und wir treten über die Schwelle. Hinein in absoluten Luxus.
Als meine Augen sich an das fahle Licht gewöhnen und ich sehe, in was wir da hineingeraten sind, keuche ich unwillkürlich auf. Es ist wie eine Villa. Eine Untergrundvilla. Mit Kathedralendecken, Böden aus Marmor und den elegantesten Möbeln, die ich je gesehen habe. Ich verstehe jetzt auch, warum sie hier unten Fort-Knox-mäßige Sicherheitsanlagen brauchen. Es ist der wahr gewordene Traum eines jeden Grabräubers. Lara Croft wäre total aus dem Häuschen.
»Heiliger Bimbam, Batman«, flüstere ich.
Magnus grinst. »Beeindruckend, wie? Wir Vampire schätzen unsere kleinen kreatürlichen Annehmlichkeiten.«
Ich schaue mich in dem Raum um und registriere die antiken Samtsofas und goldverzierten Leuchter. Die Da-Vinci-Gemälde und die Kristalllüster. Es ist wie im Buckingham-Palast. Wenn nicht noch luxuriöser.
»Ich schätze, euresgleichen ist zumindest keine Belastung für das Sozialamt.«
»Wenn du Tausende von Jahren lebst, neigen deine Investitionen dazu, zu reifen und hübsche Gewinne abzuwerfen.«
»Offenkundig.« Rayne hat eindeutig keine Witze gemacht, als sie von Reichtümern sprach, größer, als du sie dir in deinen wildesten Träumen ausmalen kannst. Vielleicht ist diese Vampirgeschichte doch nicht so schlecht, wie ich gedacht habe. Erstens werfen sich einem lauter scharfe Typen an den Hals

und dann hat man auch noch genug Geld, um jeden Schuh zu kaufen, den Marc Jacobs je gemacht hat.
Nicht schlecht. Zu schade, dass die Sache auch Nebenwirkungen hat wie diese ganze Bluttrinkerei und das Nicht-raus-in-die-Sonne-Gehen. Wenn das nicht wäre, würde ich die ganze Geschichte definitiv noch einmal überdenken.
»Komm«, unterbricht Magnus meine Überlegungen. »Lucifent erwartet uns.«

8 Lucifent – König der Vampire und ein niedlicher Bengel

Ich folge Magnus durch die leere Halle und frage mich, wo sich die anderen Vampire verstecken. Oder wo sie essen. *Schluck.* Bei dem Gedanken beschleunige ich meine Schritte, um mit seinem Tempo mithalten zu können.

Wir gehen einen langen, von gedämpften Lampen gesäumten Flur hinunter. Nichts in dieser Gruft ist besonders hell, wie mir auffällt. Wahrscheinlich bekommt zu viel Licht den Vampiraugen nicht.

Am Ende des Flurs kommen wir in eine Wandelhalle, wo an einem Schreibtisch eine dünne blonde Frau sitzt, die sich mit gelangweilter Miene die Nägel feilt. Sie sieht aus wie jemand, den ich kenne, aber irgendwie kann ich sie nicht unterbringen.

»Hey, Marcia«, spricht Magnus sie höflich an.

Das ist es! Sie sieht aus wie Marcia Brady aus *Drei Mädchen und drei Jungen.* He.

Marcia blickt auf und ihre Augen weiten sich vor Freude, als sie Magnus entdeckt. »Oh, Magnus!«, ruft sie und ihre Stimme ist hoch und kokett und amerikanisch. »Ich freue mich ja sooo, dich zu sehen! Es ist viel zu lange her, mein Liebling.«

Hmm. Ich schätze, dieser Typ turnt nicht nur uns Sterbliche an. Er hat auch Groupies unter den Vampiren. Na, so was. Ich unterdrücke ein kurzes Aufflammen von Eifersucht. Was lächerlich ist. Schließlich, Blutsgefährte hin oder her, ich will auf keinen Fall mehr etwas mit Magnus zu tun haben, sobald diese Vampirgeschichte geregelt ist. Wenn Marcia ihn also will, dann kann sie ihn, was mich betrifft, gern haben.

Ich klinke mich wieder in das Gespräch ein.

»Ich freue mich auch, dich zu sehen, Marcia, Liebling«, sagt Magnus mit seiner tiefen Baritonstimme. »Wie ist es dir so ergangen?«

Die Vampirsekretärin läuft dunkelrot an. Mann, die hat's aber erwischt! Marcia, Marcia, Marcia! »Sehr gut, danke«, antwortet sie und kichert dann.

Ich könnte kotzen, wenn ich das sehe.

»Ähm, hallo?«, werfe ich ein, um das Gefühl der Übelkeit abzuwehren. »Ich habe nicht den ganzen Abend Zeit.«

Marcia wirft mir einen bösen Blick zu. »Wer ist das?«, fragt sie hochmütig. »Noch ein Anfänger? Wir sind heutzutage wirklich tief gesunken, wie?«

»Bitte?«, sage ich und ziehe eine Augenbraue hoch. »Würde es Ihnen etwas ausmachen, das zu wiederholen?« Vampir hin oder her, so was lasse ich mir nicht gefallen.

»Meine Damen, bitte«, sagt Magnus mit gequälter Miene. »Marcia, wir sind hier, um mit Lucifent zu sprechen. Ist er bereit, uns zu empfangen?«

Marcia wirft mir ein letztes zorniges Funkeln zu, dann drückt sie schmollend auf die Gegensprechtaste ihres Telefons. »Ihr Acht-Uhr-Termin ist hier«, murmelt sie.

»Schick sie herein.«

Sie deutet mit dem Kopf auf die kunstvolle Mahagonitür hinter ihr. »Er ist ganz für euch da.«

Ich folge Magnus in das hintere Büro und bleibe nur einen Moment lang stehen, um Marcia die Zunge rauszustrecken. Kindisch, ich weiß, aber sooo befriedigend.

Lucifents Büro erweist sich als ebenso exquisit wie der Rest des unterirdischen Zirkels. Das Einzige, was fehlt, sind Fenster. Diese Geschichte, dass man keine Fenster haben darf, wäre grässlich für mich, wenn ich auf Dauer ein Vampir bleiben müsste. Obwohl die Picassos an der Wand vielleicht eine gewisse Entschädigung dafür wären. Die Böden sind aus poliertem Holz, in der Mitte des Raums prangt ein riesiger Mahagonischreibtisch.

Hinter dem Schreibtisch sitzt Haley Joel Osmond, der kleine Junge aus diesem unheimlichen Film *Sixth Sense*.

Okay, es ist vielleicht nicht Haley Joel persönlich. Aber dieser Junge sieht ihm ausgesprochen ähnlich – er ist genauso blond und großäugig. Definitiv ein niedlicher Bengel. Er muss wohl Lucifents Sohn sein oder so etwas. Ich meine, wer weiß, vielleicht ist heute Familientag in der Vampir AG.

»He, du«, sage ich und beuge mich vor, um ihn anzulächeln. Ich liebe Kinder. So süß und unschuldig und voller Leben, bevor die Jahre sie zu mürrischen, sarkastischen Bälgern formen, die ihre eigenen Mütter für einen Joint verkaufen würden. »Du bist so niedlich. Ich wette, dein Daddy ist sehr stolz auf dich. Wie alt bist du jetzt?«

»Oh, ungefähr dreitausend Jahre, plus/minus hundert«, faucht der Junge und sein glückliches Babygesicht nimmt einen ausgesprochen angekotzten Ausdruck an. »Magnus«, wütet er. »Was hat das zu bedeuten?«

Ich blicke zu Magnus hinüber, der gleichzeitig wütend, verängstigt und nervös wirkt.

»Es tut mir sehr leid, Mylord«, sagt er und verbeugt sich vor dem Kind. »Sie weiß es nicht.«

O-kay, schön. Ich schnall es nicht. Ich hätte wirklich diesen blöden Blog lesen sollen.

Magnus erhebt sich aus seiner unterwürfigen Verbeugung und dreht sich zu mir um. »Sunny«, zischt er mit gepresster Stimme. »Das ist Lord Lucifent, Anführer des Blutzirkels. Hoher Priester der östlichen Vampirunion der Vereinigten Staaten von Amerika.«

Ich ziehe eine Augenbraue hoch und schaue zu dem Kind hinüber, das hinter dem riesigen Schreibtisch sitzt. »Haley Joel Osmond ist euer furchtloser Anführer?« Ich fange an zu lachen. Ich kann einfach nicht dagegen an. Es ist so komisch, sich diesen kleinen Dennis allein zu Haus als Anführer der Vampire vorzustellen. Schon bald lache ich so heftig, dass mir die Tränen über die Wangen rinnen. Dieser Junge ist es, vor dem alle Angst haben? Der allmächtige Lucifent? Ich kann nur mit Mühe dem Drang widerstehen, dem kleinen Schurken in die Wangen zu kneifen.

»Könntest du sie bitte zum Schweigen bringen?«, verlangt Lucifent mit einer entzückenden, quiekigen Kleinjungenstimme. He. Er wirkt fuchsteufelswild. Genau wie Magnus übrigens.

»Sunny, hör mir zu«, faucht Magnus mich an. Seine Stimme klingt erheblich einschüchternder als die von Klein Lucifent. »Wenn du dich nicht mit dem Gedanken anfreunden willst, für den Rest deines Lebens ein Vampir zu bleiben, möchte ich dir vorschlagen, auf der Stelle aufzuhören zu lachen.«

Oh. Okay, wenn man es so ausdrückt ... Ich ringe mein Kichern nieder und setze eine ernstere Miene auf. »Tut mir leid«, murmele ich.

»Jetzt verbeug dich vor Lucifent«, zischt Magnus mir aus dem Mundwinkel zu. »Und bezeuge unserem Lord deinen Respekt.«

Oh, heiliger Bimbam! Aber meinetwegen, alles, was notwendig ist, klar? Ich mache einen kleinen Knicks und komme mir dabei ein bisschen lächerlich vor.

»Wer ist diese ignorante Frau, Magnus, und warum hast du sie zu mir gebracht?«, fragt Lucifent scharf. »Ich bin entsetzt über so viel Respektlosigkeit.«

Magnus tritt von einem Fuß auf den anderen. »Also, Sir, die Sache ist die, es hat eine . . . ähm . . .«

»Es hat eine Verwechslung gegeben«, erkläre ich, weil ich finde, dass er ein wenig Schützenhilfe braucht.

Magnus wirft mir einen gequälten Blick zu und wirkt überhaupt nicht dankbar für meine Hilfe. Wow, er scheint wirklich nervös zu sein. Und normalerweise ist er so selbstbewusst. Sogar arrogant. Dieser Lucifent-Bursche, süßes Kind hin oder her, muss in Vampirkreisen ausgesprochen mächtig sein. Wie ein Mafiapate oder so was.

»Was soll das heißen, eine Verwechslung?«, fragt Lucifent mit gepresster Stimme.

»Nun, d-das ist Sunshine McDonald«, antwortet Magnus und deutet auf mich. »Sie hat eine, ähm, eineiige Zwillingsschwester namens Rayne.«

»Und warum soll mich ihr Familienstammbaum interessieren?«

Magnus schluckt hörbar. »Ihre Zwillingsschwester hat die gesamte Ausbildung durchlaufen. Sie ist mir als meine Blutsgefährtin zugewiesen worden.«

»Und?« Lucifents Gesicht ist ziemlich rosa angelaufen. Ich glaube, er versteht endlich, worauf Magnus hinauswill. Für den König der Vampire hat er eine etwas lange Leitung, wenn du mich fragst.

»Und ich habe die falsche Schwester gebissen«, gesteht Mag-

nus und senkt den Blick auf den Boden, das Gesicht flammend rot vor Verlegenheit.
»Du hast was?«, ruft Lucifent, jetzt noch wütender als zuvor über mein Gelächter. Magnus zuckt zusammen, als sei er geschlagen worden. »Du hast die falsche Person gebissen? Jemanden, der keine Verzichtserklärung unterschrieben hat? Den wir nicht zuerst getestet haben? Der die Ausbildung nicht durchlaufen hat?« Er lässt eine winzige Faust auf den Schreibtisch krachen und ich unterdrücke ein neuerliches Kichern. Ich kann nicht dagegen an, er ist einfach so verdammt süß. »Wie konntest du, Magnus? Du wertloser Schleimbeutel! Du bist absolut nutzlos. Wahrhaftig, ich hätte dich in diesem maurischen Gefängnis verrotten lassen sollen. Ich habe dir ewiges Leben gegeben. Maßlose Reichtümer. Macht, die die Vorstellungskraft eines Sterblichen übersteigt. Und so vergiltst du mir meine Güte?«
Magnus sieht so aus, als wäre er am liebsten unter den Schreibtisch gekrochen, um zu sterben. Er tut mir fast leid. Ich meine, he, mir gefällt es genauso wenig wie jedem anderen hier, dass er diese Sache vermasselt hat, wahrscheinlich gefällt es mir noch weniger als den anderen, da dies direkte Konsequenzen für mich und mein Leben hat. Aber trotzdem, wir machen alle Fehler. Diese verbale Tracht Prügel ist nicht nötig. Ich frage mich, ob Vampire Gewerkschaften haben. Magnus könnte diesem Burschen so was von Ärger machen.
»Hör mal, Kumpel, es ist wirklich nicht Magnus' Schuld«, mische ich mich ein und versuche, Lucifents Zorn ein wenig zu entschärfen. »Ich meine, Rayne und ich sehen genau gleich aus. Nicht mal unsere Mom kann uns auseinanderhalten.«
»Halt den Mund, Sterbliche«, faucht Lucifent. Offenkundig ist

er nicht für seinen Charme allein zum König der Vampire aufgestiegen.

»Es tut mir leid, Mylord«, sagt Magnus und verbeugt sich tief. »Ich weiß, ich habe einen schrecklichen Fehler begangen. Und ich bin bereit, den Preis dafür zu zahlen.«

»Das ist sehr nett von dir. Denn du *wirst* zahlen, so viel steht fest«, pflichtet Lucifent ihm mit einem selbstzufriedenen Grinsen bei. Als genösse er Magnus' Qualen. Loser. »Du wirst gut bezahlen.«

»Also, Schuldzuweisungen sind ja schön und gut«, unterbreche ich ihn. »Aber wir sollten einen Zacken zulegen und mehr lösungsorientiert arbeiten. In sechs Tagen, so hat man mir gesagt, werde ich mich in einen Vampir verwandeln, es sei denn, die ganze Geschichte ließe sich rückgängig machen. Also bin ich hier, um herauszufinden, wie das funktionieren soll. Sagen Sie es mir und Sie sind mich los.«

»Dafür würde ich alles tun«, murmelt Lucifent. »Also schön. Ich werde dir sagen, was du tun musst.«

9 Bertha, die Vampirjägerin

»Dann *gibt* es also eine Möglichkeit?«, frage ich und versuche, meine Aufregung im Zaum zu halten. »Die Transformation lässt sich rückgängig machen?«

Lucifent nickt. »In der Tat«, sagt er. »Es ist eigentlich ganz simpel. Ihr braucht lediglich ...«

Plötzlich, Millisekunden, bevor er das Wissen ausspucken kann, das mich vor der ewigen Verdammnis bewahren könnte, gehen Warnsirenen los. Sie klingen wie etwas aus einer Star-Trek-Episode, wenige Sekunden bevor die *Enterprise* den Selbstzerstörungsmechanismus auslöst. Oder nachdem Homer Simpson im Atomkraftwerk von Springfield wieder einmal etwas Idiotisches angestellt hat.

»Die Grenze ist verletzt worden«, verkündet eine weibliche Roboterstimme, wobei ihr Tonfall seltsam gelassen und computerisiert ist. »Die Jägerin hat das Gebäude betreten.«

Lucifent gibt einen Fluch von sich, den kein Haley-Joel-Double jemals von sich geben sollte, da es für jeden in der Nähe ziemlich beunruhigend ist. Dann springt er von seinem Schreibtisch, die Augen weit aufgerissen vor Angst.

»Wir müssen es in den sicheren Raum schaffen!«, ruft er und läuft auf die Tür zu.

»Warte«, rufe ich und habe Mühe, mir in dem Chaos Gehör zu verschaffen. »Was ist mit meiner Rückverwandlung in einen Menschen?«

»Später!«, sagt Magnus panisch, während er mich am Arm packt und zur Tür schiebt. »Wir müssen uns vor Bertha verstecken.«

»Bertha?«

»Ja, Bertha«, wiederholt er ungeduldig und schleift mich aus dem Büro. »Vor Bertha, der Vampirjägerin.«

Hmm. Das klingt ganz anders als ihre Fernsehschwester. Aber okay, wie auch immer.

Ich folge Magnus den reich geschmückten Flur hinunter. Wir holen Lucifent, dessen kleine Beine keine großen Schritte wie unsere machen können, schnell ein und laufen an ihm vorbei.

»Beeilen Sie sich, Master«, fleht Magnus.

»Die Jägerin ist in das Sanktuarium eingedrungen«, erklärt der weibliche Computer hilfreicherweise.

»Puh.« Magnus hört auf zu rennen und lässt Lucifent zu uns aufschließen. »Sie ist auf der anderen Seite des Geländes. Sie wird mindestens zehn Minuten brauchen, um hierher zu kommen.«

Lucifent nickt. »Wir sollten trotzdem versuchen . . .«

»Die Jägerin hat den östlichen Flur betreten.«

Hmm. Entweder die Jägerin ist superschnell oder irgendwas stimmt nicht mit der Matrix. Denn plötzlich lässt sich eine Frau von dem Gitter in der Decke fallen und versperrt uns den Weg. Sie ist in schwarzes Leder gekleidet, aber komm jetzt nicht auf den irrigen Gedanken, sie sei total attraktiv und sexy. Nur so viel sei gesagt, Bertha, die Vampirjägerin, ist offensichtlich in ihrer Mittagspause ein paar Mal zu oft im Drive-in gewesen. Und Leder ist nicht sehr nachsichtig, wenn es darum geht, deine Pommes frites zu kaschieren. Das gilt ganz besonders für eng anliegende Lederhosen, die ihrem Bauchfett gestatten, über den Gürtel zu quellen. Füge ein pickliges Gesicht und strähniges blondes Haar hinzu und du kriegst eine ziemlich gute Vorstellung davon, wie diese »Jägerin« aussieht.

Ich glaube, ich ziehe Sarah Michelle Gellar vor.
»Lucifent«, faucht sie und hebt ihren Holzpflock. Wow, sie trägt auch noch eine Zahnspange. Ich kann nicht fassen, dass der sterbliche Feind aller Vampire zu einem Kieferorthopäden geht. »Bereite dich darauf vor, zu sterben.«
Dann springt Bertha ohne weiteres Getue und schneller, als dass ich ihr mit Blicken folgen könnte, den Flur hinunter und das Schwabbelfleisch zappelt herum wie ein Fisch auf dem Trockenen.
Dann rammt sie Lucifent den Pflock ins Herz.
Es gibt keine dramatische Kampfszene. Keinen Austausch von cleverem Geplänkel. Es wird nur gepfählt. Und in Staub zerfallen. Und schwups, kein Lucifent mehr.
Ich sehe entsetzt zu, wie der einzige Typ, der weiß, wie man meine Verwandlung in einen Vampir rückgängig machen kann, in Rauch aufgeht.
Aber bevor ich diese Tatsache entsprechend betrauern kann, dreht Big Bertha sich mit einem bösen, zahnspangenglitternden Grinsen zu uns um und mir wird bewusst, dass wir möglicherweise im Augenblick größere Probleme haben.
Scheiße.
»Lauf!«, ruft Magnus.
Ich brauche keine zweite Aufforderung.
Wir rennen den Flur hinunter, Bertha dicht auf den Fersen. Magnus zerrt mich in einen Nebenraum und knallt die Tür zu, bevor er einen Stuhl unter den Griff rammt. Mein Herz hämmert wie verrückt, während ich zusehe, wie er zu dem Bücherregal auf der anderen Seite des Raums läuft und es mit Blicken absucht.
Was macht er da?

Ich kann Bertha an die Tür hämmern hören.
»Das ist nicht der richtige Zeitpunkt für den Literaturclub!«, schreie ich.
Magnus ignoriert mich und zieht einen großen, staubigen Band vom Regal. Plötzlich schwingt das Bücherregal auf und enthüllt einen Geheimgang, der in die Dunkelheit führt.
Oh. Hey, nicht übel.
»Beeil dich«, zischt er.
Hinter uns schlägt Bertha jetzt die Tür mit etwas ein, das stark nach einer Axt klingt. Was komisch ist, weil sie keine Axt bei sich hatte, nur einen Pflock. Aber ich werde keine Fragen stellen.
Ich folge Magnus in den dunklen Tunnel hinab und das Bücherregal schwingt zurück, sodass wir in vollkommener Dunkelheit stehen. Der Vampir packt mich an der Hand und schleift mich die Treppe hinunter.
Ich kann die Hand nicht vor Augen sehen und mein Herz hämmert mir noch immer in der Brust. Ich kann nicht fassen, dass diese Jägerbraut soeben den dreitausend Jahre alten Anführer der Vampire mit einem einzigen Streich in Staub verwandelt hat. Und das wenige Sekunden, bevor er mir sagen konnte, wie ich verhindern kann, dass ich selbst ein dreitausend Jahre alter Vampir werde.
Und jetzt ist sie hinter uns her. Was bedeutet, dass ich über die Umkehr der Transformation nichts mehr zu wissen brauche, im Wesentlichen deshalb, weil ich zu einem Häufchen grauen Staubes geworden sein werde, lange bevor es dazu kommt. Einäscherung.
Wird mein Leben je wieder normal sein?

10 Geständnisse eines jugendlichen edlen Ritters

Wir kommen zu etwas, das wie eine Stahltür aussieht und von einer einzelnen Fackel beleuchtet wird. Magnus zieht die Tür auf und schnappt sich die Fackel. Wir treten in einen winzigen Raum, der etwa die Größe eines Aufzugs hat und unmöbliert ist. Der Vampir entdeckt ein Tastenpaneel und tippt einen Code ein. Die Tür schließt sich mit einem Klirren.

Magnus stößt einen Seufzer der Erleichterung aus, befestigt die Fackel in einem Halter an der Wand und lässt sich auf den Boden sinken. Ich setze mich zu ihm.

»Bist du okay?«, fragt er. Er ist immer noch außer Atem.

»Ja, mir geht es gut«, sage ich und aus irgendeinem Grund rührt mich seine Sorge ein wenig. Schließlich hat er soeben mit angesehen, wie sein dreitausend Jahre alter Boss zu einem Häufchen Staub geworden ist. Das dürfte wohl ziemlich traumatisch für ihn sein. Und trotzdem macht er sich Sorgen um mein Wohlergehen.

»Das war verdammt knapp«, sagt er und sein Atem geht immer noch stoßweise. »Ich kann nicht fassen, dass sie Lucifent erwischt hat.«

»Im Ernst«, erwidere ich. Ich sehe mich in dem Raum um. Er scheint ganz und gar aus einem glatten, glänzenden Metall gemacht zu sein. »Was ist das hier?«

»Das ist ein sicherer Raum«, erklärt Magnus. »Mehrere Meter soliden Titans trennen uns vom Rest des Geländes. Hier wird sie nie reinkommen. Wir müssen einfach abwarten. Irgendwann wird sie schon wieder gehen. Schließlich hat sie morgen früh Schule.«

»Also, nur damit ich das richtig verstehe«, sage ich, ziehe die Knie an und versuche, meinen Herzschlag zu beruhigen. »Diese Braut war eine Vampirjägerin?«

»Allerdings«, antwortet Magnus. »In jeder Generation wird ein Mädchen geboren, dem es bestimmt ist, alle Vampire zu töten und die Welt vom Bösen zu befreien, tadadada.« Er schüttelt den Kopf. »Was absolut lächerlich ist. Wir sind nicht böse. Wir töten nicht einmal mehr Menschen. Wir bleiben für uns, spenden Millionen an die Wohlfahrt, das ganze Drum und Dran.«

Interessant. »Aber die Jäger kaufen euch das nicht ab, wie ich deinen Worten entnehme?«

»Bitte«, schnaubt er. »Vor ein paar Jahren haben wir eigens eine PR-Kampagne gestartet. *Vampire sind auch nur Menschen* haben wir die Kampagne genannt. Wir sandten ihrer Dachorganisation, Slayer Inc., Pressemitteilungen, Videoclips, die unsere philantropischen Aktivitäten beleuchten, alles, was man sich nur denken kann. Aber hat sie das überzeugt? Nein. Sie haben sich geweigert, überhaupt irgendetwas zur Kenntnis zu nehmen. Darauf bestanden, es sei ihr *Schicksal,* was zum Teufel das auch heißen soll. Für die Slayer Inc. spielt es keine Rolle, dass einige der größten Maler und Musiker unserer Zeit Vampire sind. Dass sie wertvolle Mitglieder der Gesellschaft töten, die keiner Fliege jemals etwas zuleide tun würden.«

»Ooh, Musiker? Wer zum Beispiel? Marilyn Manson? Der Typ von Nine Inch Nails? Green Day?« Ooh, ich hoffe, dass Billy Joe ein Vampir ist. Dann werde ich ihn vielleicht kennenlernen. Vielleicht lebt er sogar direkt hier im Zirkel. Also, angesichts von Reichtümern und Rockstars muss ich zugeben, dass das Dasein als Vampir ein paar Vorteile haben könnte.

»Ihre Identität ist geheim«, erklärt Magnus, der Spielverderber. »Ich könnte es dir erzählen, aber dann würde ich dich töten müssen.«

»Bin ich technisch gesehen nicht bereits tot?«, frage ich mit einem Lächeln, weil mir unser früheres Gespräch keineswegs entfallen ist.

»Wie schon zuvor begreifst du das Konzept der ›übertragenen Bedeutung‹ nicht.«

»Jaja. Also, wer sind die Musiker?«

Er stöhnt. »Du bist wie ein Pittbull mit einem Knochen, wie?«

Ich grinse stolz.

»Hm, du hast *Behind the Music* auf VH1 gesehen, stimmt's? Rockdokumentationen über begabte Musiker, die in der zweiten Hälfte der Sendung immer jung sterben?«

»›Wenn wir zurückkommen – die Tragödie, die ihre Welt zum Einsturz brachte.‹ «, zitiere ich mit einem Kichern.

»Ähm, richtig.« Magnus verdreht die Augen. »Also, glaubst du ehrlich, dass jeder einzelne dieser Stars einfach Pech gehabt hat?«

Hmm. So habe ich das noch nie betrachtet. Sollte hinter alledem eine Jägerin ohne Sinn für Rock 'n' Roll stehen?

»Erinnerst du dich an diese Serie, die mal im Fernsehen gelaufen ist?«, fährt Magnus fort. »Die über die Jägerin? Dieser Sympathisant Joss Whedon hat die Figur als so nobel und gut dargestellt. Ständig rettet sie die Welt vor diesem Vampir oder jenem Dämon. Aber im richtigen Leben ist das nicht so. Im richtigen Leben ist die Jägerin ein rachsüchtiges, hässliches Miststück ohne jedes Mitgefühl.« Er starrt zu der dunklen Decke empor. »Und jetzt hat sie Lucifent getötet. Das ist ein wahrhaft trauriger Tag für die Vampirwelt.«

»Für meine Welt auch«, werfe ich stirnrunzelnd ein. »Wo er mir doch gerade verraten wollte, wie ich meine Mutation rückgängig machen kann. Bedeutet das, dass ich für alle Ewigkeit eine Blutsaugerin bleiben muss? Oder bis irgendeine Jägerin mich zu Staub verkohlt?«

Magnus zuckt die Achseln. »Vielleicht nicht«, sagt er. »Lucifent hat eine ganze Bibliothek voller altertümlicher Texte. In einem davon wird sich die Antwort sicher finden lassen. Sobald wir hier raus sind, sehen wir uns das mal an.«

Okay, jetzt geht es mir schon eine winzige Spur besser. Vielleicht gibt es doch noch Hoffnung.

»Oh, Lucifent«, stöhnt Magnus plötzlich und schlägt mit dem Hinterkopf gegen die Titaniumwand. Das muss wehtun, selbst für einen Vampir. »Warum musste es dich treffen?«

»Du scheinst dich ziemlich aufzuregen wegen eines Burschen, der dich noch vor einer Minute angeschrien und beschimpft hat«, wage ich zu bemerken, nicht ganz sicher, wie ich auf diese plötzliche Zurschaustellung von Gefühl reagieren soll.

Magnus dreht sich zu mir um und seine Augen sind gefüllt mit blutigen Tränen, was ziemlich ekelhaft ist. Ich frage mich, ob er auch Blut schwitzt. Das wäre sicher ein interessanter Effekt im Fitnessstudio.

»Lucifent war mein Vater«, erklärt er mit schleppender Stimme. »Mein ursprünglicher Blutsgefährte, obwohl wir das damals noch nicht so genannt haben. Er war derjenige, der mich in einen Vampir verwandelt hat.«

»Ah.« Langsam ergibt die Sache einen Sinn. Widerstrebend steigt ein gewisses Mitgefühl mit dem armen Magnus in mir auf. Mit anzusehen, wie Lucifent, sein Vampirdaddy, in Rauch aufgeht, muss ziemlich übel für den Burschen gewesen sein.

Tatsächlich erstaunt es mich, dass er die Geistesgegenwart hatte, dafür zu sorgen, dass auch ich lebend aus der Geschichte rausgekommen bin.

»Also, warum wolltest du ein Vampir werden?«, frage ich neugierig. »Waren es Reichtümer und Macht, wie Rayne es sich wünscht?«

Magnus schüttelt den Kopf. »Wohl kaum«, antwortet er. »Als ich verwandelt wurde, lagen die Dinge ganz anders.«

Er streckt die Beine aus und räkelt sich, bevor er laut gähnt. Ich weigere mich zu registrieren, wie diese ausgestreckte Position seine Waschbrettmuskeln betont. Oh nein, die sind nicht mal ein Piepser auf meinem Radarschirm.

»Inwiefern anders?«

»Das ist eine lange Geschichte.«

Ich zucke die Achseln. »Wenn wir irgendetwas haben, dann ist es Zeit.«

»Nur allzu wahr.« Er grinst kläglich. »Also, angefangen hat es vor ungefähr tausend Jahren. Als ich König Artus als einer seiner Ritter der Tafelrunde gedient habe.«

Ich stutze. »König Artur? Dann hat es ihn also wirklich gegeben?«

Magnus runzelt die Stirn und wirft mir einen seiner berühmten Blicke zu. *»Natürlich* hat es ihn gegeben«, sagt er voller Entrüstung.

»Oh. Okay. Aber ich dachte ...«

»Ähm, bis gestern dachtest du auch, es gäbe keine Vampire.«

Da hat er nicht unrecht.

»Dann hast du also für den Knaben gearbeitet? An der Tafelrunde gesessen? In Camelot rumgehangen?« Ich versuche, mir Magnus in glänzender Rüstung vorzustellen, statt in seinem gewohnten schimmernden Armani-Anzug. Ich wette, er war als Ritter ziemlich sexy. All die Edelfräulein waren wahrscheinlich verrückt nach ihm. Ich frage mich, ob er eine Frau hatte. Kinder. Igitt. Warum erschreckt mich der Gedanke so sehr, dass er Kinder gehabt haben könnte? Ich meine, wen interessiert das schon? Er hatte also schon tausend Jahre lang ein Leben, bevor ich geboren wurde. Na toll.

»Hast du Lancelot gekannt?«, frage ich, um mich von der beunruhigenden Kinderfrage abzulenken.

»Lancelot«, schnaubt Magnus angewidert. »Wie kommt es bloß, dass alle ständig nach diesem Weichei fragen? Ich find's einfach zum Schreien komisch, dass all die Legenden verbogen worden sind, damit er wie ein Held dasteht. Der Bursche ist praktisch nie aufgetaucht, wenn's ums Kämpfen ging. Er war zu beschäftigt damit, es hinter dem Rücken des Königs mit Königin Guinevere zu treiben. Ich meine, seinetwegen hat der arme Artus seinen Thron verloren und Camelot wurde zerstört. Also, ja«, fügt er sarkastisch hinzu. »Er steht bei mir nicht besonders hoch im Kurs, das kann ich dir verraten.«

Schon wieder eine Kindheitsfantasie, die ins Klo gespült wird.

»Vergiss Lancelot. Wie bist du in einen Vampir verwandelt worden? War es Merlin? Die Dame vom See? Ooh, ich weiß. Morgan le Fay, die Hexe. Sie hat es getan, stimmt's?« Ich hatte letztes Jahr im Geschichtsunterricht, als es um die Artus-Legenden ging, gut aufgepasst. Die Storys waren einfach zu prall, um der Versuchung zu widerstehen.

»Wie ich schon sagte«, fährt Magnus fort, ohne auf meine Vermutungen einzugehen, »wir Ritter wurden auf einen Kreuzzug in die östlichen Länder geschickt. Unsere Mission war es, die Heiden zu bekehren und, wichtiger noch, den Heiligen

Gral zu finden.« Er sieht mich an. »Das ist der Becher, aus dem Jesus Christus beim letzten Abendmahl getrunken hat.«
»Ich weiß, was das ist. Ich bin nicht blöd«, sage ich. »Ich meine, ich habe *Indiana Jones und der letzte Kreuzzug* gesehen. Und natürlich Monty Python.«
Magnus verzieht das Gesicht. »Ähm, klar. Wie dem auch sei, kurz nach unserer Ankunft dort wurde unser Orden von den Mauren in der Stadt Bethlehem gefangen genommen. Man hat uns ins Gefängnis geworfen. Geschlagen und ausgehungert, bis wir dem Tod sehr nahe waren. Ich dachte, mein Leben würde in diesem Gefängnis enden. Ein Ende im Alter von achtzehn Jahren.« Magnus hält inne, dann fügt er hinzu: »Aber im Grunde war das der Ort, an dem alles begann.«
Ich nicke. »Okay, sprich weiter.« Das entwickelt sich langsam zu einer verdammt guten Story. Einen Moment lang vergesse ich beinahe, dass ich in einem tiefen dunklen, unterirdischen Titaniumraum mit nur einem Vampir zur Gesellschaft festsitze.
»Aber damals hatten die Vampire noch keine Spenderblutbänke wie heute. Um also an das Blut heranzukommen, das sie zum Überleben brauchten, waren sie gezwungen, es aus den Hälsen unwilliger Menschen zu saugen. Nicht gerade politisch korrekt, ich weiß, aber was soll man machen. Es war überhaupt ein barbarisches Zeitalter. Wie auch immer, eines Nachts kam Lucifent in das maurische Gefängnis, um nach Opfern zu suchen. Als er sah, welche Foltern wir Gefangenen erlitten hatten, war er entsetzt. Er konnte nicht glauben, dass es solche Grausamkeit gab.«
»Und das von einem Mann, der allnächtlich Kehlen aufgerissen hat.«

Magnus runzelt die Stirn. »Er hat es auf die humanste Weise getan, die möglich war«, beharrt er und wirft mir einen zornfunkelnden Blick zu.
»Okay, okay. Ich hör ja schon auf, auf deinem Papa rumzuhacken. Herrje«, sage ich ein wenig mürrisch.
Magnus schüttelt den Kopf, dann spricht er weiter. »Also hat Lucifent in einem Akt roher Leidenschaft alle Wachen ermordet und für seinen mitternächtlichen Imbiss *ihr* Blut getrunken statt unseres. Sie haben ihn nicht einmal kommen sehen. Und als er fertig war, hat er uns alle freigelassen.«
»Hm, das war schrecklich nett von ihm«, antworte ich und versuche, mir meine *Brownie*-Punkte zurückzugewinnen.
»Aber ich war zu schwach, um fliehen zu können«, erklärt Magnus. »Nach einer fast einjährigen Einkerkerung hatten meine Muskeln sich zurückgebildet und ich konnte nicht aufstehen. Also hat Lucifent mich gefragt, ob ich gern sterben möchte oder ewiges Leben vorzöge.« Magnus zuckt die Achseln. »Du errätst wahrscheinlich, wofür ich mich entschieden habe.«
»Wow. Irre Story!«, sage ich beeindruckt. Ich versuche, mir vorzustellen, wie es wohl gewesen sein mag, im zwölften Jahrhundert zu leben. Auf Kreuzzüge zu ziehen und gefangen und gefoltert zu werden, ohne eine Genfer Konvention, die den Feind am Schlimmsten hindert. »Also bist du seither ein Vampir?«
»Ja. Ich habe den Aufstieg des britischen Imperiums mitgemacht, die Gründung der Vereinigten Staaten, die industrielle Revolution, den Bürgerkrieg. Die Wilden Zwanziger und die Weltwirtschaftskrise. Den Ersten Weltkrieg, den Zweiten Weltkrieg. Kennedy bis Chruschtschow. Disco und Techno,

sämtliche Mätzchen von J-Lo und P. Diddys Namenswechsel. Alles, was du willst, ich hab's erlebt.«
»Und bist du glücklich? Bist du gern ein Vampir?«
Magnus schweigt einen Moment. »In gewisser Weise«, sagt er schließlich. »Das ewige Leben ist ein großes Geschenk. Ich habe so viele Abenteuer erlebt. So viele Erfahrungen gemacht. Gleichzeitig ist es ein wenig ... einsam.«
»Einsam?«
»All meine sterblichen Freunde sind seit tausend Jahren tot«, sagt er leise und blickt zu Boden. »Und bis man mit seinem Blutsgefährten verbunden wird, was erst passiert, wenn man die Jahrtausendgrenze erreicht hat und das eigene Blut ordentlich gealtert ist, darf man eigentlich keine ernsten Beziehungen anfangen.«
Wow. Dieser Typ hat seit tausend Jahren kein Date mehr gehabt? Kein Wunder, dass er so mürrisch ist!
»Und jetzt hatte ich endlich die Erlaubnis bekommen, mir eine Blutsgefährtin wählen zu dürfen. Eine Partnerin, die ich lieben, für die ich sorgen und mit der ich den Rest der Ewigkeit verbringen darf. Und dann vermassele ich die Sache im großen Stil und beiße das falsche Mädchen.« Er schlägt mit der Faust auf den Boden. »Jetzt bin ich wahrscheinlich dazu verdammt, den Rest meines Lebens allein auf Erden zu wandeln.«
Ich betrachte ihn mitfühlend. Armer Kerl. Dabei wollte er doch nur eine nette Freundin, die ihn zu schätzen wusste. Stattdessen hatte er plötzlich meine weinerliche, undankbare Wenigkeit am Hals. Buchstäblich, wie ich grinsend feststelle.
»Ich will dich nicht kränken und alles«, fügt er hinzu und blickt mit traurigen Augen zu mir auf. »Du bist ein liebes Mäd-

chen. Aber offensichtlich hast du kein Interesse, meine Gefährtin zu sein. Und um dir die Wahrheit zu sagen, ich hätte lieber gar keine Blutsgefährtin als eine, die mich verabscheut und für eine Art Monstrum hält.«

Ein Stich des Schuldgefühls durchzuckt meine Eingeweide. Während dieser ganzen Zeit bin ich nichts anderes gewesen als egoistisch. Ich habe nur an mich selbst gedacht und daran, wie lästig diese ganze Vampirverwechslung für mich gewesen ist. Ich habe nie überlegt, wie ätzend es vermutlich auch für ihn gewesen sein muss. Da bekam er nun endlich die Blutsgefährtin, auf die er ein Jahrtausend gewartet hat. Eine willige Partnerin, mit der er die Ewigkeit teilen konnte. (Selbst wenn es sich nur um meine dumme Zwillingsschwester gehandelt hat.) Und jetzt ist alles vermasselt.

»Liebst du Rayne?«, erkundige ich mich neugierig und frage mich, wie weit die Bindung zwischen Möchtegernblutsgefährten gehen darf.

Magnus schüttelt den Kopf. »Ich kenne sie kaum. Vor der eigentlichen Transformation ist kein allzu großer Kontakt gestattet. Es ist ungefähr so wie die arrangierten Ehen in alten Tagen. Der Rat ermittelt deinen Blutsgefährten anhand einiger sehr komplexer Kompatibilitätsalgorithmen. Schließlich sitzt man anschließend für die Ewigkeit miteinander fest, daher nehmen sie die Angelegenheit ziemlich ernst.«

»Und sie dachten, du und Rayne, ihr würdet gut zusammenpassen?«

»Offenkundig. Und ich vermute, dass sie wahrscheinlich recht hatten. Ich bin ihr während der Ausbildung ein paarmal begegnet und sie scheint mir ein brillantes Mädchen zu sein. Und du darfst mich ruhig ein oberflächliches männliches Wesen nen-

nen . . .«, fügt er mit einem Grinsen hinzu, ». . . aber sie ist obendrein sehr schön.«
Ich spüre, wie ich bis in die Zehen hinab erröte. Wenn er Rayne für schön hält, bedeutet das zwangsläufig, dass er mich schön findet, wo wir doch eineiig sind und alles. Nicht dass es mich interessieren würde, was er denkt. Wirklich nicht. Schließlich gibt es keinen Grund, jetzt überhaupt ein Interesse für diesen Knaben zu entwickeln. Ich muss mich darauf konzentrieren, einen Weg zu finden, um mich wieder in einen Menschen zu verwandeln. Es geht hier nicht darum, Ausreden zu finden, um mit einem tausend Jahre alten Vampir zu flirten. Selbst wenn der fragliche Vampir ein Orlando-Bloom-Double ist, das früher König Artus gedient hat.
Außerdem, lass uns hier ganz offen sein. Magnus ist eine Mordsnervensäge. Aufreizend. Selbstsüchtig. Die Art Typ, die nur an sich denkt und sich nicht im Mindesten darum schert, was andere brauchen.
»Du siehst so aus, als würdest du frieren. Hier, nimm meinen Mantel«, sagt Magnus, zieht seine Lederjacke aus und reicht sie mir. Ich schlüpfe widerstrebend hinein.
Okay, so selbstsüchtig vielleicht nun auch wieder nicht. Aber eindeutig ein Blödmann. Gemein und arrogant.
»Mach dir keine Sorgen, Sunny«, sagt er, legt einen Arm um meine Schultern und zieht mich an sich. Ich schmiege mich widerstrebend in seine viel zu behagliche Umarmung. »Ich verspreche, dass ich eine Möglichkeit finden werde, dich zurückzuverwandeln. Ganz egal, was es kostet.«
Wow. Er macht mir die Sache nicht leicht, wie?

11 Knoblauch, Sonnenschein und rohes Fleisch – oje!

Wir bleiben stundenlang in dem Titaniumraum. Ich schlafe sogar für eine Weile, und als ich aufwache, liegt mein Kopf auf Magnus' Schulter, was furchtbar peinlich ist, das kann ich dir sagen. Ich hoffe, ich habe ihn nicht irgendwann vollgesabbert.

Nachdem wir eine Ewigkeit gewartet haben, erklärt die weibliche Computerstimme: »Die Jägerin hat das Gebäude verlassen.«

Wir machen uns auf den Rückweg. Außer uns ist niemand mehr im Gebäude. Magnus erklärt, dass die meisten Vampire bereits zum Essen ausgegangen waren, als die Jägerin kam, und wahrscheinlich noch gar nicht wissen, dass ihnen ihr furchtloser Anführer entrissen wurde.

Er führt mich zum Ausgang und erklärt mir, dass er mich zuerst nach Hause bringen und dann zurückkommen werde, um in der Bibliothek Nachforschungen über meine Rückverwandlung in einen Menschen anzustellen. Zuerst schlage ich vor, ihm bei der Lektüre zu helfen, aber dann gesteht er, dass er die Absicht habe, zwischendurch zu speisen, und ich komme zu dem Schluss, dass ich noch nicht so weit bin, daran teilnehmen zu wollen. Ich meine, klar, ich kapiere durchaus, dass seine Spender das freiwillig tun und sorgfältig getestet werden, aber die Vorstellung, ihm dabei zuzusehen, wie er ihnen das Blut aussaugt, ist nicht besonders reizvoll für mich. Außerdem hat Magnus versprochen, mir eine SMS zu schicken, sobald er etwas herausgefunden hat.

Also komme ich gegen fünf Uhr morgens nach Hause. (Die

Fahrt in dem Jaguar-Cabrio ist himmlisch, BTW.) Eigentlich müsste ich völlig erschöpft sein, aber ich bin hellwach. Ich schleiche mich auf Zehenspitzen in mein Zimmer und versuche, meine Mom nicht zu wecken, da ich nicht glaube, dass sie es mir abkaufen würde, wenn ich erkläre, ich sei nur zu spät nach Hause gekommen, weil ich mich vor einer Vampirjägerin verstecken musste, die Haley Joel Osmond direkt vor meinen Augen getötet hat.

Glücklicherweise hat sie einen tiefen Schlaf.

In meinem Zimmer schalte ich das Licht ein. Mein Blick fällt auf jemanden, der in meinem Bett schläft. Rayne. Sie muss versucht haben, wach zu bleiben und auf mich zu warten. Ich krieche neben ihr ins Bett und schalte das Licht aus. Sie dreht sich mit einem leisen Stöhnen um.

»Oh«, murmelt sie. »Ich wusste gar nicht, dass du wieder zu Hause bist.«

»Bin gerade reingekommen«, sage ich und decke mich zu. Nachdem ich die Nacht auf einem harten Titanfußboden verbracht habe, ist das weiche Bett meinem schmerzenden, müden Körper hochwillkommen.

»Also, was ist passiert? Hat Lucifent dich zurückverwandelt? Bist du wieder ein Mensch?«

Ich seufze. »Nein. Er wollte uns gerade erzählen, wie man den Prozess umkehrt. Er meinte, es sei ganz einfach und alles. Aber dann hat die Jägerin ihn in Staub verwandelt.«

Rayne richtet sich im Bett auf. In der Dunkelheit kann ich ihre weit aufgerissenen Augen sehen. »Die Jägerin?«

»Ja, anscheinend gibt es in jeder Generation ein Mädchen, dem es bestimmt ist, Vampire zu töten oder so. Wie bei Buffy.«

»Ich weiß, was die Jägerin ist«, erwidert Rayne ungeduldig.

»Ich kann nur nicht fassen, dass sie Lucifent erwischt hat! Das ist schrecklich. So ein großer Verlust für die Vampire auf der ganzen Welt.«

»Ich weiß nicht.« Ich zucke die Achseln. »Mir kam er eher wie ein Arschloch vor.«

»Sunny, Lucifent hat so viel für den Zirkel getan. Du hast ja keine Ahnung. Wenn du meinen Blog gelesen hättest ...«

»Könntest du endlich aufhören, mich mit diesem Blog vollzuquatschen?« Ich weiß, ich bin zickig, aber das wärest du auch, wenn du die Nacht so verbracht hättest wie ich.

Rayne legt sich wieder hin. »Ich kann nicht fassen, dass Lucifent tot ist«, murmelt sie und starrt zur Decke hinauf. Als wir Kinder waren, haben wir in der Dunkelheit leuchtende Sterne dort aufgeklebt und einige von ihnen leuchten noch immer – winzige Nadelstiche grünen Lichts. Was für unschuldige Zeiten das waren.

»*Ich* kann nicht fassen, dass ich vielleicht für immer ein Vampir bleiben muss«, gebe ich zurück. Herrje. Diese Mitleidsnummer für Lucifent hängt mir jetzt schon zum Hals raus. Sunny braucht auch Mitleid. »Ich meine, diese Geschichte wird meinem gesellschaftlichen Leben einen ganz schönen Dämpfer aufsetzen. Ganz zu schweigen von meiner Highschool-Karriere.«

Beim letzten Satz bricht meine Stimme. Verdammt, ich will nicht schon wieder losheulen. Aber ich bin müde und gestresst und habe Angst und irgendwie kann ich einfach nicht dagegen an. Sobald ich einmal eine Träne entwischen lasse, stürzen die restlichen mein Gesicht hinunter wie ein beschissener Wasserfall.

»Ich will kein ... kein Vampir sein«, stoße ich hervor.

Rayne rollt sich auf die Seite, streicht mir eine Haarlocke aus der Stirn und betrachtet mich besorgt. »Es tut mir leid, Süße«, sagt sie. »Ich vergesse dauernd, wie hart das für dich sein muss.« Sie küsst mich auf die Wange, dann steigt sie aus dem Bett. »Ich werde dafür sorgen, dass du noch etwas Schlaf bekommst.«

»Kannst du nicht bleiben?«, frage ich. Die Worte entschlüpfen mir, bevor ich es verhindern kann. Sie muss mich für ein solches Baby halten, aber plötzlich möchte ich nicht mehr allein sein. Allein mit meinen quälenden Gedanken.

Sie nickt und kommt wieder ins Bett, ohne Fragen zu stellen. »Klar«, sagt sie und zappelt sich in eine bequemere Lage. »Wozu hat man schließlich eine Zwillingsschwester?«

Der für die Musik, die aus meinem Radiowecker kommt, verantwortliche DJ sollte erschossen werden. Nein, das wäre nicht schmerzhaft genug. Er sollte kastriert und dann tollwütigen Hunden vorgeworfen werden. Oder so was. »The Monster Mash« ist mein morgendlicher Wecksong – bitte. Unmenschlich, sage ich dir.

Ich drücke auf die Schlummertaste und ziehe mir die Decke über den Kopf. Ich war noch nie im Leben so erschöpft. Ich fühle mich, als würde ich mich gleich übergeben müssen, so müde bin ich. Ich glaube nicht, dass ich überhaupt eingeschlafen bin, bevor die Sonne über den Horizont gelugt hat. Und dann bin ich in einen fast komatiefen Schlummer versunken, bis der DJ beschlossen hat, mich mit seiner grausamen und ungewöhnlichen musikalischen Strafe zu foltern.

Aber Rayne, plötzlich ganz die böse ältere Schwester, die wahrscheinlich mit dem DJ unter einer Decke steckt, gibt sich nicht damit zufrieden, mich schlafen zu lassen. Sie schüttelt mich an der Schulter. »Wach auf, Sun«, befiehlt sie mit einer übertrieben munteren Stimme. »Wir müssen in die Schule.«

»Ich bin krank«, murmele ich und lasse mich von ihrem Schütteln nicht beirren.

»Du bist nicht krank. Du bist nur ein Vampir«, erklärt sie, als wäre dadurch alles okay. »Es ergibt also durchaus Sinn, dass du tagsüber schlafen möchtest.«

Bei ihren Worten reißt es mich förmlich vom Kissen. OMG, sie hat recht! Ich benehme mich tatsächlich wie ein Vampir. Ich bin die ganze Nacht aufgeblieben und jetzt hoffe ich, den ganzen Tag schlafen zu können. Uh. Ich möchte diesen ganzen Vampirtrieben auf keinen Fall nachgeben. Nach allem, was ich weiß, könnte es die Umkehr der Transformation erschweren, wenn ich das alles einfach akzeptiere.

»Ich bin schon auf«, sage ich und reibe mir die Augen. Das Sonnenlicht, das durch das Fenster fällt, fühlt sich wie Feuer auf meiner Haut an. Ich denke, ich werde heute Morgen die Faktor-30-Creme benutzen. Oder vielleicht das superstarke 50-plus-Zeug, das Mom in ihrem Badezimmer stehen hat.

Ich schnuppere. »Igitt. Was ist das für ein grässlicher Gestank?«, frage ich und ziehe die Nase kraus.

Rayne zuckt die Achseln. »Riecht so, als würde Mom Frühstück machen.«

»Das riecht eindeutig nicht nach einem Frühstück, das ich essen möchte«, erwidere ich, steige aus dem Bett und versuche, auf meinem Weg zum Badezimmer den sonnigen Stellen im Raum auszuweichen.

Ich wasche mir das Gesicht und stelle fest, dass ich heute Morgen besonders blass bin. Etwa so, wie Rayne aussieht, wenn sie sich das Gesicht mit weißer Schminke vollkleistert, um einen extremen Gothiclook zu erzielen. Oh, na schön, so viel zu der Idee, braun zu werden. Ich schmiere mich mit Sonnencreme ein, wobei ich gut aufpasse, keine vorstehenden Teile auszulassen, dann gehe ich zurück in mein Zimmer. Rayne ist inzwischen nicht mehr da und ich fühle mich mehr als versucht, ins Bett zurückzukriechen. Aber nein, ich muss dem Verlangen widerstehen. Ich muss mich so normal wie möglich benehmen. Außerdem, wenn ich in die Schule gehe, werde ich Jake Wilder sehen. Den Jake Wilder, der vollkommen verrückt nach mir ist. Wenn das keine Motivation ist!

Als ich angezogen bin, stapfe ich die Treppe hinunter, bereit, mich der Welt zu stellen. Oder zumindest meiner Mutter. Aber der faulige Gestank wird nur schlimmer, als ich mich der Küche nähere. Ih! Was zum Teufel kocht sie diesmal? Gebratene verweste Ratte?

Nur der Vollständigkeit halber, meine »Ja-ich-war-in-Woodstock«-Mom hat im Laufe der Jahre einige ziemlich eigenartige Rezepte entwickelt. (Möchte jemand Tofu-Manicotti?) Also kann ich nur ahnen, was sie diesmal zusammengekocht hat. (Und BTW, die Woodstock-Geschichte? Sie vergisst immer zu erwähnen, dass sie damals fünf Jahre alt war und mehr Zeit damit verbracht hat, nackt im Schlamm rumzurennen, gejagt von meiner entnervten Oma, als mit Musikhören. Andererseits schätze ich, dass eine Menge Erwachsene dasselbe getan haben, wer bin ich also, den kulturellen Einfluss dieses Ereignisses auf Moms Existenz beurteilen zu wollen?)

»Fackelst du die Küche ab, Mom?«, witzele ich, als ich den Raum betrete. Der Geruch ist jetzt fast überwältigend und ich muss einen Schritt zurücktreten, um mich zu fassen. Es ist ein

angebrannter Fäulnisgestank, der mich in der Kehle würgt. Ich halte einen Moment lang inne und blinzele ein paarmal, da meine Augen plötzlich wie verrückt tränen.
»Was ist los, Schätzchen?«, fragt Mom und wendet sich von dem entsetzlichen Zeug, das sie da zusammenbraut, ab, einen besorgten Ausdruck auf dem Gesicht. »Du siehst schrecklich aus.«
»Ich fühle mich auch schrecklich«, sage ich, lasse mich auf einen Küchenstuhl fallen und versuche, dem Drang zu widerstehen, mir beide Zeigefinger in die Nase zu stecken. So schlimm, wie das stinkt, muss sie echt geschuftet haben, und ich darf nicht unhöflich sein. Hoffentlich erwartet sie nicht von mir, dass ich etwas davon esse.
Mom wischt sich die Hände an ihrer Schürze ab und kommt auf mich zu. Sie legt mir eine Hand auf die Stirn. »Du fühlst dich nicht krank an«, sagt sie und zieht die Brauen zusammen. »Nein, deine Stirn ist eiskalt.«
Ich weiche ein wenig zurück, bevor sie anfängt, über meine perfekt gekühlte Vampirtemperatur nachzugrübeln.
»Was ist das für ein ... Geruch?«, gelingt es mir hervorzustoßen. Ich muss unbedingt das Thema wechseln.
Sie legt verwirrt den Kopf schief. »Geruch?«, wiederholt sie und schnuppert. »Ich kann nur das Frühstück riechen, das ich in der Pfanne habe.« Sie zuckt die Achseln. »Tofu, Peperoni und viel Knoblauch, genauso, wie du es magst.«
Da! Die Erkenntnis trifft mich wie ein Hammer auf den Kopf. Das muss es sein. Ich habe plötzlich die stereotype Vampirabneigung gegen Knoblauch entwickelt. Ein Nahrungsmittel, das ich früher heiß und innig geliebt habe. Na, so was.
»Komm, es ist fertig«, sagt sie, geht zum Herd zurück und

häuft eine Mammutportion auf einen Teller. »Willst du Salz dazu?«

Ehrlich, ich will nur eins, nämlich dass das ganze Zeug in den Müll geworfen wird. Vorzugsweise in den Müll des Nachbarn. Des Nachbarn, der auf dem Zwergplaneten Pluto lebt. Das könnte gerade weit genug weg sein, um den Gestank zu ertragen.

Aber was soll ich sagen?, überlege ich, während sie den dampfenden Ekelteller zu meinem Tisch rüberbringt. Mom weiß, dass es mein Lieblingsgericht ist, und sie hat es extra für mich gemacht. Vielleicht kann ich einen Bissen ...

Oh nein. Ich muss kotzen.

Ich springe von meinem Stuhl und stürze ins Bad. Ich schaffe es kaum bis zur Toilette, bevor mein Magen seinen gesamten Inhalt in die Porzellanschüssel ergießt.

Okay. Die Sache ist entschieden. Ich werde das Frühstück definitiv nicht essen. Zum Teufel mit Moms verletzten Gefühlen.

»Sunny, ist alles in Ordnung bei dir da drin?«, fragt Mom, klopft an die Tür und klingt dabei besorgter als je zuvor.

»Sie ist in Ordnung.« Ich kann Raynes Stimme hinter der Tür hören. Gott sei Dank. Sie kann mir Deckung geben, während ich mir die Kotze aus den Zähnen putze.

»Sie ist nicht in Ordnung, Schätzchen. Sie hat sich gerade übergeben.«

»Sie ist einfach nervös. Wir haben heute einen riesigen Geschichtstest.«

»Bist du dir sicher, Rayne?« Hmm, Mom klingt argwöhnisch. Ich schätze, das ist nicht unvernünftig. Ich meine, trotz all ihres Geredes über Frieden, Liebe und Blumenkinderideen ist sie auch nicht von einem Rübenlaster gefallen. Sie weiß, dass ich eiserne Prüfungsnerven habe. Es ist Rayne, die bei solchen Anlässen rätselhafte Krankheiten entwickelt, weil sie glaubt, auf diese Weise am Prüfungstag die Schule schwänzen zu können.

»Rayne hat recht«, sage ich und verlasse mit einem Lächeln das Badezimmer. »Es geht mir gut, Mom. Mir flattert bloß ein bisschen das Hemd. Schließlich macht dieser Test fünfundzwanzig Prozent unserer Zensur aus.«

»In Ordnung. Wenn du dir sicher bist . . .«, sagt Mom, die immer noch zweifelnd dreinblickt. »Aber, Sunny, du wärst wahrscheinlich weniger ängstlich, wenn du gestern Abend zu Hause geblieben wärst und gelernt hättest, statt auszugehen. Ich habe dich gar nicht zurückkommen gehört.«

Verflixt. Das hatte ich ganz vergessen.

»Ich habe bei einer Schulfreundin zu Hause gelernt«, sage ich und verkreuze die Finger hinterm Rücken. »Wir haben Geschichte gemacht und dabei die Zeit vergessen.«

Okay, bevor du denkst, ich sei ein grässlicher Mensch, weil ich Mom anlüge, bin ich technisch gesehen gar nicht so weit vom Schuss. Ich *war* gestern Abend bei Magnus »zu Hause« und wir *haben* über Geschichte geredet. Die Geschichte von König Artus, den Kreuzzügen und Vampiren, um genau zu sein. Aber da es gar keinen Test gibt, denke ich, mir steht eine gewisse kreative Freiheit zu, was genau ich gelernt habe, um ihn zu bestehen.

Einen Moment lang sieht Mom so aus, als würde sie mir meine Erklärung nicht abkaufen. Aber dann zuckt sie die Achseln. »Okay, Schätzchen. Ich bin froh, dass du gelernt hast. Ich muss jetzt zur Arbeit.« Sie beugt sich vor, küsst mich auf die Stirn und tut dann dasselbe bei Rayne. »Einen schönen Tag, Mädchen. Und viel Glück bei dem Test.«

Ich sehe zu, wie sie zum Schrank geht, um ihre Handtasche

herauszuholen. Ich fühle mich mies, weil ich sie angelogen habe. Für eine Mom ist sie ziemlich cool. Ganz anders als die Moms meiner Freundinnen, die sich eher wie Gefängniswärter aufführen und weniger wie Eltern. Sie war immer die »Freundinnen-Mom«. Diejenige, die verspricht, dass sie uns nie verurteilen wird, wenn wir ihr irgendetwas erzählen. Der Typ Mom, dem es lieber wäre, wir würden nach Kondomen oder der Pille fragen, als dass wir loszögen und Sex hätten, ohne es ihr zu erzählen. Sie ist offen und tolerant und liebevoll.

Aber ich glaube trotzdem nicht, dass sie diese ganze Vampirgeschichte verstehen würde. Schließlich heißt Mom- die-Freundin nicht das Gleiche wie Mom-die-versteht-dass-ihre-Tochter-sich-in-eine-Untote-verwandelt-und-dabei-cool-bleibt.

»Wiedersehen, Mädchen«, sagt sie und winkt zum Abschied noch einmal.

»Wiedersehen, Mom«, antworten wir im Chor.

Als wir allein sind, brechen Rayne und ich in nervöses Gelächter aus.

»Das war knapp«, sage ich mit einem Seufzer der Erleichterung.

»Im Ernst«, stimmt Rayne mir zu. »Obwohl ich glaube, dass sie immer noch ein bisschen argwöhnisch ist.«

»Sie denkt wahrscheinlich, ich sei schwanger und hätte morgendliche Übelkeit oder so was. Dass ich mich beim Anblick von Essen übergeben muss.«

»Nee. Sie kennt dich besser«, sagt Rayne mit einem Lachen. »Meine kleine Sunny-das-Unschuldslamm«, gurrt sie und zerzaust mir das Haar.

»E-GAL«, sage ich.

Rayne feixt. »Also, wenn *ich* es wäre, die sich übergeben muss, säßen wir bereits im Wagen auf dem Weg zum Krankenhaus.«
»Ja, wahrhaftig, weil du nämlich ein kleine Schlampe bist«, sage ich hämisch. Rayne boxt mich spielerisch in den Arm. Sie hält das für witzig, na, so was.
»Tatsächlich bist diesmal du die kleine Schlampe. Das Miststück, das mir meinen Blutsgefährten ausgespannt hat«, antwortet sie kichernd. »Und wo wir gerade beim Thema sind, wie ist es dem ach so traumhaften Magnus gestern Abend eigentlich gegangen?«
Aus irgendeinem Grund treibt mir ihre Frage die Röte ins Gesicht. Andererseits, wenn ich bedenke, wie hell meine Haut jetzt ist, dürfte dabei wohl kaum mehr als ein rosiger Schimmer rauskommen.
»Es ging ihm gut«, sage ich. »Er ist natürlich aufgeregt wegen Lucifent. Ich meine, der Typ war sein Vampirvater und alles.«
»Lucifent war Magnus' Erzeuger?«, fragt Rayne und zieht eine Augenbraue hoch.
Ich lächle, überglücklich, endlich einmal etwas zu wissen, das sie nicht weiß. »Yup«, sage ich und erzähle ihr eine Kurzfassung der Geschichte.
Als ich fertig bin, stößt Rayne einen langen, dramatischen Seufzer aus. »Wow!«, sagt sie verträumt. »Mein Blutsgefährte war ein edler Ritter. Wie cool ist das?«
Ich zucke die Achseln. »Ja, er ist tatsächlich ein interessanter Typ, wenn er nicht gerade total arrogant und grob ist.« Ich halte inne, dann füge ich hinzu: »Was neunundneunzig Prozent der Zeit der Fall ist.« Schließlich soll Rayne nicht auf den Gedanken kommen, ich würde eine Art Zuneigung zu Magnus entwickeln, das ist nämlich echt Quatsch. Tatsächlich denke

ich, dass hier ein Themenwechsel angebracht wäre. »Und jetzt schmeiß dieses ekelhafte Knoblauchgebräu raus, bevor ich wieder würgen muss.«
»Okay. Ich bringe es nach draußen.« Rayne verschwindet in die Küche und wenige Sekunden später verlassen sie und der Geruch das Haus und die Luft wird wieder relativ rein.
Als der Geruch verebbt, wird mir plötzlich klar, dass ich einen mörderischen Hunger habe. Ich gehe in die Küche und mache mich auf die Suche nach einem knoblauchfreien Imbiss. Ich spähe in den Kühlschrank. Nicht viel drin. Dann fällt mein Blick auf ein Päckchen Hackfleisch ganz hinten im Kühlschrank.
Meine Mom ist eine strenge Vegetarierin und hat mich im gleichen Sinne großgezogen. Aber meine Schwester konnte ihre Vorliebe für rotes Fleisch nie abschütteln. Also gibt sie ihren Raubtiergelüsten ab und zu nach und gönnt sich einen guten Hamburger.
Ich starre das Fleisch an und stelle plötzlich fest, dass mir das Wasser im Mund zusammenläuft. Tatsächlich habe ich einen solchen Schmacht darauf, dass ich es für möglich halte, sogar ein wenig zu sabbern.
Mit einem Mal streckt sich meine Hand unwillkürlich nach dem rohen Fleisch aus, als hätte sie einen eigenen Willen. Mein Magen knurrt erwartungsvoll. Es sieht so saftig aus. So rot. So köstlich.
Ich schaue mich um, um festzustellen, ob Rayne zurück ist. Sie ist wahrscheinlich damit beschäftigt, die Knoblauchschweinerei zu vergraben. Ich habe Zeit. Ich schnappe mir das Päckchen und reiße es auf, bevor ich gierig händeweise rohes Fleisch grabsche und mir in den Mund schiebe, wobei ich die blutigen

Säfte, die mir die Kehle hinunterrinnen, absolut genieße. Ich schwöre, ein Schokoladen-Erdnussbutter-Eisbecher mit einer Extraportion Schlagsahne und Schokoladensoße könnte nicht mal halb so gut schmecken.

»Du weißt, dass das eine gute Möglichkeit ist, sich *E. coli* zu fangen?«

Ich wirbele herum, den Mund voller rohem Fleisch, und sehe Rayne feixend vor mir stehen. Plötzlich wird mir bewusst, was ich tue. Entsetzt spucke ich das Fleisch in die Spüle und zwinge mich, den Rest auszuwürgen.

»Oh, mein Gott. Ich kann nicht glauben, dass ich das gerade getan habe«, rufe ich, absolut entsetzt. »Das ist ja widerlich.«

»Es ist okay. Ich bin davon überzeugt, dass Vampire immun sind gegen von Nahrungsmitteln übertragene Krankheiten«, sagt Rayne.

»Aber es ist ... ekelhaft!« Ich starre den Rest des Rindfleischs an und kämpfe gegen den fast überwältigenden Drang an, es mir wieder einzuverleiben. »Ich kann nicht fassen, dass ich gerade rohes Hackfleisch gegessen habe. Es ist ganz blutig und schleimig und ...«

»Mach dich deswegen nicht fertig, Sun. Du gibst lediglich deinen Vampirgelüsten nach, das ist alles.« Rayne zuckt die Achseln. »Aber schon bald wirst du dazu übergehen müssen, von Blut zu leben.«

Ich kneife die Augen zusammen. »Das werde ich nicht tun, aber so was von gar nicht.«

»Du wirst, wenn du nur genug Hunger hast.«

»Nein. Werde ich nicht. Werde ich definitiv nicht. Heiliges Indianerehrenwort. Ich schwöre es bei meinem Schulball-Date

mit Jake Wilder«, verspreche ich. »Ich werde nie, nie so hungrig sein.«
Zur Antwort knurrt mein Magen. Uh-oh.

12 Rosen sind rot, Blut ist es auch …

»Sunshine McDonald möchte sich bitte im Büro des Direktors melden.«

Als mein Name über das Lautsprechersystem ausgerufen wird, tauche ich aus meinem durch Schlafmangel verursachten Koma auf. Ich sitze im Trigonometriekurs, den ich hasse, und habe mich in der hintersten Reihe versteckt, den Kopf in die Hände gestützt, und versuche die Nummer »Wach wirken im Schlaf«.

Ich bin so müde. So, so müde. Ich weiß nicht, wie ich diese Woche durchstehen soll, geschweige denn den Rest meiner Existenz. Wenn Magnus kein Vampirgegenmittel findet, bin ich dazu verdammt, eine Highschool-Abbrecherin zu werden.

Ich blicke zum Lehrer hinüber, um mich davon zu überzeugen, dass er die Durchsage gehört hat. Er muss es getan haben, da er mich lediglich mit einem frechen Lächeln zur Tür winkt. Igitt. Er ist so ziemlich der fünfte männliche Lehrer, der mich heute anflirtet. Diese Geschichte mit dem Vampirduft ist klasse bei Jungen meines Alters wie Jake, aber wenn er anfängt, bei perversen Erwachsenen zu wirken, wird es ein wenig abartig.

Ich erhebe mich von meinem Stuhl und danke Lover Boy mit einem Nicken und er macht sich wieder daran, mit einem breiten, blöden Grinsen im Gesicht riesige, unverständliche Matheprobleme zu berechnen. Großes Bäh.

Ich bin froh, in den Flur zu kommen, weg vom Unterricht, aber mir geht schon bald auf, dass ich da womöglich vom Regen in die Traufe komme. Ich habe keine Ahnung, warum ich ins Büro des Direktors gerufen werde, aber solche Dinge gehen im Allgemeinen nicht gut aus. Andererseits habe ich nichts falsch gemacht. Ich habe nichts Komisches gesagt oder getan, ich habe kein Mitglied der Schülerschaft gebissen. Allerdings habe ich den Hauswirtschaftsunterricht fluchtartig verlassen, nachdem die Lehrerin angekündigt hatte, dass wir Käse-Knoblauch-Brot backen würden, aber später habe ich das mit meiner Abneigung gegen Kohlehydrate mit meiner South-Beach-Diät erklärt.

Mit wild hämmerndem Herzen erreiche ich das verglaste Büro und trete ein. Ich kann jetzt echt nicht noch mehr Probleme gebrauchen, bei allem, was gerade los ist.

»Hi, ich bin Sunshine McDonald«, sage ich zu Miss Rose, der langjährigen Schulsekretärin, die am vorderen Schreibtisch sitzt. »Sie haben mich gerufen?«

Miss Rose blickt auf. Sie ist eine ältere Frau, wahrscheinlich um die sechzig, und sie trägt ein adrettes Kostüm in Pastellfarben mit einer perfekten Perlenkette. Barbara Bush, wie sie leibt und lebt. Aber als sie mich sieht, verwandelt sich ihr sittsames Lächeln in etwas, das stark wie ein lüsternes Grinsen aussieht.

»Hallo, Schätzchen«, schnurrt sie mit einer tiefen, sinnlichen Stimme, die keinem Barbara-Bush-Double je gestattet werden sollte. »Ich freue mich ja so, dass du herkommen konntest.« Sie mustert mich von Kopf bis Fuß. »Du siehst heute schrecklich gut aus, meine Liebe.«

Ich trete einen Schritt zurück, ein wenig erschüttert. Wirkt der Vampirduft auch bei ihr? Das ist unmöglich! Er wirkt nur bei Männern und . . .

Ich fange an zu lachen. Ich kann einfach nicht anders. Die ganze Sache ist so absurd, so surreal. Ich kann nicht fassen, dass ich in der Schule von einer heimlich lesbischen Oma angemacht werde.

Miss Rose quittiert meine Erheiterung mit einem Stirnrunzeln und einem ziemlich gekränkten Blick. Armes Ding.

»Tut mir leid«, sage ich und schlucke kräftig, um mein Gekicher in den Griff zu bekommen. »Der Direktor wollte mich sprechen?«

»Nein, meine Liebe«, sagt Miss Rose mit verletztem Tonfall. »Ich habe dich ausrufen lassen, damit du deine Blumen abholen kannst.«

»Blumen?«

Miss Rose deutet auf den Schreibtisch neben ihrem. Mein Blick fällt auf einen absolut riesigen Strauß blutroter Rosen. Es müssen mindestens fünf Dutzend in der Vase stehen, alle sorgfältig arrangiert von einer sachkundigen Floristin.

»Für mich?«, frage ich und gehe im Geiste eine Liste von Leuten durch, die mir Rosen geschickt haben könnten.

Und wunderbarerweise ist die einzige Person, auf die ich komme, Jake Wilder.

Natürlich. Es ergibt unbedingt einen Sinn. Er kann nicht aufhören, an mich und an unser Date am Samstagabend zu denken. Er will sich mit diesem »kleinen« Zeichen seiner Wertschätzung dafür bedanken, dass ich Ja gesagt habe. Es ist etwas, das mich über Wasser halten soll, bis er mir mein Ballsträußchen bringt.

Ich trete vor die Blumen und atme durch die Nase ein, um ihren sanften, pudrigen Duft in mich aufzunehmen. Jake ist so ein wunderbarer Typ. So aufmerksam. So süß. Ich greife nach der Karte und kann es kaum erwarten, sie zu lesen, weil ich davon überzeugt bin, dass es sich um ein geistreiches Gedicht handelt, in dem er mir seine unsterbliche Liebe erklärt ...

Verdammt, die Blumen sind von Magnus.
Ich starre auf die Karte, zuerst so versunken in meine Fantasiewelt, dass ich denke, der Blumenhändler habe vielleicht einfach den falschen Strauß geliefert. Aber nein, auf der Karte steht mein Name. Sie ist lediglich von einem Vampir unterschrieben und nicht von meinem Schulball-Date.
Wie enttäuschend.
Ich blicke zu den Blumen hinüber. Er hat sie wahrscheinlich von einem Friedhof gestohlen oder so was. Mistkerl. Außerdem, warum sollte er mir Blumen schicken?
Ich sehe mir die Karte noch einmal an.

Liebe Sunny,
es tut mir so leid, dass du aufgrund meines schrecklichen Fehlers so viel durchmachen musstest. Ich bin davon überzeugt, dass vor allem die vergangene Nacht traumatisch für dich war. Bitte, nimm diese kleine Geste meiner Entschuldigung an und komm heute Abend in den Club Fang, damit wir über deine Situation sprechen können.
Mit herzlichen Grüßen
Magnus

Ich stoße einen verärgerten Seufzer aus. Jetzt muss ich also noch einmal in den Club Fang? Ich hinke mit meinen Hausaufgaben schon meilenweit hinterher, nachdem ich an den beiden vergangenen Abenden habe ausgehen müssen. Es ist schlimm genug, sich in einen Vampir zu verwandeln, ich muss nicht auch noch die Schule vermasseln.
Aber welche Wahl habe ich schon? Wenn ich diesen Prozess umkehren will, muss ich tun, was er sagt.

»Sunny, Liebes, möchtest du dich vielleicht auf Miss Roses Schoß setzen?«, lädt mich die Sekretärin ein, während sie mit ihren weißen Wimpern klimpert. »Ich würde so gern mal mit dir reden.«
Iih. Damit ist die Sache entschieden. Club Fang, ich komme!

13 Die Spenderbräute

Gegen acht Uhr bin ich im Club Fang. Im Gegensatz zum vergangenen Sonntag gibt es heute keinen Bühnennebel. Nein, heute Abend hat sich der Club in eine hippe Kaffee- und Weinbar verwandelt und die Gäste lümmeln sich an verschiedenen Cafétischen und wirken trendig gelangweilt, während sie an schaumigen Cappuccinos oder an Wein nippen.
Ich entdecke Magnus im hinteren Teil des Raums, wo er mit zwei sehr attraktiven Mädels an einem kleinen Tisch sitzt. Er fängt meinen Blick auf und winkt mich heran. Mir wird bewusst, dass ich seltsam aufgeregt bin, ihn zu sehen, was sehr ärgerlich ist, da das nicht die Art von Macht ist, die er über mich haben sollte.
Wahrscheinlich ist es nur die Vorfreude, wieder in einen Menschen verwandelt zu werden, die meinen Herzschlag beschleunigt, rufe ich mir ins Gedächtnis. Es ist nicht so, dass Magnus mich in irgendeiner Weise anturnt, so viel steht fest. Vor allem nicht, wie ich bemerke, als ich näher komme, in diesem Outfit. Ich meine, wer ließe sich schon von einem maßgeschneiderten schwarzen T-Shirt anturnen, das sich perfekt um seinen Six-Pack-Bauch schmiegt, oder von einer eng anliegenden Lederhose, die allzu sehr betont, was . . .
Okay. Na schön. Ich geb's zu, ich fühl mich zu ihm hingezogen. Stark hingezogen. Tatsächlich finde ich diesen süßen Vampir anziehender als Brad Pitt, Jude Law und Orlando Bloom zusammen. Willst du mich deswegen jetzt vielleicht verklagen?

Kurzum, Anziehung ist eine Sache, der Wunsch, bis in alle Ewigkeit irgendjemandes Blutsgefährte zu sein, ist eine andere. Punkt. Aus. Ende.

Als ich den Tisch erreiche, blicken die beiden Mädchen, die bis zum Gehtnichtmehr gepierct und tätowiert sind, auf und sehen mich mit unfreundlichen, schwarz umrandeten Augen an. Oh, lass mich raten, zwei weitere von Magnus' eifersüchtigen Schülern, die mich hassen, weil ich die Blutsgefährtin dieses Burschen bin. Als hätte ich mich um diesen blödsinnigen Auftritt gerissen.

»Hi«, sage ich, sehe Magnus direkt an und ignoriere seine Groupies. Der Typ sollte echt mal drüber nachdenken, ob er nicht Rockstar werden will wie der Vampir Lestat in Anne Rice' Buch *Königin der Verdammten.* Was schreiende Teenager im Fanlager betrifft, würde er wahrscheinlich bestens abschneiden.

»Hey«, erwidert Magnus meinen Gruß und sieht die beiden Mädchen mit einem selbstgefälligen Lächeln an, als sei er wunders wie stolz auf sich. Ich runzele die Stirn. Erwartet er von mir, dass ich auf seinen Fanclub mit Eifersucht reagiere?

»Ähm . . .« Ich trete von einem Fuß auf den anderen. Soll ich mich setzen? Es steht kein vierter Stuhl am Tisch.

»Setz dich«, befiehlt Magnus plötzlich, beinahe als hätte er meine Gedanken gelesen. OMG, das kann er doch nicht, oder? Das wäre nämlich oberätzend. Vor allem, da ich gerade darüber nachgedacht habe, wie sexy er in diesem Outfit aussieht.

Ich versuche, meine Gedanken abzuschirmen und mich auf irgendwelche anderen Dinge zu konzentrieren, die nichts mit Magnus zu tun haben, zum Beispiel Marc-Jacobs-Schuhe und die Quadratwurzel von Pi. Man kann schließlich nicht wissen, ob er nicht vielleicht doch Gedanken lesen kann ... Nach kurzem Zögern schnappe ich mir einen Stuhl vom Nachbartisch und setze mich.

»Ähm, hi, ich bin Sunny«, sage ich zu dem Mädchen zu meiner Linken. »Nett, dich kennenzulernen«, füge ich hinzu und halte dem Mädchen zu meiner Rechten die Hand hin. »Kommt ihr oft her?«

Das Mädchen starrt meine Hand an, ergreift sie aber nicht. Und auf meine Frage antwortet sie auch nicht.

Wo liegt ihr Problem? Ist sie stumm oder so was? Oder einfach unglaublich unhöflich? (Nach den Leuten zu urteilen, die ich bisher in der Vampirgesellschaft kennengelernt habe, wette ich auf Letzteres.)

»Es ist okay, Rachel. Du darfst mit ihr reden«, gibt Magnus ihr mit großer Gebärde seine Erlaubnis. Himmel. Diese Allmächtiger-Vampir-Geschichte turnt ihn echt an, wie?

Andererseits lassen die Leute ihm das auch einfach durchgehen. Wie diese Rachel zum Beispiel. Ich meine, Magnus befiehlt und die beiden Mädchen werden plötzlich lebendig – wie die animatronischen Figuren in Disney World. Was steckt dahinter? Hat Magnus irgendwie geistige Kontrolle über sie oder so etwas? Oder sind sie einfach typisch zwanghafte Gothics wie meine Schwester und bereit zu tun, was auch immer der große böse Vampir befiehlt?

»Sei mir gegrüßt, oh Geehrte. Ich bin Rachel«, sagt das Mädchen zu meiner Linken in einem unterwürfigen, weit übertrieben dramatischen Tonfall. »Und das ist meine Begleiterin, Charity.«

»Hiya, Sunny«, sagt Charity mit einer überraschend quiekigen

Stimme. Wow. Ich hatte nicht erwartet, dass so was zwischen ihren blutroten Lippen hervorkommt. »Wir, ähm, haben schon so viel von dir gehört.«
Ach ja? Sie haben von mir gehört? Das würde bedeuten, dass Magnus über mich spricht. Dass er sogar mit seinen Freunden über mich spricht. Was natürlich interessant ist, aber bestimmt kein Grund, dass mein Herz plötzlich wie verrückt anfängt zu hämmern.
Während ich versuche, die Kontrolle über meinen abermals verräterischen Körper zurückzugewinnen, sehe ich mir die Mädchen genauer an. Beide haben langes, unmöglich glattes schwarzes Haar, sanfte blaue Augen und Porzellanpuppenhaut. Mm ... Ich frage mich ...
»Seid ihr zwei ...?« Meine Stimme verliert sich, weil ich mir nicht ganz sicher bin, was die politisch korrekte Ausdrucksweise betrifft. Würde der Ausdruck Vampir als tödliche Beleidigung genommen? »Seid ihr ...?«
»Vampire?«, hilft Rachel mir aus.
Mein Gesicht wird heiß. »Ähm, ja.« Okay, ich schätze, hier geht man ziemlich cool mit dem Wort mit V um.
»Nein«, antwortet Rachel und schüttelt den Kopf. »Im Gegensatz zu dir sind wir bedauerlicherweise noch immer mit dieser sterblichen Hülle verbunden.«
»Aber wir hoffen weiter«, meldet Charity sich zu Wort. »Das wär echt geil, wenn wir's wären.«
»Und ob«, stimmt Rachel ihr feierlich zu. »Ein Geschöpf der Nacht zu sein, wäre, wie meine liebe Freundin es so elegant ausdrückt, echt geil.«
O-kay, sie sind also keine Vampire. Aber sie wissen über Vampire Bescheid. Sie sind quasi Möchtegernvampire. Vielleicht

nehmen sie an dem gleichen Ausbildungsprogramm teil, an dem auch Rayne teilgenommen hat?

»Genau genommen sind wir Spenderbräute«, informiert Charity mich.

»Spender. . .?« Ich ziehe die Brauen zusammen. Dann trifft mich die Erkenntnis wie ein Zehntonnenlaster. Ich starre von einem Mädchen zum anderen. *»Ihr* seid Magnus' Blutspender?«

Wow. Magnus hat mir erzählt, dass Vampire Verträge mit willigen Menschen schließen, die sie mit Blut versorgen, aber ich hatte nicht gedacht, dass diese Spender überaus attraktive junge Frauen sein könnten. Das Abendessen muss für den guten Mag ein echtes Gourmeterlebnis sein.

»Ja.« Rachel nickt begeistert. »Wir haben uns verpflichtet, Lord Magnus zu dienen«, sagt sie, blickt zu dem fraglichen Vampir hinüber und wirkt stolzer als ein Pfau. »Wir bieten ihm unser Blutopfer an, auf dass er seine Unsterblichkeit bewahren möge.«

Ich verdrehe die Augen. Was für eine überspannte Tussi. »Das heißt also, dass ihr ihm, ähm, erlaubt, euer Blut auszusaugen? Warum zum Teufel solltet ihr euch zu so etwas verpflichten?« Ich versuche, nicht voreingenommen zu sein, aber mal im Ernst!

»Machst du Witze?« Rachel runzelt die Stirn und ihr Gesichtsausdruck verrät mir, dass ich soeben die blödeste der Menschheit bekannte Frage gestellt habe. »Es ist eine Ehre, Nahrung für ein so mächtiges Wesen bereitzustellen«, erklärt sie. »Indem wir das tun, haben auch wir indirekt Anteil an der Unsterblichkeit.«

»Außerdem ist die Bezahlung klasse!«, meldet sich Charity zu

Wort. Rachel wirft ihr einen bösen Blick zu, als wäre es unfein, auf den finanziellen Aspekt ihrer Vereinbarung zu sprechen zu kommen.

Aber Charity ignoriert sie. »Ich meine, für eine junge Mutter wie mich gibt es keine bessere Möglichkeit, sich nebenbei ein paar Dollar dazuzuverdienen. Das ist eindeutig um Längen besser, als sich seinen Lebensunterhalt mit Kellnern zu verdienen. Jetzt kann ich mich um mein Baby kümmern und eine coole Wohnung mieten und ich habe sogar genug Geld, um aufs College zu gehen. Und das alles ohne Essensmarken. Man kann bei der Sache nur gewinnen, verstehst du?«

Na schön. Da hast du's. Ich meine, was kann man darauf noch sagen?

»Hm, ähm, ich freue mich, dass es für euch so gut läuft«, antworte ich matt. »Wäre zwar nicht meine erste Wahl in puncto Beruf, aber hey, dasselbe gilt für Astrophysik, und es gibt viele Leute, die sich damit ihren Lebensunterhalt verdienen.«

»Mädchen, könntet ihr Sunny wohl einen Drink holen?«, sagt Magnus, der sich jetzt zum ersten Mal in das Gespräch einmischt. »Sie muss großen Durst haben.«

Ohne auch nur ansatzweise zu fragen, warum ich nicht aufstehen und mir meinen verdammten Drink selber holen könne, springen die Spenderbräute auf und gehen zur Kaffeebar rüber.

»Die beiden sind, ähm, süß«, bemerke ich, während ich ihnen nachblicke. Charity kichert über irgendetwas und Rachel verdreht die Augen.

Magnus zuckt die Achseln. »Sie sind Abendessen«, antwortet er schlicht. Als sprächen wir über ein Schweinekotelett oder so was.

»Sie sind außerdem Menschen«, protestiere ich, ohne zu wissen, warum ich das Bedürfnis verspüre, sie zu verteidigen. Schließlich sind sie nicht direkt unfreiwillige Opfer. Wenn sie dumm genug sind zu glauben, dass es cool sei, wenn ein Vampir ihr Blut trinkt wie guten Rotwein, wer bin ich dann, zu behaupten, sie würden ausgebeutet und benutzt? »Ich meine, ich wusste, dass du Spender hast, aber es ist total unheimlich, sie persönlich kennenzulernen.«

»Kann ich mir vorstellen«, erwidert Magnus und dreht sein Weinglas in den Händen. »Ich war mir nicht sicher, ob ich sie mitnehmen soll. Für gewöhnlich speise ich nicht auswärts.«

Auswärts speisen. Haha. »Soll das ein lahmer Versuch sein, einen Vampirwitz zu reißen?«

Er lächelt. »Der Lacher war beabsichtigt, ja.« Er nippt an seinem Wein. »Normalerweise fahre ich früh am Abend bei ihnen zu Hause vorbei und gehe dann für die Nacht meiner Wege.«

»Und warum hast du sie dann heute Abend mitgebracht?«, frage ich.

Er grinst. »Für dich. Ich dachte, du hättest vielleicht gern einen Happen zu essen.«

»Haha. Sehr komisch.«

»Diesmal habe ich keinen Witz gemacht.«

Ich verziehe das Gesicht. »Iih! Ich werde *nicht* irgendjemandes Blut trinken.« Dann erröte ich, als ich mich an den Zwischenfall mit dem rohen Fleisch heute Morgen in der Küche erinnere. Ich hoffe wirklich, dass er meine Gedanken nicht lesen kann, denn das war voll peinlich.

»Du *musst* Blut trinken. Du bist ein Vampir.«

»Nein. Ich muss nicht und ich werde nicht. Wenn ich Hunger kriege, bestell ich mir einfach einen Hamburger.«

»Ein Hamburger wird ...«
»Einen extra blutigen Hamburger.«
Magnus schüttelt den Kopf. »Ein Hamburger besteht nur aus leeren Kalorien«, sagt er. »Du musst dich von menschlichem Blut ernähren.«
»Ich trinke kein Blut. Punkt. Aus. Ende.«
»Du solltest es wenigstens mal probieren. Es würde dir wahrscheinlich schmecken.«
»Es wird mir nicht schmecken. Ich weiß es.«
»Du hast wahrscheinlich auch beim ersten Mal, als du Rosenkohl probiert hast, gedacht, du würdest ihn nicht mögen«, wendet er ein.
»Ich mag Rosenkohl immer noch nicht, nur zu deiner Information. Und ich werde niemals, nicht in einer Million Jahren, den Geschmack von menschlichem Blut mögen.«
Bevor Magnus mit irgendeinem weiteren idiotischen Grund antworten kann, warum ich an diesem Kannibalismus teilhaben sollte, kehren die Spenderbräute mit einem Glas Rotwein zurück.
Gerettet von den Gothics.
»Bitte schön«, sagt Charity und drückt mir den Drink in die Hand. »Dein Merlot.«
Ich schnuppere an dem Glas. Es riecht köstlich. Nicht dass ich ein Alki wäre, aber diese spezielle Sorte hat einen warmen, würzigen Duft. Ich sollte keinen Wein trinken. Erst recht nicht unter der Woche. Mom würde mich absolut umbringen, wenn sie dahinterkäme. Aber andererseits bin ich schon tot, stimmt's? (Ha, ich habe diesen Vampirhumor schon gut drauf!)
Ich nehme einen Schluck.

Mmmm. Dickflüssig und herzhaft. Muss ein sehr guter Jahrgang sein.
Ich nehme noch einen Schluck. Das ist echt guter Stoff. Ausgesprochen befriedigend. Wärmt meinen Magen fast sofort und spült all den Stress und die Frustrationen des Tages weg.
Bei meinem dritten Schluck sehe ich mich im Raum um. Komisch, ich hätte total erwartet, dass ein improvisiertes Kaffeehaus wie dieses nur billigen Stoff serviert. Wie Verschnitt aus einem Karton oder so was.
Ähm, tatsächlich, jetzt, wo ich darüber nachdenke, warum sollte ein Kaffeehaus überhaupt Wein servieren? Haben diese Lokale denn eine Schanklizenz?
Dann checke ich es.
Oh.
Mein.
Gott.
Ich spucke meinen Schluck »Wein« ins Glas zurück und mein Magen krampft sich vor Ekel zusammen. Ich glaube, ich muss mich übergeben. Ich blicke zu Magnus auf, der mir von der anderen Seite des Tisches selbstgefällig zulächelt. Ich brauche all meine Willenskraft, um ihm nicht eine zu verpassen.
»Du hast mich überlistet!«, rufe ich. »Das ist Blut, nicht Wein, stimmt's?«
»Ich wusste, dass es dir schmecken würde«, sagt er schlicht.
»Du hast behauptet, es sei Merlot«, beschuldige ich Charity.
Sie grinst. »Lord Magnus bittet darum, dass wir es so nennen. Es klingt ... zivilisierter«, fügt sie mit einem Kichern hinzu. »Und, na ja, wenn man in der Öffentlichkeit ist, darf man das B-Wort nicht benutzen, weil die Leute einen sonst einsperren und den Schlüssel wegwerfen würden.«

In ebendiesem Augenblick ist mir stark danach zumute, mich selbst einzusperren und den Schlüssel wegzuwerfen. Ich kann nicht fassen, dass ich soeben das Blut von irgendeinem Gothicmädchen getrunken habe.

Ich kann nicht fassen, dass es mir geschmeckt hat.

Ich kann nicht fassen, dass ich das Glas anstarre und den Wunsch habe, noch einen Schluck zu nehmen.

»Igitt. Was passiert mit mir?«, stöhne ich.

»Hör mal, Sunny«, sagt Magnus, beugt sich über den Tisch und sieht mich mit seinen dunklen, seelenlosen Augen an. »Du würdest viel besser mit der ganzen Sache klarkommen, wenn du einfach anfangen könntest, deinen inneren Vampir anzunehmen.«

»Aber ich will kein Vampir sein!«

Er seufzt. »Das hast du außerordentlich klargemacht, glaub mir. Wie dem auch sei, bis es uns gelingt, deine Transformation aufzuhalten, verwandelst du dich in einen Vampir. Daran gibt es nichts zu rütteln. Daher musst du die Dinge tun, die Vampire eben tun. Und wenn du kein Blut trinkst, wirst du einfach kränkeln und sterben, bevor du die Chance bekommst, dich zurückzuverwandeln.«

Okay, ich schätze, da hat er nicht ganz unrecht. Ich sehe mich in dem Lokal um, überzeuge mich davon, dass niemand mich beobachtet, dann nippe ich zaghaft an dem Blut in meinem Weinglas. Schon bald kippe ich das Zeug mit wilder Begeisterung herunter. Ekelhaft, ich weiß. Aber irgendwie kann ich nicht dagegen an. Es schmeckt einfach so lecker.

»Sehr gut«, sagt Magnus, als lobe er eine Einjährige, die soeben ihr erstes Brot gegessen hat.

»Yeah«, murmele ich zwischen zwei Schlucken. »Was immer

ich tun muss.« Eins steht fest, ich werde auf gar keinen Fall zugeben, wie köstlich ich das Zeug finde oder wie sehr ich mich nach einem zweiten Glas verzehre.

»Vielen Dank, meine Damen«, sagt Magnus an die Spenderbräute gewandt. Er zieht ein Portemonnaie aus seiner Hosentasche und reicht beiden ein Bündel Scheine. Ich schätze, sie werden die Einnahmen nicht unbedingt versteuern. »Ihr dürft gehen.«

Sie nehmen das Geld und kichern noch einmal, als sie Magnus auf beide Wangen küssen.

»Danke, Maggy«, sagt Charity. »Du bist der Beste.«

»Wir sehen dich dann morgen Abend«, fügt Rachel hinzu. »Bis zum nächsten Mal, mein göttlicher Unsterblicher.«

Oh, bitte. Neben diesem Mädchen wirkt Rayne direkt normal. Ohne weitere Umstände winken die Mädchen mir zum Abschied zu und verlassen das Lokal. Magnus sieht ihnen nach, dann dreht er sich zu mir um.

»Wie ich schon sagte ...«

»... ein wenig überwältigend«, beende ich seinen Satz nickend. »Ich verstehe total, was du meinst.«

»Also«, sagt Magnus und räuspert sich. »Ich habe einige Nachforschungen angestellt.«

Ich beuge mich aufgeregt vor. »Und?«

Er hält inne. »Willst du die guten Nachrichten oder die schlechten?«

Warum stellen die Leute immer diese Frage? Er zieht die Spannung nur in die Länge, meinst du nicht auch? Und wirklich, welchen Unterschied macht es, ob man das eine oder das andere zuerst erwähnt?

»Dann lieber die guten Neuigkeiten.« Wenn ich die guten

Neuigkeiten kenne, werde ich in besserer Verfassung sein, um mit den schlechten fertig zu werden.

»Die gute Neuigkeit ist, dass es den alten Texten zufolge eine Möglichkeit gibt, den Verwandlungsprozess rückgängig zu machen. Eine Möglichkeit, dich wieder in einen Menschen zu verwandeln.«

»Hurra!«, rufe ich und hebe triumphierend die Faust. Das sind wirklich gute Neuigkeiten! »Ich wusste, dass es eine Möglichkeit geben muss!«

Überglücklich, kann ich dem Drang nicht widerstehen, mich über den Tisch zu beugen und dem überraschten Vampir einen dicken Schmatzer auf die Wange zu drücken. »Du bist genial, Magnus! Vielen Dank! Ich wusste, dass du es schaffen kannst.«

Er winkt meine versuchte Umarmung ab. »Ich habe dir die schlechten Neuigkeiten noch nicht eröffnet«, ruft er mir ins Gedächtnis.

»Na los, spuck's aus. Jetzt können mich schlechte Nachrichten nicht mehr umhauen, egal, wie sie aussehen.«

»Meinen Recherchen zufolge gibt es nur eine Möglichkeit, dich in einen Menschen zurückzuverwandeln: Du musst dein Blut reinigen. Und die einzige Substanz, die das meines Wissens fertigbringen kann, ist ein Tropfen Blut aus dem Heiligen Gral.«

Der Heilige Gral? Heilige Scheiße!

14 Der verflixte Heilige Gral?!

Ich höre auf zu jubeln, die Hände immer noch in der Luft, und starre Magnus an.

»Der Heilige Gral?«, wiederhole ich und stelle dabei fest, dass meine Stimme wie ein kreischendes Zischen klingt. »Der verflixte HEILIGE GRAL?«

Magnus nickt kurz. »Ich habe dich gewarnt, dass es schlechte Nachrichten gibt.«

»Wie zum Teufel sollen wir einen Tropfen Blut aus dem Heiligen Gral kriegen? Gibt es den Heiligen Gral überhaupt? Ich dachte, das sei etwas, das sich die Kirche ausgedacht hat ... oder Steven Spielberg.« Ich lasse den Kopf auf den Tisch krachen. »Ich bin geliefert. Geliefert, geliefert, geliefert. Verdammt, für alle Zeiten als Geschöpf der Nacht auf Erden zu wandeln. Verdammt, bis in alle Ewigkeit Spenderblut zu trinken.«

»Ruhig Blut, Sunny«, befiehlt Magnus, den mein zugegebenermaßen übertrieben dramatischer Ausbruch ein bisschen zu nerven scheint. »Es *gibt* den Gral. Ich habe ihn mit eigenen Augen gesehen.«

Ich blicke auf, plötzlich wieder voller Hoffnung. »Ja?«

»Allerdings.«

»Dann weißt du also, wo er ist?«

Magnus zögert. »Ähm, nicht direkt.«

Ich wusste es! Ich wusste einfach, dass er das sagen würde. »VERDAMMT! ICH BIN VERDAMMT!«, rufe ich und haue weiter mit dem Kopf auf den Tisch.

»Würdest du bitte leise sprechen?«, zischt Magnus mich an. »Du beunruhigst die anderen.«
Ich hebe den Kopf und sehe mich um. Und tatsächlich, so ziemlich der gesamte Club Fang mustert mich mit entschieden säuerlichen Blicken.
»Weißt du, nicht jeder betrachtet das Vampirsein als Katastrophe«, schimpft ein Teenager mit schwarzem Cape und blond gebleichtem Haar, der erschreckende Ähnlichkeit mit Spike aus der Serie *Buffy* hat. »Tatsächlich finden einige von uns es ziemlich gut.«
Oh, Bruder.
»Ähm, Entschuldigung?«, frage ich zaghaft, nachdem ich beschlossen habe, einen auf demütig und unwissend zu machen. Schließlich werde ich ab nächstem Samstagabend für immer und alle Zeit ein Mitglied der bluttrinkenden Zunft sein und ich möchte nicht gleich alle auf dem falschen Fuß erwischen. »Nichts für ungut. Es ist bestimmt eine sehr angenehme Art und Weise, die Ewigkeit zu verbringen. Es ist nur, nun ja, es ist nicht direkt mein Ding, verstehst du.«
»Was auch immer«, antwortet der Spiketyp und wendet sich wieder seinen Begleitern zu. »Gott, ich hasse Vampirneulinge!«, fügt er leise hinzu.
»Also, WIE DEM AUCH SEI«, unterbricht Magnus mich laut, bevor ich »Spike« den Finger zeigen kann, »ich hatte meine Ausführungen noch nicht beendet, als du in verfrühte Trauer ausgebrochen bist.«
»Oh. Tut mir leid«, murmele ich. »Sprich weiter.«
»Wie ich schon sagte, der Heilige Gral ist kein Mythos. Es ist ein reales Machtobjekt. Der Kelch wurde von Christus während des letzten Abendmahls benutzt. Dann hat Joseph von

Arimathäa ihn an sich genommen und mit Jesu Blut gefüllt, nachdem dieser am Kreuz gestorben war.«

Ein Weinglas mit dem Blut eines Toten füllen. Ein netter, normaler Typ, dieser Joseph von Arimathäa. Andererseits geht mir auf, dass gerade ich die Klappe halten sollte, nachdem ich soeben einen Kelch *Château de Rachel et Charity* runtergekippt habe.

»Der Gral war viele Jahre lang im Heiligen Land versteckt, bis die britischen Ritter während der Zeit der Kreuzzüge dort waren. Sie haben den Kelch gestohlen und nach England gebracht.«

Ich trommele mit den Fingern auf den Tisch und warte ungeduldig darauf, dass Mag endlich zur Sache kommt. Ehrlich, ich glaube nicht, dass ich an dieser Stelle die ganze Geschichte von Eva und Adam anhören muss.

»Faszinierend. Wirklich«, sage ich, als der Vampir innehält, um Luft zu holen. »Wenn du mir jetzt einfach sagen könntest, wie wir an das Ding rankommen?«

Er ignoriert mich natürlich und leiert weiter. Er würde einen großartigen Geschichtslehrer abgeben. Er ist fast so langweilig wie Miss Dawsen. »Irgendwie ist die uralte Reliquie in die Hände der Dame vom See gefallen, Nimue, die auf der Insel Avalon lebte. Und man vermutet, dass der Gral sich bis auf den heutigen Tag noch dort befindet. Tief in der Erde vergraben, in einer geheimen Höhle unter dem Hügeltor.«

Jetzt kommen wir langsam weiter. »Also ist Avalon tatsächlich ein realer Ort? Existiert es noch immer? Können wir dorthin fahren und den Gral holen?« Ich weiß, dass ich meine Fragen schneller stelle, als Magnus sie beantworten kann, aber ich bin viel zu verzweifelt, um aus meiner Haut zu können.

»Ja, nein, vielleicht«, antwortet Magnus sachlich. »In dieser Reihenfolge.«
»Ähm …«
»Ja, es war ein realer Ort«, erklärt er. »Aber die Priesterinnen der Vergangenheit gibt es schon lange nicht mehr. Es ist technisch gesehen nicht einmal mehr eine Insel. Im Laufe der Jahre hat das Wasser Avalon in Sumpfland verwandelt und die Sümpfe sind inzwischen ausgetrocknet. Was früher eine Insel war, ist jetzt mit dem englischen Festland verbunden.«
»Kapiert.«
»Das gegenwärtige Avalon liegt an einem Ort namens Glastonbury. Einem kleinen, ruhigen Dorf im Südwesten Englands.«
»Glaubst du, dass der Gral immer noch dort in der Gegend ist?«
»Vielleicht.« Magnus streicht sich nachdenklich übers Kinn. Ich liebe diesen Anflug eines gefährlichen Stoppelbarts, der auf seinem ansonsten so jungenhaften Gesicht lauert. Ich frage mich, ob Vampire sich rasieren müssen. »Ich habe Gerüchte über einen uralten Druidenorden gehört, der noch immer in dem Dorf beheimatet sein soll. Sie hüten ihre Geheimnisse sehr sorgfältig, aber wenn man die richtige Art von Überredungskunst anwendet, werden sie ihre Weisheit vielleicht teilen.«
»Und das ist gut für uns, ja?«, frage ich hoffnungsvoll.
»Ich will dich nicht anlügen, Sunny. Es wird definitiv schwer sein, Erfolg zu haben.«
»Schwer, aber nicht unmöglich.«
»Korrekt.«
»Also«, sage ich in dem Bedürfnis, das Ganze noch mal zusammenzufassen. »Ich brauche lediglich nach England zu fliegen,

dort nach Glastonbury zu fahren, die Mitglieder eines alten, versteckten Druidenordens zu finden und sie dazu zu überreden, mich zum Heiligen Gral zu führen, wo ich einen Tropfen reinigenden Blutes trinken und meine Verwandlung in einen Vampir aufhalten kann.«

»Und das alles vor Samstag um Mitternacht«, fügt Magnus mit einem Blick auf seine Armbanduhr hinzu.

Ich seufze. Vielleicht ist das Glas doch nicht halb voll, sondern halb leer. Oder in diesem Fall eher so was von leer, dass »staubtrocken« eine angemessene Beschreibung wäre.

Zunächst mal, wie zum Kuckuck soll ich nach England kommen? Ich kann meiner Mom wohl kaum aus heiterem Himmel eine Reise vorschlagen. Sie würde lauter lächerliche Einwände erheben – ihren Job, meine Schule, niemanden, der sich um unsere Katze Missy kümmert, etc. etc. Ganz zu schweigen von der Tatsache, dass diese alte Hippie-Frau der aus der Mode gekommenen Auffassung anhängt, Flugzeuge seien benzinverschlingende Monster, die der Umwelt Schaden zufügen und nur in Notfällen benutzt werden sollten, wie bei Grandmas Beerdigung, als wir keine Zeit hatten, ihren Toyota Prius mit Hybridantrieb zu nehmen.

Vergiss es, meine Chancen, vor Samstag um Mitternacht in das gute alte England zu reisen, tendieren gegen null.

»Ich schätze, du kannst anfangen, mich Vampir Sunny zu nennen«, sage ich mit einem trostlosen Seufzer. Ich nehme noch einen Schluck von dem Blutwein. Wenn es schon mal so ist, kann ich mich auch gleich an das Zeug gewöhnen.

»Einen Moment mal«, sagt Magnus. »So leicht gibst du doch nicht auf, oder?«

Ich blicke von meinem Glas auf. »Ich lebe nicht in einer Fanta-

siewelt, Mag. Ich klammere mich nicht an falsche Hoffnungen. Es gibt nicht die geringste Möglichkeit, wie ich vor Samstag nach Glastonbury kommen kann. Ich bin einfach realistisch.«
Magnus greift nach seinem eigenen Glas, lässt die Flüssigkeit kreisen und starrt es eine Sekunde lang an. Dann sieht er mich an. »Ich bringe dich hin«, sagt er nach einer langen Pause.
Ich erwidere seinen Blick und versuche, das Saphirblau seiner Augen zu ignorieren. »Was?«, frage ich, obwohl ich ihn sehr gut verstanden habe. Ich kann nur einfach nicht glauben, was er gesagt hat.
»Ich bringe dich nach England. Nach Glastonbury. Nach Avalon. Um den Gral zu suchen.«
»Du würdest ... du würdest mich hinbringen?«, wiederhole ich, wohl wissend, dass ich im Augenblick nicht besonders intelligent klinge. Aber trotzdem ...
Magnus zuckt die Achseln. »Klar. Der Zirkel hat einige Privatjets. Ich kann mir morgen Abend einen borgen und wir können rüberfliegen.« Er stellt sein Glas auf den Tisch. »Ich weiß ehrlich nicht, ob wir den Gral dort finden werden, aber wir können es zumindest versuchen, stimmt's?«
Ich nicke langsam, vollkommen geplättet angesichts der Dinge, die er gerade vorgeschlagen hat. Ich meine, er hat doch sicher etwas Besseres zu tun, als sich für eine Woche auf die aussichtslose Suche nach dem Heiligen Gral zu machen. Und trotzdem ist er wirklich bereit, seine Pläne über den Haufen zu werfen, um mir zu helfen.
»Das ist so ... nett von dir«, sage ich matt.
Er greift nach meiner Hand. Gah! Bei seiner Berührung kriecht mir ein Schauder über den Arm, durch meinen Körper und bis in meine Zehen hinab; es ist wie eine Art verrückter

elektrischer Strom. Ich widerstehe dem Drang, mich zu winden.

»Sunny«, sagt er und zeichnet mit dem Finger meinen Handrücken nach. Okay, er muss unbedingt damit aufhören. Sofort.

»Ich hoffe, du weißt, dass ich mich ganz schrecklich fühle wegen all der Dinge, die ich dir angetan habe. Wenn es irgendeine Möglichkeit gibt, wie ich das wiedergutmachen und den Fluch aufheben kann, den ich dir auferlegt habe, dann will ich das tun.«

Ich schmelze dahin wie ein Zitroneneis in der Sonne. »D. . . danke«, murmele ich. »Ich . . . weiß das wirklich zu schätzen.« Ich klinge total lahm, aber was kann ich sonst sagen?

Er sieht mich von der anderen Seite des Tisches her an. Ich möchte den Blick abwenden, aber aus irgendeinem Grund bin ich wie hypnotisiert. Er hat wirklich erstaunliche Augen. Ich frage mich, ob er damit geboren wurde oder ob es etwas ist, das man als Dreingabe bekommt, wenn man ein Vampir wird. Ich schätze, es wäre ein ziemlich guter Trostpreis. Verliere deine Seele, gewinne fesselnde, unwiderstehliche Augen. Ja, das wäre tatsächlich cool. Vielleicht könnte man auch abnehmen und wie ein Supermodel aussehen. Blut hat bestimmt ziemlich wenig Kohlenhydrate, stimmt's? Viele Proteine, viel Eisen . . .

Wir starren einander immer noch an. Diese Geschichte wird langsam etwas unheimlich. Ich sollte etwas sagen. Wegsehen. Jedenfalls nicht darüber nachdenken, was ich tun werde, wenn er sich über den Tisch beugt, mein Kinn umfasst und mich bis zur Besinnungslosigkeit küsst.

Das Erschreckende ist nämlich, dass ich es ihn vielleicht würde tun lassen. Tatsächlich denke ich, dass ich seinen Kuss vielleicht sogar erwidern würde.

Und das wäre ein sehr, sehr, sehr großer Fehler.
»Magnus!«, ertönt eine gequält klingende Stimme. »Da bist du ja.«
Magnus wendet sich von mir ab, der Stimme zu, und eliminiert damit alle Kussmöglichkeiten. Puh. Was für eine Erleichterung. Schließlich möchte ich mit einem Geschöpf der Nacht keine wie auch immer geartete Beziehung anfangen – sei sie körperlicher oder sonstiger Beschaffenheit. Und das gilt ganz besonders für jemanden wie Mag. Obwohl ich zugeben muss, dass er erheblich netter und nobler ist, als ich es zuerst angenommen habe. Und er sieht wirklich ziemlich gut aus ...
Ich schüttele den Kopf, um meine verrückten Gedanken loszuwerden, und richte meine Aufmerksamkeit auf den Typen, der auf unseren Tisch zukommt.
»Jareth«, begrüßt Magnus unseren Besucher mit schmalen Lippen. Ist er ebenfalls enttäuscht darüber, dass unsere potenzielle Küsserei so rüde unterbrochen wurde? Nein, ich bilde mir etwas ein. »Wie geht es dir heute Abend?«
»Wie es mir geht?«, fragt Jareth mit unüberhörbarer Ungläubigkeit. Er ist hochgewachsen und gut aussehend auf eine britische Art und Weise, wie Jude Law etwa. Sieht aus wie achtzehn, ist wahrscheinlich aber eher um die achthundert. »Wie es mir geht?«, wiederholt er. Er zieht sich einen Stuhl heran und setzt sich. »Der mächtige Anführer unseres Zirkels ist auf tragische Weise niedergemetzelt worden und du fragst mich, wie es mir geht?«
»Wir sind alle bis ins Mark erschüttert über den Verlust des Meisters«, stimmt Magnus ihm vorsichtig zu.
»Seid ihr das wirklich? Ihr alle?«, fragt Jareth scharf und betrachtet den Raum mit unheimlichen phosphoreszierend grü-

nen Augen. Ich glaube inzwischen wirklich, dass diese Augengeschichte etwas mit dem Vampirfluch zu tun hat. Wer hat im echten Leben schon so coole Augen? »Für Leute, die trauern, scheint ihr euch aber verdammt gut zu amüsieren.«

Er hat nicht ganz unrecht. Niemand hier im Club Fang wirkt besonders niedergeschmettert angesichts der Tatsache, dass sein furchtloser Anführer vor etwa vierundzwanzig Stunden pulverisiert worden ist. Klar, sie tragen alle Schwarz, aber ich habe das Gefühl, dass das eher ein alltägliches Modestatement ist und weniger mit ihrem Respekt vor Lucifent zu tun hat.

»Ich bin davon überzeugt, dass wir alle auf unsere eigene Art trauern«, antwortet Magnus gelassen. »Einige tun es augenfälliger als andere.«

»Bah! Ich selbst würde ihnen nicht gestatten, eine solche Respektlosigkeit an den Tag zu legen«, höhnt Jareth. »Aber ich nehme an, du hast deinen eigenen Stil zu herrschen. Wo wir gerade beim Thema sind, wann gedenkst du, offiziell die Führung des Zirkels zu übernehmen?«

Was zum ...? Ich reiße den Kopf herum, um Magnus anzustarren. Wovon redet dieser Typ? Die Führung des Zirkels übernehmen? Magnus?

Magnus zuckt die Achseln. »Ich muss mich um eine wichtige Angelegenheit in Übersee kümmern«, erklärt er. »Wenn ich in die Staaten zurückkomme, werde ich meine Herrschaft antreten.«

Heilige Scheiße. Sagt er, was ich glaube, dass er sagt? Magnus übernimmt Lucifents Rolle als König der Vampire? Ich hatte ja keine Ahnung, dass der Typ so hoch oben in der Hackordnung steht. Ich war davon ausgegangen, dass er einfach irgendein gewöhnlicher Vampir ist, aber nein! Er ist von königlichem Geblüt. Wie cool ist das?

Hmm, überlege ich. Wenn ich für immer ein Vampir bleibe, bedeutet das dann, dass ich die Königin der Vampire sein werde? Denn das wäre irgendwie cool. Vor allem wenn da auch eine Tiara ins Spiel käme. Ich hatte schon immer eine Schwäche für Tiaras …

»Bleib nicht zu lange weg«, rät Jareth ihm streng. Seine glühenden smaragdfarbenen Augen sind wirklich etwas beunruhigend. »Es gibt andere, die deine Abwesenheit ausnutzen würden, um ihre eigenen Rechte auf den Thron zu legitimieren.«

»Ich bin mir ihrer Ambitionen durchaus bewusst«, sagt Magnus sanft. »Und ich verspreche dir, ich nehme sie ernst.«

»Dann ist es ja gut«, erwidert Jareth, offensichtlich zufrieden mit Magnus' Antwort. »Während du fort bist, werden wir uns öffentlich auf deine Seite stellen. Es wird sie nicht aufhalten, aber vielleicht wird es ihrem Angriff die Spitze nehmen.«

»Ich danke dir, Bruder.« Magnus beugt sich vor, um den anderen Vampir zu umarmen. Mittendrin flüstert er ihm etwas ins Ohr, das ich nicht verstehen könnte, selbst wenn mein Leben davon abhinge. Nicht dass ich versuchen würde, sie zu belauschen oder so. Ich bin einfach neugierig. Und he, wenn das Königinnenamt schon an mir hängen bleiben soll, finde ich, habe ich das Recht, über all diesen Kram Bescheid zu wissen.

»Du wirst einen guten Zirkelführer abgeben«, sagt Jareth, nachdem er sich aus der Umarmung gelöst hat. Er erhebt sich von seinem Stuhl und verneigt sich zum Abschied vor Magnus. »Ich habe viel zu tun, also lebe wohl. Viel Glück bei deinem Abenteuer in Übersee und ich hoffe, dass ich mich, wenn du zurückkommst, über mehrere Angelegenheiten mit dir werde beraten können.«

»Ich freue mich darauf«, antwortet Magnus diplomatisch, erwidert den Salut des Vampirs und neigt den Kopf.

Sobald Jareth fort ist, drehe ich mich zu Magnus um, bereit, ein paar klärende Worte zu dieser Königssache zu hören.

»Also, was geht da ab?«, frage ich eifrig. »Bist du jetzt so was wie der König der Vampire? Wie kommt es, dass du mir nichts davon erzählt hast? Man sollte doch meinen, dass du das gesprächsweise erwähnt hättest.«

Magnus zuckt die Achseln. »Ich dachte nicht, dass die Vampirpolitik dich interessieren würde.«

»Vampirpolitik, nein. Der Umstand, dass mein Blutsgefährte der König des Zirkels ist, Teufel, ja.«

Magnus zieht eine Augenbraue hoch. *»Dein* Blutsgefährte?«

Ich spüre, wie mir eine ziemlich heftige Röte ins Gesicht schießt. Warum habe ich ihn gerade so genannt? Das war nicht meine Absicht. Es ist mir irgendwie rausgerutscht.

»Ähm, ja. Hm, jedenfalls mein vorübergehender Blutsgefährte, stimmt's? Bis wir den Gral gefunden haben und alles.«

»Ah.« Magnus nickt. Wenn ich es nicht besser wüsste, würde ich sagen, dass er fast enttäuscht wirkt. Was total komisch ist, da ich weiß, dass er mich ebenso wenig als Blutsgefährten haben will wie ich ihn. »Natürlich.«

»Also, was geht ab?«, frage ich und kehre wieder zu dem eigentlichen Gesprächsthema zurück. »Bist du jetzt König, oder was?«

»Technisch gesehen, ja. Ich bin der erste Anwärter auf die Führerschaft unseres Zirkels«, antwortet Magnus. »Ich war Lucifents erster Zögling und daher sein direktester Blutsverwandter. Nach dem Recht der Vampire macht mich das zum Anführer.«

»Wow. Wie cool ist das?«, rufe ich. »König der Vampire. Das

muss eine verdammt gute Nummer sein. Du bist bestimmt total aus dem Häuschen.«

Magnus schüttelt den Kopf. »Nicht besonders, nein«, sagt er. »Mit der Position sind eine Menge Pflichten und große Gefahr verbunden. Sowohl in der Außenwelt als auch direkt in unserem Zirkel trachtet mancher danach, den Anführer zu vernichten, um seine eigenen politischen Pläne durchzusetzen.«

»Ja, das habe ich Jareth sagen hören. Also wird es Leute geben, die es auf dich abgesehen haben? Nicht nur die Jägerin, sondern auch andere Vampire?« Hmm, vielleicht ist es doch keine so gute Nummer, König der Vampire zu sein.

»Ja. Es wird Leute geben, die es auf mich abgesehen haben, wie du es so elegant ausgedrückt hast«, erwidert Magnus mit einem kläglichen Lächeln. »Aber ich mache mir keine Sorgen. Mit Jareths Männern an meiner Seite bin ich gut geschützt.«

»Sind sie so was wie Bodyguards?«

»Soldaten. Jareth ist der Anführer unserer königlichen Armee.«

»Ah, verstehe.« Wow. Diese Vampirgeschichte ist wirklich bis ins Letzte durchorganisiert. Es ist wie eine Untergrundgesellschaft, mit Königen und Soldaten und Schurken, die nichts Gutes im Schilde führen ...

Magnus erhebt sich von seinem Stuhl. »Wir haben lange genug herumgetrödelt. Ich muss Vorkehrungen für unsere morgige Reise nach England treffen.«

»Okay«, stimme ich zu, stehe auf und hebe meine Handtasche vom Boden auf. Ich blicke auf meine Uhr. »Ich muss sowieso los, sonst komme ich nicht zur vorgeschriebenen Zeit nach Hause. Ich kann wohl kaum nach England jetten, wenn ich Hausarrest habe.«

Wir verlassen den Club und treten in die Nacht hinaus. Ich muss an das erste Mal denken, als wir über den Parkplatz geschlendert sind. Zu der Zeit dachte ich nur daran, dass ich mich mit einem scharfen Typen einlassen würde. Ha! Wenn ich gewusst hätte, was mir blüht, wäre ich kreischend in die Nacht davongelaufen.

Zumindest glaube ich, dass ich das getan hätte.

»Also, wenn du wirklich den Thron besteigen wirst und es böse, machthungrige Vampire gibt, die dich nur allzu gern stürzen und selbst Könige werden würden, hast du dann ehrlich Zeit, mit mir nach England zu düsen, um mir bei der Suche nach dem Heiligen Gral zu helfen?«, frage ich. Mags ohnehin bleiche Haut wirkt im Mondlicht fast durchscheinend. Ich weiß nicht, wie ein einzelner Vampir so zum Anbeißen gut aussehen kann. Es ist einfach unfair.

»Versteh mich nicht falsch«, füge ich hinzu. »Ich bin total froh, dass du mir helfen willst, da ich es unmöglich allein schaffen kann. Es ist nur so, dass ich gerade versuche, die Selbstlose zu geben und alles; es sieht nämlich so aus, als hättest du eine Menge am Hals.«

Magnus lächelt – dieses sanfte, beruhigende Lächeln, das er nur gelegentlich benutzt, bei dem ich aber jedes Mal ein klein wenig dahinschmelze. Ich kann nicht glauben, dass ich ihn bei unserer ersten Begegnung für ein Arschloch gehalten habe.

»Du bist meine Blutsgefährtin«, antwortet er schlicht, tastet nach meiner Hand und drückt sie. »Ich würde für dich sterben.«

Gah! Eine kleine Vorwarnung, bevor er mich anfasst, wäre nett. Im Wesentlichen, damit ich dem überwältigenden Drang widerstehen kann, mich in ein Häufchen Wackelpudding zu verwandeln, herzlichen Dank.

»Du würdest ... für mich ... sterben?«, gelingt es mir, hervorzustoßen. Ich muss unbedingt die Stimmung ein wenig aufhellen. »Bist du nicht technisch gesehen bereits tot?«
Er kichert über meine Bemerkung und zieht an meiner Hand, sodass ich ihm direkt gegenüberstehe. Wir sind einander viel zu nah. Ich spüre seinen Atem auf meinem Gesicht. Seine Hände bewegen sich zu meiner Taille hinab. Ich hole heiser Atem und versuche, einen Hauch von Beherrschung zu wahren.
»Ähm«, sage ich, plötzlich nicht mehr so beredt wie sonst. Mein Herz hämmert unkontrolliert und ich habe das Gefühl, dass ich gleich umkippen werde. Wie kann ein einziger Typ nur so viel Sexappeal haben?
Dann fällt es mir wieder ein. Der Vampirduft. Ich fühle mich in Wirklichkeit überhaupt nicht zu ihm hingezogen. Es sind bloß diese Pheromone, die mich in Wallung bringen. Ha!
Ich ziehe mich zurück. »Gibt es eigentlich eine Möglichkeit, wie du den Vampirduft abstellen kannst?«, frage ich. »Weil er mich nämlich irgendwie umhaut.«
Er lacht und zieht mich näher an sich, sodass meine Kurven mit seinem harten, flachen Bauch verschmelzen. Er fühlt sich so gut an, dass ich kaum aufrecht stehen bleiben kann.
»Als meine Blutsgefährtin bist du immun gegen meinen Vampirduft«, flüstert er mir zu und kitzelt mit seinem Atem mein Ohrläppchen. »Wenn du dich zu mir hingezogen fühlst, hat das nur mit dir selbst zu tun.«
Siehst du? Ich bin *wirklich* geliefert.
»Ähm, bitte. Du hast das total falsch verstanden. Ich, ähm, fühle mich nicht zu dir hingezogen«, bringe ich mit Mühe heraus und löse mich widerstrebend aus seiner Umarmung. »Ich meine ... ähm ...«

Er lässt mich mit einem Grinsen los. »Klar. Du fühlst dich nicht zu mir hingezogen. Kein bisschen. Gut zu wissen.« Er sieht so aus, als würde er mir keine Sekunde glauben. Was verständlich ist, da ich mir nicht einmal selbst glaube.

»Ich, ähm, muss jetzt gehen«, sage ich und mache einige Schritte rückwärts. Tatsächlich muss ich diesen Schauplatz verlassen, und zwar pronto – bevor ich mich ihm an den Hals werfe und den Leidenschaften der Nacht erliege. (Wow, kling ich jetzt wie ein Liebesroman oder was?) »Ich möchte nicht, dass meine Mum sauer wird und ich Hausarrest kriege, weil ich den dritten Abend hintereinander zu spät nach Hause komme.«

Magnus nickt. »Natürlich. Ich verstehe.« Ich gebe mir alle Mühe festzustellen, ob er enttäuscht wirkt, aber er zeigt ein komplettes Pokerface. »Es ist wahrscheinlich das Beste so. Ich habe viel zu tun.«

»Klasse. Okay.« Warum bin ich dann plötzlich so furchtbar enttäuscht? Was wollte ich, dass er tut – mich packen und in seine Höhle schleifen und mir seinen Willen aufzwingen? Er ist ein Gentleman. Ein ehemaliger edler Ritter, der die Regeln der Ritterlichkeit noch voll draufhat. Kein barbarischer Höhlenmensch, der keinen Respekt vor Frauen hat.

»Also, wann brechen wir nach England auf?«, frage ich und wende mich meinem geparkten Wagen zu. Magnus folgt mir mit einigen Schritten Abstand.

»So bald wie möglich«, sagt er. »Ich werde mich heute Nacht um einen Privatjet kümmern. Wir treffen uns morgen Nachmittag um vier am Manchester Airport und dann werden wir weitersehen.«

»Okay«, sage ich und angele meine Schlüssel aus meiner Hand-

tasche. Ich öffne die Fahrertür. »Also dann, bis morgen, schätze ich.«
»Bis morgen«, wiederholt Magnus.
Wir stehen einen Moment lang da, als wolle keiner von uns als Erster weggehen. Warum muss das so peinlich sein?
Schließlich wendet Magnus sich ab.
»Mag?«, rufe ich ihm nach.
Er bleibt stehen und dreht sich wieder zu mir um. »Ja?«, fragt er mit einer leisen, kehligen Stimme, die mich schon wieder total anturnt.
»Danke.«
Er nickt langsam und setzt sich wieder in Bewegung. Ich höre ihn etwas vor sich hin murmeln. Etwas, das ich nicht ganz verstehen kann. Aber es klingt verdammt nach: »Für dich tue ich doch alles, meine Liebste.«
Aber ich bilde mir das sicher nur ein, klar?

15 Aber ich bin ein Vampir, kein Junkie!

Ich komme nur drei Minuten nach der vorgeschriebenen Zeit zu Hause an. Wahrscheinlich habe ich jedes Tempolimit auf Erden durchbrochen, um es zu schaffen, aber ich dachte, falls mir irgendwelche Cops Strafzettel ausschreiben wollen, nebele ich sie mit meinem Vampirduft ein. Eins steht fest, das ist eindeutig eine nützliche übernatürliche Gabe. (Natürlich ausgenommen die Fälle, in denen sie lesbische Sekretärinnen und perverse Lehrer anturnt. Darauf könnte ich verzichten.)

Ich schließe die Tür zu meinem Haus auf und trete ein. Es ist vollkommen dunkel. Ich frage mich, ob alle bereits im Bett liegen. Obwohl ich annehme, dass Rayne wahrscheinlich noch wach ist und wie üblich auf ihren Computer einhämmert. Was gut ist, weil ich mit ihr zusammen einen Plan schmieden muss. Ich kann Mom wohl kaum erzählen, dass ich für ein paar Tage die Stadt verlassen werde, um mal kurz nach England zu düsen, weil ich hoffe, den verlorenen Kelch Christi zu finden, der mein Blut reinigen und mich von dem Makel befreien wird, auf ewig ein Vampir zu sein. Deshalb wird meine liebe Schwester mich also decken müssen.

Ich schleiche in den Flur und versuche, auf den Zehenspitzen zu gehen. Es ist nicht nötig, alle aufzuwecken. Aber mein Plan geht sofort zunichte, als ich versehentlich auf eine lose, knarrende Fliese trete. Verdammt.

In der Küche geht ein Licht an und ich springe überrascht zurück, das Herz im Hals.

»Sunny? Bist du das?«

Ich stoße einen Seufzer der Erleichterung aus. Nur Mom. Für den Bruchteil einer Sekunde dachte ich, die Jägerin sei vielleicht dahintergekommen, wo ich wohne, und habe sich einen Mitternachtsimbiss gegönnt, während sie darauf wartet, mich zu pulverisieren.

Andererseits ist es sehr gut möglich, dass eine Sperrstundenerörterung mit Mom noch schmerzhafter sein könnte.

»Ja, Mom. Ich bin's.« Ich blicke sehnsüchtig zu der Treppe, die in mein dunkles, behagliches Zimmer hinaufführt. Von der Leuchtstoffröhre in der Küche bekomme ich Kopfschmerzen, selbst von hier aus. Aber ich weiß, dass ich nicht die leiseste Hoffnung habe, an diesem Punkt einer Standpauke zu entgehen.

»Möchtest du eine Portion Tofutti?«, fragt sie. »Ich mache mir etwas zurecht.«

»Nein, danke«, sage ich und gehe widerstrebend in die Küche. Nur meine Mom würde auf die Idee kommen, Soja-Eis für einen besonderen Leckerbissen zu halten.

Ich lasse mich auf einen Hocker an der Frühstückstheke fallen und reibe mir mit den Fäusten die Augen. Ich bin so müde. Seit diese ganze Sache angefangen hat, habe ich keine Nacht mehr richtig geschlafen. Gleichzeitig fühle ich mich total aufgedreht und befürchte, dass ich auch in dieser Nacht keinen Schlaf bekommen werde. Zumindest nicht bis zum Sonnenaufgang und dann wird Rayne mich aus dem Bett zerren müssen. Ich frage mich, ob ich mich krank stellen und die Schule schwänzen kann . . . Ich muss wirklich mal einen Tag lang ordentlich schlafen.

»Bist du dir sicher, dass du nichts willst? Ich habe zuckerfreien Carosirup dazu«, sagt Mom und hält das Glas hoch. Ich winde mich. Ich mochte dieses nachgemachte Schokoladenzeug, auf das die Hippies so stehen, schon vor meiner Verwandlung in einen Vampir nicht. Und ich werde jetzt bestimmt nicht auf den Geschmack kommen.

Meine Mom gibt einen letzten Spritzer Caro auf ihre Tofutti und stellt die Flasche und den Eisbehälter in den Kühlschrank beziehungsweise die Kühltruhe. Dann setzt sie sich mir gegenüber an die Frühstückstheke und löffelt sich eine große Portion in den Mund.

»Hmmm«, sagt sie und leckt sich die Lippen. »Du weißt nicht, was dir entgeht.«

Ich lache. »Oh doch, das weiß ich. Vergiss nicht, als Kinder hast du uns gezwungen, dieses Zeug zu essen. Richtiges Eis habe ich vor der vierten Klasse überhaupt nicht kennengelernt.«

»Ja, und das auch nur, weil die böse Tante Edna dich verdorben hat. Ein Bissen, und du bist zu einem hoffnungslosen Junkfood-Junkie geworden«, sagt Mom mit einem Seufzen, bevor sie sich den nächsten Löffel in den Mund schiebt. »Und du wolltest keine gesunden Sachen mehr essen.«

Ich lächele. Ich weiß, dass es ihr nicht wirklich etwas ausmacht. Sie hat Rayne und mich dazu erzogen, unsere eigene Persönlichkeit zu entwickeln. Unsere eigenen Gedanken, Träume und Ideen. Und Diäten. Sie hat uns beigebracht, wie sie mit den Dingen umgeht, aber nie darauf bestanden, es genauso zu machen. So cool ist unsere Mom.

»Also, wie ist deine Prüfung heute gelaufen?«, fragt sie und sieht mich mit Augen an, die oberflächlich betrachtet vollkommen arglos wirken. Aber ich weiß, dass sie eine schwerwiegende Frage stellt.

»Ähm, gut. Gut«, murmele ich. Ich bin ein echt schlechter

Lügner. Im Gegensatz zu Rayne, die bei der Lügenolympiade mitmachen und mühelos die Goldmedaille gewinnen könnte. Ich meine, angeblich haben Zwillinge doch eine identische DNA, aber irgendwie hat Rayne das Guter-Lügner-Gen abbekommen und ich das Gesicht-verrät-alles-Gen.

»Hm-hm«, sagt meine Mom mit unüberhörbarer Skepsis. »Und dein Abend heute? Hattest du einen schönen Abend?«

»Ja, es war okay«, antworte ich und bete, dass keine Nachfragen kommen. Aber es sieht so aus, als hätten die Verhörgötter nicht die Absicht, mir Gnade zu erweisen.

»Wo bist du denn gewesen?«

»Ähm, in einem Kaffeehaus in Nashua.« Ich schätze, ich kann genauso gut so nah wie möglich an der Wahrheit bleiben, ohne natürlich diese ganze Vampirgeschichte zu erwähnen.

»Verstehe.« Meine Mom presst für einen Moment die Lippen zusammen. »Und was hast du da gemacht?«

»Kaffee getrunken ...?« Hm, na ja.

»Und mit wem hast du diesen Kaffee getrunken?«

Ich winde mich auf meinem Hocker. »Ähm, mit ein paar Freunden.«

Bitte, frag nicht, mit wem, bitte, frag nicht, mit wem, bitte, frag nicht, mit wem.

»Mit wem?«

Verdammt.

»Ähm, da waren Rachel und Charity ...« *Die mir ein Glas mit ihrem eigenen Blut zu trinken gegeben haben, bevor sie verschwunden sind, stelle ich mir vor zu sagen. War das nicht furchtbar nett von ihnen? Und dann ist Jareth aufgetaucht. Ein Vampirgeneral, musst du wissen. Unterwegs, um Magnus zu beschützen, den König der Vampire und mein Blutsgefährte*

für die Ewigkeit, es sei denn, ich kann morgen nach England düsen, um mir den Heiligen Gral zu greifen. Du hast doch nichts dagegen, wenn ich deswegen die Schule schwänze, oder?
Ich überlege, wie viele Millisekunden sie brauchen würde, um die Männer mit den weißen Mänteln anzurufen.
»Rachel und Charity?«, wiederholt Mom und tippt sich mit dem Zeigefinger an die Stirn. »Ich glaube nicht, dass du sie schon mal erwähnt hast. Gehen sie mit dir zur Schule?«
»Mann, soll das ein Verhör sein, Mom?«, gebe ich zurück, außerstande, meinen vom schlechten Gewissen verursachten Ärger auch nur einen Moment länger zu bezähmen. »Ich meine, seit wann kümmert es dich, mit wem ich rumhänge oder was ich tue?«
Himmel. Ich nehme all dieses Gerede von wegen coole Mom zurück. Jeden einzelnen Coolnesspunkt, den ich ihr über die Jahre zugeschrieben habe. Futsch. Heute Nacht ist sie genauso eine Nervensäge wie die Moms meiner Freundinnen.
»Seit wann mich das kümmert?«, wiederholt sie und zieht die Augenbrauen hoch. Uh-oh. Diese Sache mit den hochgezogenen Augenbrauen gefällt mir so was von gar nicht. Das geht nie gut aus. »Du willst wissen, seit wann? Ich schätze, seit deine Schwester mir erzählt hat, dass du den ganzen Abend in der Bibliothek lernst. Allein.«
Oh.
Verdammt, ich wusste, dass ich Rayne auf dem Heimweg auf ihrem Handy hätte anrufen sollen, um herauszufinden, ob sie irgendeine Geschichte für mich erfunden hat.
»Oh. Klar«, sage ich. Ich muss diese Situation retten oder ich werde Hausarrest kriegen und dann wird es erheblich schwieriger, mit Magnus nach England zu kommen. »Wir haben ge-

lernt. Kaffee getrunken und gelernt. Dieses Lokal ist eigentlich so eine Art Mischung aus Bibliothek und Kaffeehaus. Das ist im Moment total in. Alle sagen, die Kaffeehäuser seien die neuen Bibliotheken. Man kriegt sozusagen sein Koffein und dann lernt man. Es ist klasse und . . .«

»Sunny, bist du auf Drogen?«, fragt Mom mich plötzlich auf den Kopf zu.

Ich höre sofort auf zu reden, aber ich glaube, mein Mund steht immer noch offen vor Schreck.

»Bin ich auf . . . Drogen?«, wiederhole ich ungläubig. Sie nimmt mich auf den Arm, stimmt's?

»Das ist eine einfache Frage.«

Sie nimmt mich nicht auf den Arm. Das sehe ich an ihrer ach so ernsten Miene. Ich kann es nicht fassen!

»Ich weiß, dass es eine einfache Frage ist, aber warum stellst du sie?«, verlange ich zu erfahren, tief gekränkt inzwischen. »Mache ich den *Eindruck*, als sei ich auf Drogen?«

Meine Mom zuckt die Achseln. »Wenn du es genau wissen willst, ja, das tust du. Du bleibst bis in die Puppen weg und du lügst, wenn man dich fragt, wo du gewesen bist. Morgens übergibst du dich. Deine Augen sind vollkommen blutunterlaufen und deine Pupillen geweitet. Deine Hände zittern und du bist noch blasser als Rayne mit ihrem Kleister-Make-up. Also, ja, ich muss sagen, du machst den Eindruck, als seist du auf Drogen.«

Okay, schön. Sie hat nicht ganz unrecht. Aber trotzdem . . .

»Aber ich nehme keine Drogen«, beteuere ich, wohl wissend, dass ich total lahm klinge. Aber wie kann ich mich verteidigen, ohne mit der verrückten Wahrheit rauszurücken, die sie mir ohnehin niemals glauben würde?

»Sunny, du kannst es mir sagen, wenn es so ist«, erwidert Mom und legt ihren Tofutti-Löffel beiseite. »Ich weiß, dass viele Teenager experimentieren. Ich selbst habe in den Siebzigern eine Menge ausprobiert. Haschisch, LSD, was du willst, ich habe es wahrscheinlich irgendwann mal genommen. Aber wenn du da mitmachen willst, musst du es in einem geschützten Raum tun. Und ich möchte sicherstellen, dass du nichts Gefährliches machst. Ich liebe dich und ich will dich nicht verlieren.«

Ich habe den ernsthaften Wunsch, vor lauter Frust mit dem Kopf auf den Tisch zu hauen. Ich kann nicht fassen, dass meine Mom glaubt, ich nehme Drogen. Und ich habe keine Ahnung, wie ich sie vom Gegenteil überzeugen soll. Ich meine, alles, was sie aufgeführt hat, sind im Wesentlichen Symptome meiner Verwandlung in einen Vampir, aber genau das kann ich ihr wohl kaum erzählen.

»Ich kann dich beruhigen, Mom«, sage ich und schlucke meinen Ärger herunter. Ich weiß, sie versucht nur zu helfen, aber ich bin müde und genervt und will einfach ins Bett. »Ich nehme keine wie auch immer gearteten Drogen und habe auch nicht die Absicht, das in der näheren oder entfernteren Zukunft zu tun.«

Meine Mom stößt einen tiefen Seufzer aus und fährt sich mit der Hand durch ihr langes, ergrauendes Haar. Sie witzelt immer, dass Rayne der Grund für ihre vorzeitig grau gewordenen Strähnen sei. Heute Nacht denke ich, dass sie auch mir die Schuld daran zuweist.

»Weißt du, ich hatte gehofft, wir hätten die Art Mutter-Tochter-Beziehung, die es dir ermöglichen würde, über solche Dinge mit mir zu reden«, sagt sie traurig. »Ich weiß, es klingt klischeehaft, aber ich wollte nicht nur deine Mutter sein, sondern auch deine Freundin. Jemand, mit dem du Dinge teilen und sicher sein kannst, dass er dich nicht dafür verurteilen würde. Ich wollte mit dir und Rayne eine andere Art von Beziehung haben, als ich sie mit meiner eigenen Mutter hatte.«

»Das hast du auch. Wir sind Freundinnen«, rufe ich und lege eine Hand auf ihren Unterarm, während eine üble Welle von Schuldgefühlen über mir zusammenschwappt. »Ich erzähle dir alles. Ich liebe dich, Mom. Aber ehrlich, diesmal gibt es nichts zu erzählen. Ich bin einfach nicht auf Drogen. Punkt. Aus. Ende.«

Meine Mutter nickt langsam. Ich kann eine Träne aus ihrem Augenwinkel rinnen sehen. Na toll. Jetzt habe ich sie wirklich aufgeregt. Aber was soll ich tun? Ich kann ihr diesmal nicht die Wahrheit sagen. Das ist unmöglich. Aber indem ich schweige, sieht es für sie so aus, als würde ich ihr nicht vertrauen.

Mann, das ist so schwer.

»Sunny, es ist schrecklich für mich, dir das anzutun«, sagt Mom und wischt sich mit dem Ärmel die launische Träne ab. »Aber ich habe das Gefühl, es ist zu deinem eigenen Besten.«

Uh-oh.

»Wenn du nicht auf Drogen bist, dann bist du offensichtlich krank oder irgendetwas. Denn du siehst nicht gut aus. Also muss ich von dir verlangen, zu Hause zu bleiben, bis du anfängst, wieder besser auszusehen.«

»Du gibst mir Hausarrest?« Mist. Ich darf keinen Hausarrest kriegen. Ich muss mich morgen nach England davonstehlen. Wie soll ich mich morgen nach England davonstehlen, wenn ich Hausarrest habe?

»Nein, nicht direkt Hausarrest.«

»Aber ich darf nicht ausgehen.«

»Richtig.«

»Überhaupt nicht.«

»Du darfst zur Schule gehen ...«

»Also, inwiefern unterscheidet sich das von Hausarrest?«, begehre ich zu wissen.

Sie zuckt die Achseln. »Ich nehme an, es ist Hausarrest. Ich habe diesen Ausdruck immer gehasst. Er klingt so ... totalitär.«

»Warum führst du dich dann wie ein faschistischer Diktator auf?«, versuche ich es noch einmal.

»Sunny, bitte.« Meine Mutter reibt sich die Schläfen. »Es ist spät. Ich bin müde. Du hast morgen Schule. Geh ins Bett.«

»Schön. Wie auch immer«, gebe ich zurück. Ich springe von dem Barhocker, auf dem ich gesessen habe, und marschiere in Richtung Flur. »Eine schöne coole Mom bist du«, murmele ich vor mich hin und hoffe insgeheim, dass sie mich hören kann.

16 Die große Zwillingsnummer

Total mies drauf, trotte ich die Treppe hinauf und schlage einen Haken nach links in Richtung Raynes Zimmer, wobei ich bete, dass sie noch wach ist. Wenn irgendjemand weiß, was in einer solchen Klemme zu tun ist, dann sie. Schließlich ist sie das eigentliche böse Mädchen im Haushalt der McDonalds. Ich mache da nur einen abgeschlagenen zweiten Platz.

Ich sehe Licht unter ihrer Tür und klopfe leise an. »Rayne? Bist du wach?«, flüstere ich.

»Ja, natürlich. Komm rein.«

Ich drücke die Tür auf und trete ein. Sie hat den Raum mit schwarzem Licht fahl erleuchtet und an ihren Wänden hängen grün leuchtende ausgeschnittene Fledermäuse und Spinnen in baumwollartigen Netzen.

Sie sitzt an ihrem Computer, eine Art Rollenspiel auf ihrem Bildschirm. Als ich hereinkomme, meldet sie sich ab und fordert mich auf, mich zu ihr auf das Bett zu setzen.

»Also, wie ist es gelaufen?«, fragt sie eifrig. »Konnte Mag etwas aushecken, wie er dich zurückverwandeln kann?«

»Ja, irgendwie schon. Er hat Nachforschungen angestellt und sagt, er habe etwas gefunden, das mein Blut reinigen und den Vampirfluch für immer von mir nehmen wird.«

»Wunderbar!«

»Nein, so wunderbar nun auch wieder nicht. Ich meine, wunderbar, dass er etwas gefunden hat, aber nicht ganz so wunderbar, dass das infrage stehende Etwas nicht gerade bei Wal-Mart verkauft wird.«

»Da kriegt man die guten Sachen nie.« Rayne schüttelt den Kopf. »Also, was ist es? Das Auge eines Wassermolchs? Mumienstaub? Eine Phiole mit Schleim aus dem Sumpf des Ewigen Gestanks?«

»Schlimmer. Blut aus dem Heiligen Gral.«

»Autsch.« Rayne zieht die Füße aufs Bett und setzt sich in den Schneidersitz. »Wie zum Kuckuck sollst du da drankommen? Gibt es den Gral überhaupt?«

Also erzähle ich ihr, was ich von Magnus über den Gral erfahren habe, über seinen angeblichen Ruheplatz in Avalon und unsere bevorstehende Reise. Sie wirkt beeindruckt.

»Zuerst ein Abstecher in den Vampirzirkel, jetzt Ferien im guten alten England. Du bist so ein Glückspilz«, sagt sie, als ich fertig bin. »Ich bin total eifersüchtig.«

»Bitte. Es wäre mir so was von lieber, wenn du an meiner Stelle rüberfliegen würdest«, sage ich mit einem Seufzer. »Ich habe keine Ahnung, wie ich überhaupt dorthin kommen soll.«

»Du hast doch gesagt, Mag habe ein Privatflugzeug. Schon erstaunlich cool, dass er ein Privatflugzeug hat. Ich wette, es ist total luxuriös mit Betten und allem. Weißt du, wenn ich die Chance hätte, mit Magnus in einem Privatflugzeug zu fliegen, in dem Betten drinstehen, dann wäre ich schon vor unserer Landung offizielles Mitglied des Clubs »Über 5 000 Fuß«. Vielleicht sogar schon vor dem Start.« Als ich ihr einen Klaps aufs Knie gebe, grinst sie boshaft.

»Jaja«, sage ich und verdrehe die Augen. Es erstaunt mich doch stets aufs Neue, dass Rayne, welches Thema auch zur Sprache kommt, eine Möglichkeit findet, es irgendwie mit Sex in Zusammenhang zu bringen.

»Was? Du glaubst nicht, dass ich es tun könnte?«

Ich lache. »Machst du Witze? Ich bin nur schockiert zu erfahren, dass du es noch nie zuvor getan hast. Ich dachte, du wärest bereits Platin-Ehrenmitglied des Clubs, kleine Schlampe.« Jetzt ist es an Rayne, mir einen Klaps zu geben. »He! Du schlägst viel zu hart!«, protestiere ich und reibe mein geschundenes Knie.

»Weißt du, für einen Vampir bist du ein echtes Weichei, Sun«, sagt Rayne mit einem Lachen, während sie sich auf das Bett wirft und zur Decke starrt. Wie meine Decke ist auch ihre erhellt von in der Dunkelheit leuchtenden Sternen, die wir während unserer irregeleiteten Jugend dort angebracht haben. »Also, wann brichst du nach England auf?«

»Hm, ich soll morgen Nachmittag abreisen. Aber ich weiß nicht, wie ich aus dem Haus kommen kann. Mom hat offenkundig entschieden, dass ich ein Junkie bin, und hat mir konsequenterweise Hausarrest gegeben.«

»Machst du Witze? Hausarrest? Wow. Sie muss sich wirklich Sorgen machen.« Rayne richtet sich auf. »Schließlich ist sie nicht direkt der Hausarresttyp.«

»Ich weiß, ich weiß«, stöhne ich. »Aber sie denkt, ich sei auf Drogen oder so was. Wegen meines Aussehens und so.«

»Wie bitte? Du auf Drogen? Na hör mal!« Rayne schnaubt angewidert. »Sie kennt dich doch besser. Ich meine, ich kann mir vorstellen, dass sie sagt, *ich* sei auf Drogen. Aber du? Mach mal halblang.«

Ich zucke die Achseln und ausnahmsweise protestiere ich nicht gegen ihre Sunny-das-Unschuldslamm-Nummer. Ich wünschte nur, Mom würde ihre Meinung teilen. Das würde alles viel leichter machen.

»Also bin ich jetzt total im Eimer«, sage ich. »Ich möchte nicht den Zorn des Monsters erregen, aber mein Leben, so wie ich es kenne, hängt von dieser Reise nach England ab. Ich habe keine Ahnung, was ich tun soll.«

»Hmm.« Rayne tippt sich nachdenklich mit einem Finger aufs Knie. »Nun, warum bin ich nicht einfach du?«, schlägt sie schließlich vor.

»Du?« Ich kneife verwirrt die Augen zusammen. »Du meinst, du würdest mit Magnus nach England fliegen?«

»Bitte. Ich wünschte, es wäre so. Aber nein«, antwortet Rayne kopfschüttelnd. »Was ich meine, ist, ich könnte so tun, als sei ich du, und für dich Hausarrest schieben. Und du tust so, als seist du ich und wolltest bei deiner Freundin Spider übernachten. Dann kannst du dich wirklich nach England davonmachen.«

»Also«, rekapituliere ich, »du wärest bereit, zu Hause zu sitzen und für mich Hausarrest zu schieben, während ich nach England jette, um den Heiligen Gral zu suchen?«

Rayne zuckt die Achseln. »Ich weiß, die Nummer ist ätzend. Aber ich fühle mich irgendwie verantwortlich dafür, dass ich dich in diesen Schlamassel gebracht habe. Also, klar. Ich schiebe für dich Hausarrest.«

»Glaubst du nicht, dass Mom etwas merken könnte? Ich meine, es würde zehntausend Millionen Mal schlimmer sein, wenn sie dahinterkäme. Und dann säßest auch du in der Klemme.«

»Hallo? Erde an Sunny!«, sagt Rayne und wedelt mir mit der Hand vorm Gesicht herum. »Für den Fall, dass du es vergessen hast, wir sind so eineiig, dass nicht einmal ein supermächtiges Geschöpf der Nacht uns auseinanderhalten konnte. Du glaubst, unsere kurzsichtige, übergeschnappte Hippie-Mom würde auch nur den leisesten Schimmer haben?«

Ich denke einen Moment lang darüber nach. »Da hast du nicht unrecht.«

»Natürlich habe ich recht«, sagt Rayne und nickt begeistert. »Es ist perfekt. Ich werde das langweilige Tugendlamm geben und sie wird nicht die leiseste Ahnung haben.«

Ich muss mir auf die Lippe beißen, um nicht zu antworten, und rufe mir ins Gedächtnis, dass sie mir hier absolut das Leben rettet und ich ihr einen kleinen Ausrutscher in puncto Takt nachsehen muss.

»Also schön. Das wäre geregelt«, sage ich. »Morgen früh erzählst du Mom, dass du bei Spider übernachtest, und sobald wir in der Schule sind, tauschen wir die Kleider.«

»Klingt nach einem guten Plan«, antwortet Rayne mit leuchtenden Augen. Sie liebt solche Sachen. Dann hält sie einen Moment lang inne und fügt schließlich hinzu: »Obwohl ich sagen muss, ich wünschte wirklich, *ich* wäre diejenige, die mit Magnus nach England reist.«

Ich blicke überrascht zu ihr hinüber. »Du bist doch nicht immer noch in ihn verknallt, oder?«, erkundige ich mich vorsichtig und versuche, möglichst beiläufig zu klingen.

Oh, bitte sag nicht, dass du in ihn verknallt bist, flehe ich im Geiste. Das wäre so was von gar nicht gut.

Meine Gedanken wandern zurück zu unserem Abend. Magnus, der mir über den Handrücken streichelt. Mein Körper an seinen gedrückt. Unser Beinahekuss. Ich frage mich, was Rayne sagen würde, wenn sie über meine außerplanmäßigen Aktivitäten mit Magnus Bescheid wüsste. Ob sie wohl sauer wäre? Wenn sie immer noch auf ihn steht, dann wäre das wohl ziemlich wahrscheinlich. Und ich möchte auf keinen Fall Raynes Zorn erregen.

Meine Zwillingsschwester seufzt lang und ausgiebig und wirft sich dann dramatisch auf das Bett. »Natürlich bin ich in ihn verknallt«, stöhnt sie. »Er sollte mein perfekter Partner sein. Ich meine, ich weiß nicht, ob er es dir erzählt hat, aber sie stecken nicht einfach willkürlich irgendwelche Vampire und Menschen als Blutsgefährten zusammen. Es gibt wissenschaftliche Studien und alles. Die Sache ist sehr kompliziert. Und nach alledem hat der Rat entschieden, dass es Magnus und mir bestimmt sei, die Ewigkeit miteinander zu verbringen. Und jetzt, wegen eines saublöden Fehlers, hat er eine am Hals, die ihn nicht einmal will.«

»Ich . . .«, beginne ich zu protestieren, dann beiße ich mir auf die Unterlippe. *Auf dieses Terrain willst du dich ganz bestimmt nicht begeben, Sun.* »Wie ermitteln sie denn die Kompatibilität der Blutsgefährten?«, frage ich stattdessen und versuche, vollkommen geistesabwesend zu klingen.

»DNA. Deine DNA wird mit der des Vampirs verglichen, um die Kompatibilität zu ermitteln«, erklärt Rayne. »Das wüsstest du, wenn du meinen Blog gelesen hättest.«

»Jaja, lies den Blog, ich weiß, ich weiß«, murre ich. Aber innerlich bin ich mit etwas ganz anderem beschäftigt.

Denn eines, was du über eineiige Zwillinge weißt oder vielleicht auch nicht weißt, ist, dass sie identische DNA haben. Was technisch gesehen bedeutet, wenn Magnus und Rayne perfekte Blutsgefährten sind . . .

Dann sind Magnus und ich es auch.

17 Spucketausch mit dem Traumtyp

Erstaunlicherweise laufen die Dinge am nächsten Morgen genau nach Plan. Rayne erzählt Mom von ihrer Übernachtung drüben bei Spider und Mom macht lässige Bemerkungen wie »Okay« und »Viel Spaß«. Sie fragt Gott sei Dank nicht einmal, wer oder was »Spider« ist.

Oh nein, sie hat viel größeres Interesse daran, mir ins Gedächtnis zu rufen, dass ich nach wie vor Hausarrest habe. (Obwohl sie den Ausdruck »Ruh dich zu Hause aus, bis es dir besser geht« benutzt statt des bösen Wortes mit H – das muss sie im *Handbuch für hippe Mamas* gelesen haben.) Aber welche Terminologie man auch immer anwendet, die Quintessenz ist dieselbe: Ich muss von der Schule direkt nach Hause kommen. Ich gehe nicht über Los. Ich ziehe keine zweihundert Dollar ein. (Schließlich könnte ich das Geld ja benutzen, um mir einen dicken fetten Joint zum Frühstück zu finanzieren, klar?)

Ich versuche, mich durch und durch fügsam und normal und nicht junkiemäßig zu benehmen, was sich als schwieriger als erwartet erweist, im Wesentlichen wegen meiner erschöpften, blutunterlaufenen Augen, die sich in unserer hellen, sonnigen Küche einfach nicht öffnen wollen. Pfui.

Glücklicherweise ist die Küche heute Morgen eine knoblauchfreie Zone. Auf dem Speiseplan stehen Buchweizenpfannkuchen mit Möhren und es gelingt mir, sie hinunterzuschlingen, ohne kotzen zu müssen. Allerdings löschen sie keineswegs meinen Blutdurst, der in mir tobt, seit ich die Augen aufgeschlagen habe. Weißt du, wie das ist, wenn du deine Periode hast und einen wilden Hunger nach Schokolade verspürst? Diese Art wilden Hunger nach Blut habe ich heute Morgen, nur eine Million Mal schlimmer.

Ich will Blut. Ich brauche Blut. Ich würde fast alles tun, um es zu bekommen. Ekelhaft, ich weiß, aber was soll ich sagen? Hey, mein Name ist Sunny und ich bin ein Blutjunkie.

An einem besonders miesen Punkt fühle ich mich wie hypnotisiert von einer besonderen Ader am Hals meiner Mutter. Stell dir das vor, hier sitze ich, beobachte das Ding und fantasiere über das köstliche, sirupartige Blut, das ungehindert darin fließt. Die Ader pulsiert, beinahe als hätte sie ein eigenes Leben, und ich male mir aus, wie ich meine Zähne hineinschlage und einfach wie verrückt sauge.

Dann ertappt Mom mich dabei, wie ich sie anstarre.

»Was?«, fragt sie und fasst sich verlegen an den Hals.

»Nichts, tut mir leid«, sage ich und reiße meinen Blick von dem verführerischen kleinen Puls los. Ich kann nicht fassen, dass ich meine Mutter gerade beäugt habe, als sei sie ein Stück feinste Lende.

Ich brauche ernsthaft Hilfe.

Um weiteren Peinlichkeiten vorzubeugen, entschuldige ich mich, gehe ins Badezimmer und schließe die Tür hinter mir ab. Ich spähe in den Spiegel. Wow. Wenn ich meine Mom wäre, würde ich auch denken, ich sei auf Drogen. Ich sehe beschissen aus. Mein Gesicht ist jetzt noch blasser – Michael-Jackson-blass – und meine Lippen sind so rot wie Blut. Wenn ich für alle Ewigkeit ein Vampir bleibe, werde ich nie wieder neuen Lippenstift kaufen müssen.

Meine Augen sind dunkel und blutunterlaufen und meine Pupillen sind total geweitet. Ich versuche, etwas Augentropfen

hineinzuquetschen, weil ich hoffe, so das Problem lösen zu können, aber ich bin mir nicht sicher, ob es überhaupt einen Unterschied macht.
Und dann sind da noch meine Zähne. Darüber will ich nicht einmal reden. Es würde dich einfach zu Tode erschrecken.
In der Schule bin ich der reinste Zombie. Im Ernst, wenn ich diese Vampirgeschichte nicht bald auf die Reihe bekomme, werde ich am Ende noch die Schule schmeißen. In meinem gegenwärtigen Zustand kann ich mich unmöglich darauf konzentrieren, was die Lehrer sagen. Und ich bin absolut außerstande, unter den Leuchtstoffröhren irgendetwas scharf zu sehen, was bedeutet, dass ich bei Klassenarbeiten die Aufgaben kaum lesen kann.
Als es zum letzten Mal klingelt, gehe ich voller Dankbarkeit in die Mädchenumkleide, wo ich mich mit Rayne treffen soll, damit wir uns umziehen und die große Zwillingsverwandlungsnummer durchziehen können.
Unglücklicherweise werde ich, bevor ich es in die einzige Zuflucht der Mädchen schaffen kann, von einem Jungen aufgehalten.
Aber nicht von irgendeinem Jungen. Ich werde von Jake aufgehalten. Jake Wilder, um genau zu sein.
Mein Herz flattert ein wenig, als er sich vor mir aufbaut, während der Blick seiner dunklen, grüblerischen Augen gierig über meinen Körper wandert, als sei ich eine Art Gourmetdessert und er habe seit einer Woche nichts mehr gegessen.
Er will mich. Sehr. Er verströmt förmlich Verlangen.
Ich schaudere.
»Sunny«, ruft er und seine normalerweise tiefe, samtige Stimme klingt ein wenig heiser. »Wo bist du gewesen?«

Ich lege verwirrt den Kopf schief. Wovon redet er? Ich war in der Schule. Wie immer. »Ähm, hey, Jake«, sage ich ein wenig wachsam. »Was meinst du damit, wo ich gewesen bin?« Ich werfe einen verstohlenen Blick auf meine Armbanduhr. Magnus' Flugzeug hebt in einer Stunde ab und ich muss mich vorher noch umziehen. Aber ich kann den Traumtyp wohl kaum abweisen, oder? Was ist, wenn er mich wegen des Balls etwas Wichtiges fragen will? Zum Beispiel nach der Farbe meines Kleides, damit er sich einen dazu passenden Kummerbund besorgen kann oder so etwas.
Mist. Da fällt mir etwas ein – ich habe noch gar kein Kleid! Ich hatte nicht unbedingt Zeit, einkaufen zu gehen und nach einem zu suchen. Also, diese Vampirgeschichte stürzt meinen normalen Tagesablauf echt ins Chaos.
»Ich habe überall nach dir gesucht. Es ist komisch, aber . . .« Jake fährt sich mit der Hand durch sein ohnehin bereits ziemlich zerzaustes Haar. Ehrlich, er sieht ein wenig krank aus. Aber andererseits sehe ich aus wie der Tod auf Latschen, daher sollte ich wohl besser die Klappe halten. »Ich kann nicht aufhören, an dich zu denken. Selbst wenn ich schlafe . . .« Er hält inne und wird rot. »Ich habe Träume, in denen du . . .«
»Okay, Jake«, unterbreche ich ihn und lege ihm eine Hand auf den Mund. »Das sind Dinge, von denen wir gar nichts erfahren wollen.« Obwohl ich insgeheim liebend gern mehr über Jake Wilders erotische Träume erfahren würde, vor allem, wenn sie sich um mich drehen, denke ich, dass ich es auf lange Sicht vielleicht bereuen könnte . . .
Plötzlich und ohne jede Vorwarnung packt Jake mich um die Taille, zieht mich an sich und bedeckt meinen überraschten Mund mit einem eingehenden Kuss. Einen Moment lang kann

ich nicht atmen. Zuerst denke ich, es läge daran, dass es mich so anturnt, dass ein Traumtyp mich küsst. Dann geht mir auf, dass Jake meinen Brustkorb zerquetscht.

»Hmhm«, protestiere ich.

Jake lockert seinen Griff und seine verzweifelten, atemlosen Küsse wandern von meinen Lippen meinen Hals hinunter. Ich sehe mich wild in der Sporthalle um und hoffe, dass niemand da ist, der uns beobachtet – ich halte absolut nichts davon, meine Gefühle öffentlich zur Schau zu stellen. Trotzdem, für Jake Wilder sollte ich wahrscheinlich eine Ausnahme machen.

Während er an meinem Hals knabbert, streifen seine Hände an meinem Rücken rauf und runter und er klammert sich beinahe an mich, als könne er nicht genug bekommen. Sein Verhalten haut mich dermaßen um, dass es mich sprachlos macht. Ich kann nicht fassen, dass Jake Wilder mich mitten in unserer Highschool-Turnhalle betatscht. Wenn du mir vor einer Woche erzählt hättest, dass Jake Wilder so etwas tun würde, hätte ich schallend gelacht und Dinge gesagt wie »Ja, klar« und »Guter Witz!«.

Andererseits hätte ich dir wahrscheinlich auch die ganze Vampirgeschichte nicht abgekauft. Ich bin jetzt viel offener geworden.

»Du riechst so gut«, flüstert Jake und seine Lippen streben jetzt auf mein Ohr zu. »Du bist so schön.«

»Ähm, danke?«, sage ich, nicht ganz sicher, was ich tun oder wie ich reagieren soll. Ich werfe noch einmal einen verstohlenen Blick auf meine Armbanduhr, wofür ich mich flugs selbst tadele.

Was tue ich da? Wen schert es, wenn ich ein paar Minuten zu spät komme? Magnus ist ein tausend Jahre alter Vampir. Er verfügt über ewiges Leben. Also hat er technisch gesehen alle Zeit der Welt. Und wer weiß, wie lange es für mich noch mit Jake Wilder läuft? Ich meine, sobald ich mich wieder in einen Mensch zurückverwandele, wird er wahrscheinlich nicht mal mehr wissen, dass ich existiere. Ich muss seine Vernarrtheit ausnutzen.

Andererseits, das ist irgendwie krank, oder? Ich meine, wie kann ich gedopte Leidenschaft mit jemandem genießen, der gar nicht auf mich steht – der lediglich *glaubt*, es zu tun? Plötzlich sind die Küsse nicht länger sexy, sondern nur noch irgendwie ekelhaft. Und auch ziemlich schlabberig, wenn ich schon mal bei der Wahrheit angelangt bin. Ich meine, wer hat unterm Strich schon Spaß daran, wenn ihm jemand eine klebrige Zunge ins Ohr rammt? Selbst wenn es eine Zunge ist, die dem Traumtyp unserer Schule gehört.

Ich schiebe Jake sanft von mir weg. »Tut mir leid«, sage ich. »Aber ich muss gehen.«

»Bitte, geh nicht!«, fleht er und seine dunklen, seelenvollen Augen bohren sich förmlich in meinen Schädel. Oh Jammer. Wie schwer ist das? Der Mann, den ich seit zwei Jahren aus der Ferne liebe, bettelt mich wie ein liebeskranker Welpe an, bei ihm zu bleiben. »Sunny, ich will dich«, sagt er und streckt die Hand aus, um mir eine Haarsträhne aus dem Gesicht zu streichen.

Ich mache einen Schritt zurück und setze all meine Willenskraft ein. »Nein, das tust du nicht«, antworte ich entschieden. »Du glaubst, dass du es tust, aber in Wirklichkeit tust du es nicht.«

Jakes Miene zerfällt und er sieht mich niedergeschmettert an. »Wie kannst du das sagen?«, fragt er.

»Tut mir leid, Jake, ich muss los.« Ich klopfe ihm auf die Schulter. »Ich muss Dinge erledigen, mich mit Leuten treffen, du weißt ja, wie das ist. Aber man sieht sich.«
Der zerschmetterte Traumtyp nickt trostlos. »Wir gehen doch trotzdem zusammen auf den Ball, oder?«, fragt er.
»Natürlich«, sage ich in meinem beruhigendsten Tonfall. *Falls du, sobald diese Vampirgeschichte rückgängig gemacht ist, immer noch mit mir hingehen willst,* füge ich im Geiste hinzu, während ich einige Abschiedsworte murmele und mich auf den Weg in die Umkleide mache.
Und das scheint mir ein dickes, fettes »Falls« zu sein.

18 Auf und davon – in einem Vampirflugzeug

In der Umkleide erwartet mich Rayne.

»Was ist passiert?«, erkundigt sie sich. »Du siehst irgendwie total zerzaust aus.«

»Jake Wilder ist passiert.«

Rayne zieht eine Augenbraue hoch. »Ooh, Jake Wilder. Ist das gut?«

»Irgendwie schon. Schätze ich. Na ja, eigentlich nicht.« Ich lehne mich an das nächstbeste Schließfach und stoße einen tiefen Seufzer aus. Ich bin so verwirrt. »Es war total unheimlich. Ich meine, versteh mich nicht falsch – ich habe kein moralisches Problem damit, dass Jake mir seine Zunge in den Hals steckt, glaub mir. Aber trotzdem, die ganze Zeit, während er das tat, konnte ich nicht umhin zu denken, dass er mich nicht *wirklich* mag. Er ist lediglich von diesem Vampirduft verhext und hat keine Ahnung, was er tut. Und plötzlich kam mir die ganze improvisierte Knutschszene gar nicht mehr so aufregend vor.«

Meine Schwester nickt mitfühlend. »Tut mir leid, Sun«, sagt sie. »Ich kann mir vorstellen, dass das ätzend sein muss. Aber hoffentlich wirst du wieder normal sein, bevor du weißt, wie dir geschieht, und dann kannst du ein und für alle Mal herausfinden, ob Jake dich als Person mag. Wer weiß«, fügt sie hinzu, »vielleicht ist diese Vampirgeschichte nur ein Zufall und er hat dich seit Jahren aus der Ferne angeschmachtet und endlich den Mut aufgebracht, dich anzusprechen.«

»Klar. Und du wirst eines Tages vielleicht als Investmentban-

kerin mit einem Minivan enden und einem Ehemann, der Paisleyschlipse trägt, und drei Kindern in Gap-Klamotten.«
Rayne schnaubt. »Touché.«
»Es spielt sowieso keine Rolle«, sage ich und stoße mich von dem Schließfach ab. »Ich muss mich auf meine Mission konzentrieren. Jake und seine komische neue Besessenheit müssen warten. Die Rückverwandlung in einen Menschen hat Vorrang.«
Ich ziehe Jeans und Tanktop aus und reiche beides an Rayne weiter. Sie hält mir im Gegenzug einen langen schwarzen Rock und eine Folklorebluse hin, die nach Patschuli stinken.
»Sieh zu, dass du dir den ganzen Modder vom Gesicht wäschst«, erinnere ich sie, als sie in meine Jeans steigt und sich darüber beklagt, wie schrecklich ihre Oberschenkel darin aussehen. »Mom wird es mir nie abkaufen, wenn ich mich plötzlich in Avril Lavigne verwandle.«
»Ich weiß, ich weiß«, sagt Rayne. »Entspann dich, ja? Es wird schon alles klappen. Wir dürfen uns nur nicht erwischen lassen. Du wirst ohne Probleme nach England kommen, den Gral finden, als Mensch zurückkehren und glücklich bis ans Ende deiner Tage mit Jake Wilder leben, diesem einfältigen Teddybären.«
»Man kann schließlich träumen«, antworte ich mit einem Hauch von dramatischem Flair. Ich ziehe die Folklorebluse und den Rock an und betrachte mich im Spiegel. Das ist kein guter Look für mich. Und Magnus, gesund und munter in seinem sehr neu aussehenden Armani-Ensemble, wird einen Mordsspaß haben.
Wobei es mich natürlich nicht interessiert, was er denkt.
Nach dem Kleidertausch und mit frisch gewaschenem Gesicht

fährt Rayne mich zum Flughafen, wo ich mich mit Magnus treffen soll. Ich bin auf dem Weg dorthin nicht besonders redselig, im Wesentlichen deshalb, weil mich die ganze Sache noch immer sehr nervös macht. Ich meine, denk mal eine Sekunde darüber nach. Ich verlasse das Land jetzt mit einem Mann, den ich kaum kenne und der zufällig ein unsterbliches Geschöpf der Nacht ist.

Nicht ganz dasselbe, wie sich an der nächsten Straßenecke eine Cola zu holen.

Nur allzu bald hält Rayne vor dem privaten Hangar, in dem der Zirkel, wie ich von Magnus weiß, seinen Jet stehen hat. Ich hatte mir die komische Idee in den Kopf gesetzt, dass Air Vampir ein schwarzes Flugzeug mit blutroter Inneneinrichtung sein würde. Aber ich schätze, das wäre allzu augenfällig gewesen, weil das fragliche Teil genauso aussieht wie das typische nichtssagende Privatflugzeug.

Bevor ich aus dem Wagen steige, umarme ich Rayne noch einmal zum Abschied.

»Viel Glück«, flüstert sie. »Pass für mich gut auf Magnus auf.«

»Mach ich«, antworte ich und spüre tief in der Magengrube dieses herrliche Schuldgefühl aufsteigen. Vielleicht ist es nicht nur mein Durst nach Blut. Ich hoffe allerdings, dass Magnus einen guten Vorrat an Bord hat, denn ich fühle mich so, als würde ich jeden Augenblick vor Hunger ohnmächtig werden.

Ich steige aus dem Wagen und gehe auf das Flugzeug zu. Ein Mann in Pilotenuniform begrüßt mich mit einem freundlichen Lächeln.

»Hallo«, sagt er mit abgehacktem britischem Akzent. »Sie müssen Ms McDonald sein.«

»Yup, das bin ich«, erwidere ich. »Aber Sie dürfen mich Sunny nennen.«
Er deutet auf die Treppe, die zum Flugzeug hinaufführt. »Sie können an Bord gehen, wann immer es Ihnen beliebt, Ma'am.«
Ich sehe mich auf der Rollbahn um. »Wo ist Magnus?«
»Schon an Bord«, informiert mich der Pilot. »Er macht im Moment ein Nickerchen.«
Ah, das macht Sinn. Ich dachte mir schon, dass es für ihn noch zu früh am Tag sei, um auf zu sein. Er hat sich bestimmt vor Sonnenaufgang in dem Flugzeug verbarrikadiert und hat die Absicht, mitten im Flug aufzuwachen, sobald die Sonne sich vom Horizont zurückgezogen hat.
Ich gehe die Treppe hinauf und drehe mich dort um, um Rayne ein letztes Mal zuzuwinken. Wieder nagt die Nervosität an meinem Magen. Aber ich dränge sie mit Macht beiseite und versuche, selbstbewusst in das Flugzeug zu steigen.
Als mein Blick auf die Inneneinrichtung des Jumbojets fällt, ist meine Nervosität schlagartig vergessen. Genau wie im Zirkel stinkt es hier nach Luxus. Ausgestattet mit Gold und Samt, ist das Flugzeug eine Zurschaustellung von Wohlstand, die beinahe obszön wirkt. Es gibt weiche Ledersessel und einen lächerlich riesigen Plasmafernseher. In silbernen Eimern werden Flaschen mit Rotwein (Blut?) kühl gehalten und auf Tischen mit Mattglasplatten stehen hochmoderne Laptops. Die Maschine ist das Ritz unter den Fliegern.
»Bitte, nehmen Sie Platz und schließen Sie Ihren Sicherheitsgurt«, sagt der Pilot, der hinter mich getreten ist. »Wir werden in Kürze abheben.«
Ich gehorche, immer noch geplättet von all der Extravaganz. Das Dasein als Vampir hat einige Pluspunkte. Andererseits

steht Magnus auch an erster Stelle der Thronfolge. Ich frage mich, ob das Flugzeug allen Vampiren zur Verfügung steht oder nur denen in hohen Positionen.

Ich schalte den Fernseher ein, hocherfreut darüber, dass er mit jedem Kinofilm unter der Sonne ausgestattet ist. Erpicht darauf, mich ablenken zu lassen, wähle ich eine leichte Comedy aus und lasse mich auf meinem übertrieben bequemen Platz nieder. Eine Minute später bin ich weggeratzt wie nichts.

»Sunny?«

Ich öffne zuerst ein Auge, dann das andere, leicht verärgert darüber, aus meinem Schlummer aufgeschreckt zu werden. Magnus späht zu mir herüber und um seine Mundwinkel spielt ein schwaches Lächeln.

»Willst du die ganze Nacht durchschlafen?«, fragt er und knufft mich sachte in die Schulter.

»Grumpf«, erwidere ich und versuche, mich auf die andere Seite zu drehen, um ihn zu ignorieren. Unglücklicherweise hatte ich, braves Mädchen, das ich bin, meinen Sicherheitsgurt angelegt, sodass ich nur über begrenzte Bewegungsmöglichkeiten verfüge.

»Wach auf. Wir sind da«, befiehlt er.

»Da?«

»In England. Um genau zu sein, in Bristol.«

»Wie spät ist es?«

Er blickt auf seine Uhr. Eine Rolex natürlich. »Es ist kurz vor drei Uhr morgens Ortszeit. Wir müssen unser sicheres Haus erreichen, bevor die Sonne aufgeht.«

Ich gähne und räkele mich ausgiebig. »Sicheres Haus?«, wiederhole ich. Ich kann nicht fassen, dass wir in England sind.

Dass ich den ganzen Flug verschlafen habe. Ich hatte nicht mal eine Chance, all den Luxus auszukosten, den das Flugzeug zu bieten hatte. Verflixt. Vielleicht auf dem Rückweg ...

Magnus nickt. »Du weißt, dass ich mich nicht vom Sonnenlicht erwischen lassen darf. Ich habe veranlasst, dass der hiesige Vampirzirkel uns bis Einbruch der Dunkelheit ein Quartier zur Verfügung stellt. Dann werden wir mit dem Wagen nach Glastonbury weiterreisen. Es ist eine Fahrt von ungefähr einer Stunde.«

»Oh. Okay«, sage ich. Ich hatte Magnus' Aversion gegen die Sonne ganz vergessen. Das bedeutet, dass unsere Reise länger als erwartet dauern würde. Ich war törichterweise davon ausgegangen, dass wir nach England fliegen, uns den Gral schnappen, nach Amerika zurückkehren und gleich nach Schulschluss wieder zu Hause sein würden. Hoffentlich ist Rayne in der Lage, unsere Zwillingsnummer noch ein Weilchen länger aufrechtzuerhalten.

Ich löse meinen Sicherheitsgurt und folge Magnus aus dem Flugzeug. Dort steht eine Limousine (natürlich!) für uns bereit und ein Chauffeur in Livree öffnet uns den Wagenschlag.

Sobald wir sitzen und unterwegs sind, dreht Magnus sich zu mir um. »Also, wie kommst du klar?«, fragt er und zu seiner Ehrenrettung sei gesagt, dass er ehrlich besorgt klingt.

»Gut.«

»Nein. Ich meine, wirklich«, beharrt er. »Es ist okay. Du kannst es mir erzählen. Ich bin davon überzeugt, dass es eine ganz schreckliche Erfahrung für dich gewesen ist. Es ist schon schwer genug für jene, die eine vernünftige Ausbildung durchlaufen haben. Aber vollkommen unvorbereitet in diese ganze Geschichte hineingestürzt zu werden ... Nun, ich kann nur ahnen, wie hart das sein muss.«

Ich nicke langsam. »Es ist wirklich eigenartig«, gestehe ich. »Meine Mom denkt, ich sei auf Drogen. Ich habe lauter komische Gelüste. Und mir ist ständig übel. Es fällt mir schwer, bei Neonlicht zu sehen, und die Sonne brennt auf meiner Haut, dass ich damit rechne, jederzeit Blasen zu bekommen. Und«, füge ich widerstrebend hinzu, »ich habe das Gefühl, als würde ich vor Durst sterben.«

Da. Ich habe es gesagt. Ich habe zugegeben, dass ich Blut will – oder sagen wir besser, dass ich es brauche. Ich bin jetzt ein offizieller Freak. Aber andererseits ist Magnus das auch.

Er nickt mitfühlend. »Du bist inzwischen sicher völlig ausgehungert. Ich hatte etwas Wein für dich im Flugzeug, aber ich wollte dich nicht wecken. Ich dachte, du würdest allen Schlaf brauchen, den du bekommen konntest.« Er klopft mir sachte aufs Knie. »Halt noch ein wenig durch. Wenn wir im Zirkel sind, werden wir speisen können.«

Ach herrje. Ich kann's kaum erwarten.

19 Der Zirkel – englische Variante

Zehn Minuten später fahren wir vor einem englischen Herrenhaus vor. Einem uralten, beängstigend wirkenden Teil, wie man sie immer im Film sieht, mit schmiedeeisernen Toren und haufenweise unglücklichen Geistern, die umgehen und spuken. Aber Magnus versichert mir, dass die Vampire, die hier leben, das Haus von Poltergeistern aller Art freihalten.
Das Innere des Gebäudes ist weniger protzig als der amerikanische Zirkel. Außerdem befindet es sich nicht unter der Erde, was bedeutet, dass alle Fenster mit Brettern vernagelt sein müssen, um sicherzustellen, dass sich kein Sonnenstrahl hineinstiehlt. Ein alter Vampir (ich meine, technisch gesehen sind sie alle alt, aber dieser hier hat sogar die mit Altersflecken übersäten Hände, um es zu beweisen) begrüßt uns und macht eine tiefe Verbeugung vor Magnus.
»Seid mir gegrüßt, edler Herr. Ich höre, Ihr werdet Zirkel sechs übernehmen«, sagt er mit tiefer, respektvoller Stimme. Sein Akzent erinnert mich an den, den man bei Vampiren in Filmen hört. Bei solchen, die in Transsilvanien spielen oder so.
Magnus erwidert die Verbeugung. »In der Tat. Aber zuerst muss ich mich um eine wichtige Angelegenheit in Glastonbury kümmern. Also danke ich Euch, dass Ihr uns müden Reisenden einen Ruheplatz gewährt.«
Es ist so interessant für mich, wie förmlich Vampire sind, wenn sie miteinander plaudern. Es ist wie eine geheime Vampirsprache, die sie alle beherrschen. Andererseits schätze ich, dass alle Leute in der Ära, in der sie zu Menschen heranwuchsen, so ge-

redet haben. Wahrscheinlich ist ihnen diese Ausdrucksweise lieber und sie haben den modernen Slang nur gelernt, um unter Sterblichen den Schein zu wahren.
»Natürlich. Es ist uns eine Ehre, Euch und Eure Blutsgefährtin zu beherbergen«, sagt der Vampiropa. Der Smoking, den er trägt, schreit förmlich Möchtegerndracula, aber diesmal werde ich meine große Klappe nicht aufreißen. Ich meine, wirklich. Nach allem, was ich weiß, *ist* der Typ Dracula.
Draci geleitet uns den Flur hinunter und eine große Wendeltreppe hinauf. Um die Wahrheit zu sagen, das Haus sieht ziemlich ungepflegt aus. Überall Spinnweben. Wenn ich doch für alle Zeit ein Vampir bleiben sollte, werde ich stattdessen im Luxus des Zirkels in Neuengland leben. Das ist viel eher mein Stil.
Die Türen zu den Schlafzimmern sehen aus wie Tresore in einer Bank, eine jede mit ihrem eigenen Tastenschloss versehen. Draci wählt, scheinbar willkürlich, eine Tür aus und tippt einen Code ein. Die Tür schwingt leise auf und dahinter wird ein abgedunkelter Raum sichtbar.
Magnus macht abermals eine tiefe Verbeugung. »Vielen Dank, edler Herr«, sagt er.
Draci erwidert seine Verbeugung und zieht sich den Flur hinunter zurück. Magnus lässt mich vorangehen.
In dem Zimmer steht nur ein einziges Bett.
»Ähm.« Ich sehe mich um. »Hmm.«
»Was ist los?«, fragt Magnus und zieht die Tür hinter uns zu. Er steht direkt hinter mir und ich kann seinen Atem in meinem Nacken fühlen, was eine Spur beunruhigend ist. Ich trete tiefer in den Raum hinein, um den Abstand zwischen uns zu vergrößern.

»Hat Draci nicht vielleicht ein zweites Zimmer? Ich meine, dies ist ein Herrenhaus, stimmt's?«
»Draci?«, wiederholt Magnus und zieht eine Augenbraue hoch.
Ich erröte. Ich hatte vergessen, dass das lediglich mein Spitzname für den Burschen ist. »Du weißt schon, unser illustrer Gastgeber.«
Magnus grinst. »Er sieht tatsächlich ein wenig aus wie der legendäre Dracula, nicht wahr?«, gesteht er. »Wir haben ihn in unseren jüngeren Tagen alle damit aufgezogen . . .«
»Ähm, können wir das Schwelgen in Erinnerungen auf später verschieben, Mag? Im Augenblick müssen wir uns auf unsere Mission konzentrieren«, unterbreche ich ihn. Ich will nicht unhöflich sein, aber es gibt da eine drängende Angelegenheit, die geregelt werden muss. »Wir haben *ein* Zimmer. *Ein* Bett. Und wir sind *zwei.*«
Magnus nickt. »In der Tat. Unser Gastgeber ist gewiss davon ausgegangen, dass wir ein Bett miteinander teilen würden, da wir schließlich Blutsgefährten sind.«
»Nun, wir alle wissen, wozu voreilige Schlussfolgerungen führen, stimmt's? Beim letzten Mal war es eine ziemliche Blamage für uns beide.«
»Es tut mir leid, Sunny. Aber wenn ich ihn um ein zweites Zimmer bitten würde, würde das viel zu viele Fragen aufwerfen. Fragen, die meine neu gefundene Position als Zirkelführer untergraben könnten.«
»Ah«, erwidere ich, als mir aufgeht, was er meint. »Wenn du sagen würdest, dass du die Sache vermasselt und an einem armen, unschuldigen Mädchen wie mir einen nicht autorisierten Biss vorgenommen hast, dann könnten die Leute sagen, du taugst nicht zum König?«

Er nickt. »In der Tat. Und auch wenn mir der Gedanke, den Zirkel zu übernehmen, keineswegs behagt, wäre es besser, wenn ich es täte, statt die Macht jenen zu überlassen, für die die Interessen des Zirkels kein Herzensanliegen sind.«
»Kapiert«, antworte ich. »Also müssen wir vor den anderen Vampiren die liebenden Blutsgefährten spielen.«
»Im Wesentlichen, ja.«
»Und das bedeutet, dass wir ein Bett teilen.«
»Ja.«
Einen Moment lang frage ich mich, ob er lügt. Ob er sich das nur ausdenkt, um sich in die Lage zu bringen, seinen Spaß mit mir zu haben. Aber andererseits wäre das doch ein ziemlich großes Affentheater für ein kurzes Abenteuer. Und wirklich, er scheint mir nicht der Typ zu sein, der es nötig hat, seine Dates mit einem Trick ins Bett zu bekommen, nicht bei seinem Aussehen und seinem Sexappeal.
»Okay, schön«, sage ich. »Wir werden uns ein Zimmer teilen.«
»Ich kann auf dem Boden schlafen«, erbietet er sich, wieder ganz Kavalier und edler Ritter.
Ich schüttele den Kopf. »Ich weiß die Geste zu schätzen, aber das ist nicht nötig.« Ich deute auf das Bett. »Es ist ein Megadoppelbett. Ich bin davon überzeugt, dass wir beide bequem hineinpassen.«
»Okay. Wenn du dir sicher bist.«
»Yup. Absolut. Und wo wir gerade von Betten sprechen . . .« Obwohl ich erst vor kurzer Zeit aufgewacht bin, fühle ich mich schon wieder schläfrig. Ich schleudere meine Schuhe von den Füßen und krieche unter die Decken auf der linken Seite des Bettes.
Magnus zieht sein Hemd aus und entblößt diesen Killerwasch-

brettbauch, der mir jedes Mal das Wasser im Mund zusammenlaufen lässt, dann legt er sich in einigem Abstand von mir auf die rechte Seite des Bettes.

Jetzt sind wir also im selben Bett, aber zwischen uns liegen Welten. Und obwohl ich offen zugebe, dass ich noch nie das Bett mit einem Mann geteilt habe, und sei es auch noch so platonisch, kommt mir die Situation nicht eigenartig vor. Und aus irgendeinem Grund vertraue ich Magnus absolut.

»Ruh dich ein wenig aus«, sagt der Vampir und dreht sich zu mir um. »Wir werden heute Nacht viel zu tun haben, auf der Suche nach dem Gral.«

»Mache ich«, antworte ich gähnend. Ich kuschele mich in das dicke Federkissen. Dieses Bett ist eine echte De-luxe-Ausgabe und plötzlich fühle ich mich sehr warm und geborgen. »Danke.«

»Gern geschehen«, sagt er schlicht. Dann lächelt er ein schläfriges kleines Lächeln und mein Inneres wird unwillkürlich zu Mus. »Ich tue das gern.«

»Nein, ich meinte, danke für alles«, plappere ich weiter und aus irgendeinem Grund bin ich noch nicht ganz so weit, die Augen schließen zu wollen. Nicht ganz so weit, nicht mehr in seine schönen blauen Augen zu schauen, um absolut ehrlich zu sein. »Du hast mit der Übernahme des Zirkels tonnenweise eigene Dinge um die Ohren. Und das Letzte, was auf deinem Plan für diese Woche stand, war wahrscheinlich ein Ausflug nach England, der sich als totaler Flop erweisen könnte.«

Er streckt die Hand aus und streicht mir eine Haarsträhne aus den Augen. »Es ist keine Mühe. Wirklich nicht.«

»Weißt du, was, Magnus«, sage ich, fühle mich wunderbar gewärmt von seiner Berührung und beschließe, ausnahmsweise einmal nicht gegen die prickelnden Gefühle anzukämpfen. »Du bist wirklich ein netter Kerl. Wenn ich ein Vampir sein *wollte,* wärst du absolut meine erste Wahl als Blutsgefährte.« Er lächelt abermals, obwohl ich diesmal halb davon überzeugt bin, dass seine Augen ein wenig traurig wirken. »Schlaf jetzt, Sunny«, flüstert er und küsst mich sanft auf die Stirn. »Schlaf.« Ich tue es.

20 Rave zum falschen Zeitpunkt

Ich schlafe wie ein Stein und wache von selbst auf, als die Sonne untergeht, gut ausgeruht, wenn auch mit einem Mordshunger. Ich öffne die Augen. Irgendwie hat Magnus sich im Laufe des Tages im Schlaf bewegt und mich an sich gezogen. Überrascht von seiner Nähe und mehr als ein wenig beklommen, winde ich mich aus dem Bett und wecke ihn dabei auf.

Er reibt sich verschlafen die Augen. »Ist es schon Abend?«, fragt er.

Ich blicke auf den Wecker auf dem Nachttisch. »Yup. Punkt acht Uhr.« Ich frage mich, ob er eine Ahnung hat, dass ich soeben in seinen Armen gelegen habe. Hoffentlich nicht, da das *très* peinlich wäre.

»Hervorragend.« Er steigt aus dem Bett, schnappt sich sein Hemd vom Boden und zieht es über den Kopf. »Zeit, nach Glastonbury zu fahren.« Da wir beide in unseren Kleidern geschlafen haben, brauchen wir nicht viel Zeit, um uns fertig zu machen, und wenige Sekunden später folge ich ihm aus dem Zimmer die Treppe hinunter.

»Wie ist Glastonbury denn so?«, frage ich, als wir das Haus verlassen. Die Limousine wartet immer noch auf uns, na so was. Ich frage mich, ob der Fahrer überhaupt geschlafen hat.

»Es ist ein sehr ruhiges Dorf, die Heimat vieler Künstler und Idealisten«, erklärt Magnus, während wir in den Wagen steigen. »Eigentlich ziemlich malerisch. Ein angenehmer Urlaubsort für die meisten Touristen.«

»Cool.« Ich wollte schon immer eine dieser stereotypen engli-

schen Landstädte besuchen, mit steinernen Cottages und Antiquitätenläden.
»Einmal im Jahr wird dort ein großes Festival mit bekannten Musikern veranstaltet«, fährt er fort. »Die Menschen fallen in Scharen über die Stadt her. Im Allgemeinen tauchen hunderttausend Leute auf, wenn du das glauben kannst. Sie kampieren drei Tage auf einem Feld, hören Musik, tanzen und nehmen weiß Gott welche Drogen.«
»Und wann ist das Festival?«
»Oh, es findet erst gegen Ende Juni statt. Niemals im Mai.«
Ich runzele enttäuscht die Stirn. »Schade. Klingt nach einer tollen Show.«
»Glaub mir, es ist gut so. Wenn hunderttausend Menschen die Stadt bevölkern, macht der Druidenorden sich rar. Wir würden sie niemals finden und damit auch den Gral nicht.«
»Oh. Hm, dann ist es wohl gut, dass wir nicht Ende Juni haben.« Natürlich ist der Gral wichtiger als die Teilnahme an irgendeiner großen englischen Rave-Party.
»In der Tat.«
»Trotzdem, es wäre irgendwie cool gewesen, das alles zu sehen. Hunderttausend Menschen auf einem Feld, alle eins mit der Musik. So was kriegt man in Amerika nicht.«
Magnus hält einen Moment lang inne, dann sagt er: »Wenn du es wirklich sehen willst, kann ich dich im Juli noch mal herbringen, falls du möchtest.«
Ich blicke zu ihm hinüber, vollkommen sprachlos. Hat er irgendwelche postvampirischen Pläne mit mir? Denkt er ehrlich, dass wir noch miteinander rumhängen werden, nachdem ich mich in einen Menschen zurückverwandelt habe? Ist es überhaupt möglich, eine solche Beziehung zu unterhalten ...

eine Freundschaft zwischen einem Vampir und einem Menschen? Und falls es möglich ist, ist es das, was ich will?

Will ich weiter mit Magnus rumhängen, nachdem ich wieder vermenschlicht worden bin? Ich kenne ihn erst seit ein paar Nächten, aber wenn ich hier ganz ehrlich bin, gefällt es mir irgendwie, ihn in der Nähe zu haben. Er ist witzig und interessant und loyal und ritterlich und schnuckelig wie nur was. Was gibt es daran auszusetzen? Andererseits, was werde ich tun, wenn man ihm schließlich eine andere Blutsgefährtin zuweist? Wird er mich wie eine heiße Knoblauchknolle fallen lassen, sobald der Rat ihm eine richtige, willige Partnerin an die Seite stellt? Seine wahre Königin? Und wie werde ich damit fertig werden?

Nein, beschließe ich. Es ist besser, einen sauberen Schnitt zu machen. Das heißt, sobald ich wieder ein Mensch bin. Ich breche alle Brücken hinter mir ab. Vergesse, dass es so etwas wie Vampire überhaupt gibt, und setze mein normales, langweiliges Alltagsleben fort.

»Ähm, Sunny? Du weißt, was ich gerade über die Möglichkeit gesagt habe, dich zu dem Festival mitzunehmen?«, unterbricht Magnus meine sich überschlagenden Gedanken. Ich sehe zu ihm hinüber. Er starrt aus dem getönten Fenster.

Okay. Also los. Zeit, den Schnitt zu vollziehen. Ich schlucke heftig. »Weißt du, Mag, du brauchst mich wirklich nicht . . .«

»Ich denke, wir werden das Festival doch zu sehen bekommen.«

»He?«

Magnus lehnt sich zurück. »Schau mal aus dem Fenster.«

Ich rutsche zu ihm rüber und spähe hinaus. Mir bleibt die Luft weg.

Das Festival ist, so scheint es, einen Monat vorverlegt worden. Wo immer ich hinsehe, sind Menschen. Alle möglichen Arten von Menschen. Junge Menschen. Alte Menschen. Menschen mit Rastalöckchen. Menschen mit Irokesenschnitt. Menschen in Designerklamotten und Menschen, die wie Gothics gekleidet sind. Hippies, Ravers, Stoners, Metalheads. Alle schwärmen mit klebrigen Plastikbechern voller Bier durch die Straßen.

»Donnerwetter«, rufe ich. »Das Festival ist . . . jetzt?« Sobald ich die Frage ausgesprochen habe, wird mir klar, wie offenkundig die Antwort ist. Wir befinden uns mitten in einer Menschentraube.

Ich lasse mich in den ledernen Sitz zurücksinken. Na toll. Ich schaffe den weiten Weg bis nach England und es ist zufällig gerade der Tag im Jahr, an dem die Druiden, nach denen ich suche, sich vor aller Welt verstecken. Einmal mehr kann ich über meinen Mangel an Glück nur staunen.

»Wow. Das ist ein Hammer«, jammere ich.

»In der Tat«, pflichtet Magnus mir bei, wie immer nicht gerade der optimistischste aller Blutsgefährten.

»Was machen wir jetzt?«

»Nun, in diesem Durcheinander gibt es keine Möglichkeit, die Druiden zu finden«, sagt er und späht wieder aus dem Fenster. »Sie haben sich alle verzogen. Wir werden einfach abwarten müssen.«

»Aber es ist Donnerstagabend. Und am Samstag verwandele ich mich in einen Vampir. Das lässt uns nicht viel Zeit.«

Magnus streckt die Hand aus und tätschelt mein Knie. Ich weiß, er will mich trösten, aber das geht total daneben. »Es ist eine absolute Katastrophe, Sun«, sagt er. »Es tut mir so leid.«

Ich blicke wieder aus dem Fenster und spüre, wie mir die Tränen in die Augen steigen und meine Wangen hinuntertropfen. Von allen unglückseligen Missgeschicken muss dies das schlimmste sein. Meine einzige Chance auf Erlösung ist von einem gewaltigen Haufen englischer Raver Kids zunichte gemacht worden. Müssen die denn nicht in die Schule gehen? Haben sie kein eigenes Leben? Warum sind sie hier, entschlossen, meins zu ruinieren?

Ich versuche, mich mit einem Leben als Vampir abzufinden. So schlimm wird es schon nicht sein, oder? Ich meine, ich werde Reichtümer haben, die meine wildesten Fantasien übersteigen, und unvorstellbare Macht. Das wird Spaß machen, oder? Und he, wenn wir hier schon ehrlich sind, wird der Sonnenschein vollkommen überschätzt. Ebenso wie das College. Und das Heiraten und die Gründung einer Familie. Und ...

Oh, was soll das? Ganz gleich, wie man die Sache betrachtet, ist das ein absoluter Hammer. Ich will kein Vampir sein. Es ist bestimmt für manche Leute eine gute Wahl. Aber für mich ist das einfach nichts.

Das Schluchzen kommt jetzt mit voller Wucht heraus. Es schüttelt mich förmlich. Schon bald weine ich so heftig, dass ich tatsächlich am ganzen Körper zittere. Während all dieser Zeit habe ich mich an die Hoffnung geklammert, dass sich der Prozess irgendwie umkehren ließe. Und jetzt, da ich weiß, dass ich verdammt bin, trifft mich die Ungeheuerlichkeit meiner Situation wie ein Amboss in einem Road-Runner-Cartoon.

Das nervt.

Das nervt voll.

Das nervt voll, total und unglaublich.

Plötzlich spüre ich Arme um meine Schultern, die mich aus

dem dunklen Abgrund der Verzweiflung ziehen und mich warm und sicher festhalten. Ich drücke den Kopf an Magnus' Schulter und lasse meinen Tränen einfach freien Lauf. Lasse ihn meinen Rücken streicheln, während ich mir die Seele aus dem Leib schluchze.
»Sch, sch«, besänftigt er mich. »Es wird alles wieder gut.«
»Es wird *nichts* wieder gut«, weine ich. »Ich werde für alle Ewigkeit ein Vampir sein.«
»Nicht unbedingt«, flüstert er. »Wir können einen Weg finden. Oder warten, bis das Festival vorbei ist. Morgen wird hier gähnende Leere herrschen, was uns reichlich Zeit gibt, den Gral zu finden.«
Ich schniefe und wünschte, ich hätte ein Taschentuch, um mir die Nase zu putzen. Ich hasse es, eine Heulsuse zu sein. Ich löse mich aus Magnus' Umarmung, damit ich ihm in die Augen sehen kann. Er erwidert meinen Blick, ernst und besorgt.
»Glaubst du wirklich, wir haben eine Chance?«, frage ich und wische mir die Tränen mit dem Ärmel weg.
Er nickt langsam. »Das tue ich«, sagt er. »Und Sunny, ich möchte nicht negativ klingen, aber selbst wenn wir es nicht schaffen, wovon ich nicht ausgehe«, fügt er hinzu, wahrscheinlich als Reaktion auf mein niedergeschmettertes Gesicht, »aber im allerschlimmsten Fall ...« Er umfasst mein Gesicht mit beiden Händen. Ich schnappe nach Luft. »Du sollst wissen, dass ich dich nicht im Stich lassen werde. Du wirst das nicht allein durchstehen müssen. Wenn du ein Vampir bleiben musst, verspreche ich dir jetzt, dass ich in jedem Sinne des Wortes dein Blutsgefährte sein werde. Solange du mich willst oder brauchst, werde ich dich beschützen. Du brauchst keine Angst zu haben. Ich werde dich niemals verlassen.«

Dieses Geständnis, dieses Versprechen für alle Ewigkeit von dem schönen Geschöpf vor mir ist fast zu viel für mich. Mein Herz bricht und jubiliert gleichzeitig. Ich weiß nicht, ob ich mich übergeben oder die Arme um ihn schlingen soll.

»D. . . danke«, murmele ich. »Das bedeutet mir viel.«

Er antwortet nicht. Nun, zumindest nicht mit Worten. Er beugt sich einfach vor und küsst mich.

21 He Did the Mash. He Did the Monster Mash

Es ist nicht wie unser erster Kuss, der auf dem Parkplatz vor dem Club Fang. Das war ein Kuss voller Begierde. Voller leerer Leidenschaft zwischen zwei Fremden, die nichts voneinander wussten. Und es ist auch nicht wie der Kuss, den Jake Wilder mir gegeben hat, bevor ich nach England gejettet bin. Der war zugegebenermaßen ein wenig auf der schlabberigen Seite.

Dieser Kuss ist anders. Er ist unmöglich zu beschreiben. Zumindest nicht, ohne wie jemand aus den Liebesromanen meiner Tante Edna zu klingen.

Also bleibe ich einen Moment lang still, genieße einfach das weiche Gefühl seiner Lippen auf meinen, vergesse für den Augenblick all meinen Schmerz, meine Sorgen, meine Ängste und überlasse mich seiner Umarmung. Nehme die Kraft und den Trost in mich auf, die sein Mund mir bietet. (Okay, vielleicht verfalle ich einen Moment lang tatsächlich in die Sprache von Liebesromanheldinnen, aber willst du mich deshalb verklagen?)

Und dann, gegen besseres Wissen, erwidere ich seinen Kuss. Eine Sekunde lang sind wir eins. Kosten voneinander, berühren einander, lieben einander. Alle Schranken zwischen Mensch und Vampir fallen. Wir sind nur zwei Individuen, die das unleugbare Bedürfnis verspüren, sich auf einer elementaren, intimen Ebene zusammenzufinden.

Denk dir an dieser Stelle einen gewaltigen träumerischen Seufzer dazu.

Er löst sich als Erster und läuft dunkelrot an. Ich bemerke Bluttränen in seinen Augenwinkeln, bevor er sie wegwischt. »Tut mir leid«, murmelt er und wendet sich wieder dem Fenster zu. »Das hätte ich nicht tun sollen.«

Ich starre ihn einen Moment lang an, außerstande zu sprechen, wissend, dass das, was ich als Nächstes sage, das Blatt unserer Beziehung für alle Ewigkeit wenden wird. Mir wird bewusst, dass ich die Finger in die Ledersitze gekrallt habe, und ich lasse langsam locker.

Ich denke an die verschiedenen Möglichkeiten. Wenn ich ein Vampir bleibe, spricht nichts dagegen, dass wir ein Paar werden, stimmt's? Ich meine, wir sind Blutsgefährten; unsere DNA ist so weit kompatibel, dass wir eine Ewigkeit miteinander verbringen können. Und wenn ich schon als Vampir ende, gibt es niemanden, mit dem ich lieber enden würde als mit dem süßen, perfekten, liebevollen Magnus, der küsst wie ein Gott.

Andererseits, wenn es mir tatsächlich gelingen sollte, meine Menschlichkeit zurückzugewinnen (und lass uns ehrlich sein, das ist immer noch Plan Nummer eins), wäre es dann realistischerweise durchführbar, eine so enge Beziehung zu einem unsterblichen Geschöpf der Nacht aufrechtzuerhalten?

Mal im Ernst. Ich meine, wie würde es sein, einen Vampir zum Freund zu haben? Soweit ich es mir vorstellen kann, könnte das niemals funktionieren. Zum einen könnten wir nicht heiraten. (Welches Geburtsdatum sollte er auf der Heiratsurkunde angeben?) Und nach einigen Jahren würde ich alt werden und er würde für immer wie ein Teenager aussehen. Was würden die Leute zu einer betagten Sechzigjährigen mit einem attraktiven jugendlichen Freund sagen? (Na ja, außer »Iiih«.) Ich meine, diese ganze Demi-und-Ashton-Geschichte ist schon komisch genug. Dies wäre viel, viel schlimmer.

Und dann ist da auch noch das Thema Blutsgefährtin. Der Rat wird Magnus irgendwann eine neue, richtige Blutsgefährtin zuweisen. Eine Frau, mit der er die Ewigkeit verbringen kann und die nicht alt werden und über ihre Arthritis jammern wird. Und was soll ich dann machen? Das fünfte Rad am Wagen spielen? Irgendwie bezweifle ich, dass die betreffende Dame damit einverstanden wäre.

Nein, es lässt sich einfach nicht leugnen. Das wird nicht funktionieren. Und ein Pflaster zieht man auch besser mit einem Ruck von der Haut als langsam und mit Genuss. So sagt man jedenfalls. Ich muss mich bremsen. Ihn bremsen. Diese knospende Beziehung bremsen, jetzt, bevor ich zu tief drinstecke. Bevor ich feststelle, dass ich verliebt bin oder sonst irgendetwas Lächerliches.

»Ich finde, wir sollten uns auf die Suche nach dem Gral konzentrieren«, sage ich energisch und verschränke die Arme vor der Brust. Ich hoffe, dass ich selbstbewusst und beherrscht wirke, denn in meinem Innern toben Zweifel und Verwirrung. Mit angehaltenem Atem warte ich auf seine Reaktion. Wird er sauer sein? Oder mich anflehen, meinen Entschluss noch einmal zu überdenken?

Aber er nickt nur und ich kann sehen, dass er schluckt. »Natürlich«, stimmt er mir zu und räuspert sich. »Darauf sollten wir uns konzentrieren.«

Krampfhaft schließe ich die Augen. Oh Mann! Das ist so furchtbar schwer. Plötzlich möchte ich nur noch die Arme um ihn schlingen und dort weitermachen, wo wir aufgehört haben. Möchte ihn die ganze Nacht bis zur Besinnungslosigkeit küssen. Aber das wäre wirklich dumm. Impulsive Befriedigung, die zu lebenslänglichem Bedauern führen würde.

Ich spüre, dass er mich anstarrt; seine schönen blauen Augen bohren sich förmlich in meinen Schädel, als versuche er, meine Gedanken zu lesen. Plötzlich wird mir klar, dass ich nie herausgefunden habe, ob er diese Fähigkeit tatsächlich besitzt oder nicht. Ich hoffe, er hat sie nicht. Ich möchte nicht, dass er all die Verwirrung sieht, die in meinem Kopf kreist.

»Nun, da wir schon mal hier sind«, sage ich schließlich, fest entschlossen, zu einem sichereren, weniger schmerzhaften Thema zu wechseln, »sollten wir vielleicht aussteigen und uns auf dem Festival amüsieren.«

Magnus schaut abermals aus dem Fenster und macht ein Gesicht, als hätte ich ihn soeben aufgefordert, sich an dem Blut eines Knoblauchbauern gütlich zu tun. Ich mache ihm keinen Vorwurf. Das Letzte, was er will, davon bin ich überzeugt, ist ein Bad in der Menge betrunkener Menschen, um sich wie ein untoter Tourist, der nichts Besseres zu tun hat, hier umzusehen.

»Vergiss es«, nehme ich meinen Vorschlag hastig zurück. Verdammt. Ich möchte nicht alles noch schlimmer machen. Außerdem, wie viel Spaß könnten wir in unserem niedergeschmetterten, trübseligen Zustand schon haben? »Es war eine blöde Idee.«

»Nein, nein«, protestiert Magnus und mustert mich mit undeutbarer Miene. »Es ist genau genommen sogar eine ziemlich gute Idee. Du wirst wahrscheinlich nie wieder eine Gelegenheit haben, ein solches Chaos zu erleben. Wir können genauso gut das Beste daraus machen, stimmt's?« Er versucht zu lächeln, aber es ist eindeutig ein halbherziger Versuch.

»Okay«, meine ich ausweichend. »Wenn du dir sicher bist ...«
»Sicher bin ich mir sicher. Es wird Spaß machen.«
Ich würde ihm tatsächlich glauben, wenn sein bleiches Gesicht nicht aussähe wie der Tod auf Latschen. Aber bevor ich irgendwelche Einwände erheben kann, gibt er dem Fahrer der Limousine die Anweisung, hier zu warten, und öffnet die Autotür.
»Gehen wir«, sagt er mit einer Fröhlichkeit, die mir arg aufgesetzt klingt.
Wir treten in die Nacht hinaus. In die Menschenmenge. In den Wahnsinn. »Hier geht nichts mehr«, murmele ich und habe keine Ahnung mehr, warum ich das für eine gute Idee gehalten habe.
Wir kämpfen uns durch das Gedränge und kaufen von einem bärtigen Schwarzhändler im Trikot der Tottenham Hotspurs zwei Eintrittskarten. Dann gehen wir durch die improvisierten Tore auf das Feld hinaus. Und das ist der Punkt, an dem mir der Kiefer vor Staunen runterklappt.
Wow. Alles, was ich sagen kann, ist *Wow.*
Im Ernst, du hast nicht gelebt, bevor du nicht hunderttausend Menschen gleichzeitig hast tanzen sehen. Ich grinse und spüre, wie mein Zweifel und meine Niedergeschlagenheit von mir abfallen und die Erregung der Menge auf mich übergreift. Ich meine, wie cool ist das? In Amerika haben wir nichts dergleichen. Diese Briten verstehen es wirklich, sich von der Musik mitreißen zu lassen. Ich bin so froh, dass wir uns dazu entschieden haben, aus dem Wagen zu steigen.
»Hm, das ist ein wenig beunruhigend, nicht wahr?«, brüllt Magnus mir ins Ohr; offensichtlich teilt er meine Begeisterung nicht. Andererseits nehme ich an, dass dieser Wahnsinn für ihn

als einen richtigen, tausend Jahre alten Vampir nicht die gewohnte Kost ist.
Ich dagegen habe beschlossen, dass ich mich amüsieren werde und dass er mir die Sache nicht kaputt machen wird. Denn ich habe es verdient, nach allem, was ich diese Woche durchgemacht habe. Ich werde nicht zulassen, dass Magnus den Spielverderber gibt, daher packe ich ihn und schleife ihn mitten in das Gedränge hinein. »Tanz!«, brülle ich ihn an, denn ich bin mir nicht sicher, ob er mich im Lärm der Musik hören kann.
Zuerst ist er verlegen und unbeholfen und tut lediglich so, als ob. Aber als der nächste Song anfängt, kann ich spüren, dass er langsam warm wird. Und dann tanzen wir. Und springen. Und wirbeln im Kreis herum.
Es kommt mir so vor, als wären wir stundenlang zugange gewesen, als wir schließlich lachend, verschwitzt und erschöpft auf einer grasbewachsenen Lichtung in der Nähe zu Boden sinken.
»Wow!«, rufe ich. »Das war klasse.«
»In der Tat.«
Magnus legt sich ins Gras und blickt in den dunklen Himmel hinauf. Ich geselle mich zu ihm. Der Mond ist voll und beinahe orangefarben in seiner Intensität. Eine perfekte Temperatur und ein klarer Himmel, an dem nadelstichfeine Lichter funkeln. Hübsch. Also, wenn ich doch für den Rest der Ewigkeit ein Vampir bleiben muss – und nie wieder einen Fuß unter die Sonne setzen kann –, werde ich zumindest die Sterne zur Gesellschaft haben.
»Ich habe wahrscheinlich seit achtzig Jahren nicht mehr getanzt«, gesteht Magnus. »Nicht mehr seit den wilden Zwanzigern, schätze ich.«

»Wirklich?« Ich bin überrascht. »Nicht mal im Club Fang?«
»Das ist eigentlich nicht so mein Ding«, gesteht er. »Bloß weil ich ein Vampir bin, heißt das nicht, dass ich auf die Gothicszene stehe.«
»Ja. Das macht Sinn«, antworte ich. »Warum solltest du auch in Schwarz herumlaufen und wünschen, du seist tot, wenn du das technisch gesehen bereits bist.«
Er grinst. »Genau.«
»Hm, wenn du gerade seit fast hundert Jahren zum ersten Mal wieder getanzt hast – wie hat es dir gefallen?«
»Sehr gut. Ich denke, ich werde diesmal vielleicht nur ein oder zwei Jahrzehnte warten, bevor ich es wieder versuche«, erwidert er trocken. Ich knuffe ihn spielerisch in die Schulter.
»Wie du meinst, Kumpel. Aber nur dass du's weißt, wir werden in etwa fünf Minuten wieder tanzen!«
»Werden wir das? Nun, wenn du es sagst, muss es wohl wahr sein.«
Ich rolle mich auf die Seite, zu ihm hinüber, und er tut dasselbe.
»Na komm, gib's zu. Du hattest Spaß. Du bist richtig in Fahrt gekommen. Du brennst darauf, es wieder zu tun.«
»Na schön, na schön. Es war ganz vergnüglich«, antwortet er mit einem schwachen Lächeln. »Aber dass du mir zu Hause im Zirkel zu niemandem ein Wort davon sagst. Ich versuche, für meine Übernahme des Throns meine Glaubwürdigkeit aufzubauen. Und ich glaube kaum, dass ›mal so richtig in Fahrt kommen‹, wie du es so feinsinnig nennst, allzu viele Leute von meiner Eignung zum Anführer überzeugen wird.«
»Wen schert es, was sie denken? Ich meine, zum Teufel mit ihnen! Was geht es sie an, was du in deiner Freizeit tust? Dürft ihr Vampire euch nicht amüsieren oder so was?«

Er seufzt. »Die Vampirpolitik ist sehr kompliziert. Und unsere Systeme existieren jetzt seit fast tausend Jahren. Die meisten Vertreter unserer Art sind sehr eingefahren in ihrer Denkweise und reagieren nicht freundlich auf Modernisierungen oder Vampire, die versuchen, mit der Zeit zu gehen. Das ist jedoch ein unglücklicher Umstand«, fügt er nach einer Pause hinzu. »Ich glaube, unserer Spezies entgehen auf diese Weise viele schöne Nächte.«

»Hm, wenn du König bist, kannst du all das ändern.«

»So einfach ist das nicht. Aber wir werden sehen.« Er streicht mir eine Haarsträhne aus der Stirn, die mir in mein verschwitztes Gesicht gefallen ist. Ich wünschte, er würde das nicht tun. Ich finde es viel zu romantisch für mein Seelenheil. »Du hast eine wunderbare Einstellung zum Leben, Sunny«, sagt er leise. »Ich könnte eine Menge von dir lernen.«

Ich spüre, dass ich erröte, und habe keine Ahnung, wie ich reagieren soll. »Danke?«, versuche ich es schließlich.

Er lächelt, sagt jedoch nichts. Einen Moment lang sehen wir einander nur an. Ich frage mich, ob er mich wieder küssen wird, aber er rührt sich nicht. Nach meiner Reaktion beim letzten Mal wagt er es wahrscheinlich nicht. Stattdessen liegt er einfach nur da und betrachtet mich mit seinen traurigen blauen, schönen Augen.

Ich ertrage es nicht.

»Ich liebe diesen Song! Lass uns tanzen!«, rufe ich und springe auf. In Wirklichkeit liebe ich diesen Song keineswegs. Tatsächlich bin ich mir nicht einmal sicher, was für ein Song das ist. Oder was für eine Band, wenn wir schon mal beim Thema sind. Aber irgendwie muss ich den Bann brechen und das ist die einzige Möglichkeit, die mir einfällt.

Ich packe ihn an der Hand und reiße ihn hoch. Er lacht und gemeinsam mischen wir uns wieder unter die Menge. Schon bald tanzen wir abermals eng umschlungen und ich stelle zu meiner Erleichterung fest, dass Magnus von seinen düsteren Gedanken abgelassen hat und tatsächlich recht glücklich aussieht, während er sich im Rhythmus der Nacht bewegt.

Als ich zum Himmel aufblicke, kommt es mir so vor, als seien nur Minuten vergangen, obwohl es in Wirklichkeit Stunden gewesen sein müssen. Der Horizont hat im Licht der herannahenden Dämmerung eine leicht rötliche Farbe angenommen.

»Wir machen uns besser auf den Weg«, sage ich zu Magnus. »Wir wollen uns doch nicht von der Sonne erwischen lassen.«

»Nur noch einen Song?«, bettelt er. »Ich liebe Oasis.«

Ich lache. Verschwunden ist der coole, leicht ironische Vampir, der zu sein er vorgibt. Jetzt ist er ein Kind in einem Süßigkeitenladen. Mit leuchtenden Augen. Lebendig. (Nun, technisch gesehen nicht lebendig, aber du weißt schon, was ich meine.) Mission erfüllt.

»Mir soll's recht sein. Du bist derjenige, der verbrutzeln wird«, ziehe ich ihn auf.

Er seufzt. »Du hast natürlich recht. Lass uns gehen.«

Wir kehren zu der Limousine zurück, die wundersamerweise immer noch auf uns wartet. Ich schätze, wenn man jemandem nur genug bezahlt, lungert er bis zum Jüngsten Tag irgendwo herum. Echt cool. Ich würde es lieben, wenn einer dieser Chauffeure mich jeden Tag zur Schule kutschieren würde.

Der Chauffeur öffnet uns die Tür und wir steigen ein. Obwohl, wenn ich eine Limousine hätte, würde ich etwas an dem langweiligen Innenleben verändern. Vielleicht ein paar Disco-

lichter einbauen lassen oder so was. Dann würde es wirklich Spaß machen.
Der Chauffeur steigt auf seiner Seite ein und lässt den Wagen an. Schon bald sind wir auf dem Rückweg ins Château de Vampire.
»Das war klasse«, sage ich nach einem langen Gähnen und lasse mich in meinen Ledersitz sinken. Ich bin plötzlich so schläfrig. Ich schätze, das ist normal, wenn man stundenlang auf einem Feld getanzt hat. Nicht dass es die Müdigkeit nicht absolut wert gewesen wäre.
»In der Tat«, stimmt Magnus mir zu. »Ich habe mich fantastisch amüsiert. Besser als seit Jahrhunderten.« Er lächelt sein scheues Lächeln. »Danke, Sunny.«
»Für dich tue ich doch alles, Maggy«, antworte ich, um einen unbeschwerten Tonfall bemüht. Ich könnte es nicht ertragen, wenn er wieder so gefühlsduselig werden würde. Das würde all meine Anstrengungen, die Dinge platonisch zu halten, zunichte machen.
Ich schließe die Augen und tue so, als schlafe ich, im Wesentlichen um ihn nicht ansehen zu müssen. Aber selbst mit fest zugepressten Augen kann ich ihn auf der anderen Seite der Limousine spüren. Seinen Blick spüren. Sein Verlangen nach mir. Ich weiß nicht, ob das so eine Blutsgefährtensache ist oder nicht, aber ich kann spüren, wie sein Körper es verströmt.
Er will mich. Ich bin mir sicher. So sicher, wie ich nur bin, dass Marshmallows die besten Süßigkeiten im Universum sind. Und wenn ich hier ganz ehrlich bin, will ich ihn auch. Tatsächlich könnte ich mir nichts Schöneres vorstellen, als mich an ihn zu kuscheln und den ganzen Tag lang schläfrig süße Küsse und Liebkosungen zu tauschen.

Aber ich kann nicht. Ich darf nicht nachgeben. Ich muss stark bleiben. Muss all dem jetzt ein Ende machen, bevor es zu spät ist. Bevor ich mich verliebe.
Ich öffne ein Auge und werfe einen verstohlenen Blick in seine Richtung. Er lächelt mich an.
Oh Gott. Was, wenn es bereits passiert ist?

22 Alter Druide oder durchgeknallter Fußballhooligan?

Als ich in dieser Nacht aufwache, regnet es heftig. Und ich kann den Wind durch die Bäume pfeifen hören. Ich steige aus dem Bett, sorgsam bedacht, Magnus nicht zu wecken, und ziehe die schweren Vorhänge zurück, um aus dem Fenster zu sehen. Dies ist wohl das stereotype Wetter, von dem alle sagen, dass man es in England immer antrifft.

Plötzlich vermisse ich Amerika mit Macht. Was tue ich hier? In einem fremden Land, in dem ich die Nacht wie eine Wahnsinnige auf einem Feld durchgetanzt habe, nur mit einem Vampir zur Gesellschaft? Das bin nicht ich. Ich bin normal. Durchschnittlich. Ich tue solche Dinge nicht.

Ich will einfach nach Hause.

Aber ich kann nicht. Nicht bevor wir den Gral haben. Andernfalls wäre dieses ganze Abenteuer umsonst gewesen. Andernfalls würde ich für die ganze Ewigkeit anormal bleiben.

Ich sehe auf meine Armbanduhr. Es ist acht Uhr abends. Wie Rayne wohl mit Mom zurechtkommt? Wenn sie so tut, als sei sie ich. Als ich sie heute früh am Morgen anrief, klang sie ein wenig gelangweilt, was unsere kleine Zwillingsnummer betraf. Aber sie meinte, ich solle mir keine Sorgen machen. Dass sie alles regeln würde.

Sie belastet sich niemals damit, zu viel über die Dinge nachzudenken. Sie lässt sich einfach treiben und schert sich nicht darum, was andere Leute sagen. Darum beneide ich sie.

»Sunny?«

Ich drehe mich zu unserem Bett um. Magnus sitzt aufrecht da und reibt sich verschlafen die Augen.
»Hey«, sage ich und wende den Blick hastig von ihm ab und dem Boden zu, im Wesentlichen, um ihn nicht ohne Hemd und vom Schlaf zerzaust und zu sexy sehen zu müssen. Im Ernst, wenn ich morgens aufwache (oder in diesem Fall abends), sehe ich aus wie der Tod auf Latschen. Er dagegen sieht aus wie Brad Pitt bei der Oscar-Verleihung.
»Selber hey.«
Wow. Das ist irgendwie peinlich. Die Dinge zwischen uns fühlen sich immer noch so unerledigt an.
»Also, ähm, glaubst du, das Festival ist vorbei?«, frage ich in dem Bemühen, auf neutralem Territorium zu bleiben.
Magnus nickt. »Ja, ich habe jemanden sagen hören, Oasis sei die letzte Band. Also sind inzwischen sicher alle abgereist oder schlafen irgendwo ihren Rausch aus.«
»Dann bedeutet das also deiner Meinung nach, dass die Druiden wieder da sein könnten?«
»Hoffen wir's. Wir werden auf jeden Fall versuchen, es herauszufinden.«
»Cool. Hm, worauf warten wir dann noch? Lass uns gehen.«
Magnus wirft mir einen komischen Blick zu, gibt zuerst aber keine Antwort. Ist es so offenkundig, dass ich einfach nur den Wunsch habe, dass er sich auf der Stelle anzieht und das Schlafzimmer verlässt?
»Sunny, ich denke, wir müssen reden«, sagt er schließlich.
Reden? Plötzlich packt mich die Panik wie ein Schraubstock. Ich will nicht reden! Wenn wir reden, wird er mir etwas erzählen, das ich nicht hören will. Wie zum Beispiel, dass er in mich verliebt ist. Oder dass er möchte, dass ich ein Vampir bleibe,

mit ihm zusammen. Und dann werde ich mich entscheiden müssen. Und ich will mich nicht entscheiden. Entscheidungen werden dermaßen überschätzt.
Ich meine, was ist, wenn ich die falsche Entscheidung treffe? Wenn ich meinen Gefühlen folge und beschließe, etwas Dummes zu tun, wie zum Beispiel für alle Zeit ein Vampir zu bleiben? Was ist, wenn sich nach ein paar Monaten herausstellt, dass wir doch nicht so gut miteinander klarkommen? Er bleibt bis in die Puppen aus und macht mit den Jungs einen drauf. Und ich sitze in der Zirkelküche fest und weine in meine Schale mit Blut. Er kommt betrunken nach Hause und erzählt mir, dass seine Gefühle sich verändert hätten. »Es liegt nicht an dir, es liegt an mir«, wird er lahm bemerken. Und dann wird er mich wieder verlassen. Und ich werde allein dasitzen. Ein Vampir ohne einen Blutsgefährten. Und ich werde mir wünschen, ich hätte niemals nachgegeben und meine Menschlichkeit geopfert, nur weil ich fand, dass ein Vampir ohne sein Hemd einfach süß aussah.
Okay, ich reagiere hier ein wenig extrem, aber du verstehst schon.
»Können wir nicht später reden?«, flehe ich. »Ich möchte wirklich zuerst nach dem Gral suchen.«
Magnus macht ein langes Gesicht. Ich kann seine Enttäuschung deutlich sehen. Aber er nickt nur. »Gut«, kommt seine einsilbige Antwort.
Er steigt aus dem Bett und geht beim Anziehen reichlich grob mit seinen Sachen um. Gibt mir ohne viele Worte zu verstehen, dass er sauer ist wegen meiner Ausweichmanöver.
Hm, Pech. Da muss er durch. Ich brauche dieses Gralsblut. Das ist im Augenblick für mich Priorität Nummer eins. Beziehungsgespräche können später kommen.

Kurz darauf, nachdem wir geduscht und gespeist haben (frag nicht, ich will nicht darüber reden!), sind wir wieder auf dem Weg nach Glastonbury, in einer dahinrasenden Limousine, die auf der falschen Straßenseite fährt. Keiner von uns sagt ein Wort. Beide starren wir aus dem Fenster, um es zu vermeiden, einander ansehen zu müssen.

Wir nähern uns den Außenbezirken der Stadt. Diesmal gibt es jedoch keine Straßensperren und keine verrückten, betrunkenen Teenager, die uns von unserer Mission abhalten. Diesmal können wir direkt bis zur Hauptstraße der wieder schläfrig gewordenen kleinen Stadt in den Hügeln fahren.

Wir steigen aus der Limousine und geben dem stets geduldigen Fahrer die Anweisung, auf uns zu warten. Ich sehe mich um. Das Städtchen ist absolut zauberhaft – das stereotype kleine englische Dorf mit Pubs und Kunstgalerien und gemütlichen Teestuben. Natürlich haben alle Läden für den Tag dichtgemacht. (Bis auf die Pubs, die gerammelt voll sind mit Einheimischen. Sie feiern wahrscheinlich die Tatsache, dass sie das verdammte Festival wieder für ein Jahr hinter sich gebracht haben.)

Ich wirbele herum und nehme alles in mich auf. »Das ist so wunderschön! Ich liebe solche malerischen kleinen Städte.« Ich spähe in ein verdunkeltes Fenster. »Es wäre so cool, mal tagsüber herzukommen und mich richtig umsehen zu können.«

»Nun, wenn wir nicht einen Zahn zulegen, wirst du diesen Luxus vielleicht nie wieder genießen können«, ruft Magnus mir in einem vollkommen ungerechtfertigt verschnupften Tonfall ins Gedächtnis. Oje. Was für eine Laus ist ihm über die Leber gelaufen und dort eingegangen?

»Okay, okay«, sage ich und wende mich von dem Schaufenster ab, um Magnus die Straße hinunter zu folgen, die von hohen, schlanken Stadthäusern gesäumt ist. »Wohin gehen wir überhaupt?«

»Hierhin«, antwortet Magnus und bleibt abrupt vor einer der nichtssagenden Haustüren stehen.

»Hierhin? Woher weißt du, dass es hier ist?« Ich kratze mich am Kopf. »Es sieht so aus wie jedes andere Haus, an dem wir gerade vorbeigekommen sind.«

Magnus zeigt auf den Messingklopfer an der Tür. »Die Tür trägt das Zeichen der Göttin«, informiert er mich. »Hier leben Druiden.«

»Oh. Okay.« *Halt einfach den Mund und stell keine blöden Fragen, Sunny.* »Also werden wir einfach anklopfen und denjenigen, der uns öffnet, nach dem Gral fragen? Glaubst du, die wissen hier Bescheid? Glaubst du, sie werden es uns erzählen, wenn sie es wissen?«

Magnus wirft mir einen Blick zu. Halt den Mund. Blöde Fragen. Klar. Ich werde mir einfach diesen hübschen Blumenkasten näher besehen.

Der Vampir greift nach dem Messingklopfer und klopft zweimal kurz, dann zweimal lang. Ich würde ihn gern fragen, ob dies ein geheimer Druidencode ist, aber ich habe meine Lektion gelernt, was die Sache mit den blöden Fragen betrifft.

Wenige Sekunden später öffnet sich die Tür mit einem vernehmlichen Knarren und ein verhutzelter alter Mann mit einem langen grauen Bart streckt den Kopf heraus. Ich starre ihn an. Er sieht genauso aus wie Gandalf der Graue aus dem *Herrn der Ringe.* Wie cool ist das? Nach dem enttäuschenden Auftritt der Jägerin und des Vampirführers Lucifent ist hier endlich mal jemand, der meiner Vorstellung entspricht.

»Kann ich Ihnen helfen?«, fragt der Mann mit einer tiefen, knurrigen englischen Stimme.

»Wir erbitten eine Audienz beim Pendragon«, antwortet Magnus. »Können Sie uns helfen?«

Gandalfs Augen werden schmal. »Was führt einen wie Euch zu unserem Orden? Ihr seid nicht von dieser Welt.«

Wow. Er kann das feststellen, einfach indem er Magnus ansieht? Ich wünschte, diese Fähigkeit hätte ich auch gehabt, als ich dem Burschen das erste Mal begegnet bin. Dann würde ich jetzt nicht in diesem Schlamassel stecken.

Magnus verneigt sich. »Ich bin mir durchaus bewusst, dass ich ein verdammtes Geschöpf der Nacht bin, Mylord. Ich habe jedoch ein Anliegen, bei dem ich Eure Hilfe zu finden hoffe. Und ich darf Euch vielleicht daran erinnern, dass dies nicht das erste Mal wäre, dass unsere beiden Konfessionen zu einem edlen Zweck zusammengearbeitet haben.«

»Ihr sprecht wahr.« Gandalf zieht die Tür weit auf. »Tretet ein, mein Sohn.«

Mm. Also haben die Druiden und die Vampire in der Vergangenheit schon mal unter einer Decke gesteckt? Ich frage mich, worum es dabei wohl gegangen sein mag. Ich meine, auf der einen Seite stehen da die Druiden, die naturliebende Baumumarmer sind. Dann wären da die Vampire, die gern Blut trinken und es sich in luxuriösen, unterirdischen Palästen gut gehen lassen. Keine allzu große Gemeinsamkeit, soweit ich das beurteilen kann. Aber hey, was weiß ich schon?

Wir treten in das Haus und gehen durch einen schmalen Flur in einen hübschen kleinen Salon. Gandalf (der sich als Llewellyn

der Pendragon vorstellt, was offenkundig eine Art Führungsamt in der Druidenwelt ist) lädt uns ein, Platz zu nehmen, und fragt, ob wir gern »ein Tröpfchen Tee« hätten.
»Obwohl mir bewusst ist, dass dies nicht das Getränk Eurer Wahl wäre«, sagt er augenzwinkernd zu mir. Uh. Der Druidenopa versucht doch nicht etwa, mich anzumachen, oder?
Nachdem wir ihm erklärt haben, dass Tee cool wäre und wir am liebsten gleich zur Sache kämen, lässt sich der alte Druide in einen der Sessel sinken, beugt sich vor, stützt die Ellbogen auf die Knie und erklärt, er sei begierig, unsere Bitte zu hören.
Also gibt Magnus ihm einen Überblick über die Ereignisse. Meinen versehentlichen Biss. Dass er versucht habe, die Transformation umzukehren. Dass nur ein Tropfen reinen Blutes aus dem Heiligen Gral das bewerkstelligen könne und bla, bla, bla.
»Ich verstehe«, sagt Llewellyn, als Magnus fertig ist. »Und Ihr steht unter dem Eindruck, dass wir wüssten, wo der Gral vergraben liegt.«
»Ich hatte gehofft«, pflichtet Magnus ihm bei, »dass Ihr so freundlich sein würdet, uns dorthin zu führen.«
»Seit einem Jahrtausend hat die Göttin selbst uns zu Hütern des Grals bestimmt«, erwidert Llewellyn mit kalter, förmlicher Stimme. »Dies ist eine Aufgabe, die wir sehr ernst nehmen. Es wäre Blasphemie, einem unreinen, untoten Wesen zu erlauben, in die Nähe des heiligen Kelchs zu gelangen.«
Bei seinen Worten rutscht mir das Herz in die Hose. Oh, toll. Er wird sich also querstellen, ja? Wer hätte das gedacht. Wir kommen so weit und dann dreht man uns den Hahn ab. Ich weiß einfach, dass ich dazu verdammt bin, für alle Zeit als Untote auf Erden zu wandeln. Wirklich geil.
»Ich verstehe«, sagt Magnus. »Obwohl ein kleiner Tribut an

die Göttin, die große Erdmutter, sie vielleicht ein wenig milder stimmen würde, was ein solches Vergehen betrifft.«
Llewellyn runzelt die Stirn. »Wagt Ihr es, mich zu bestechen, Vampir?«, fragt er wütend. »Ihr solltet es besser wissen. Unser Orden gründet sich auf Liebe und Natur und Reinheit. Wir sind keine Mietlinge, die sich mit etwas so Gewöhnlichem wie Münzen kaufen lassen.«
»Ich spreche von einem Tribut von einer Million Pfund«, fügt Magnus mit gelassener Stimme hinzu.
Mir klappt der Unterkiefer herunter. Llewellyn geht es genauso, obwohl er den Mund hastig wieder schließt.
»Lasst mich ...« Er räuspert sich. »Lasst mich in unserem Heiligen Heim Zwiesprache mit der Göttin suchen. Ich werde in Bälde mit einer Antwort für euch zurückkehren.«
Er erhebt sich von seinem Platz und verlässt den Raum. Sobald er fort ist, dreht Magnus sich zu mir um.
»Lektion Nummer eins. Jeder hat seinen Preis«, sagt er. »Selbst jene, die mit der Natur kommunizieren, müssen Miete zahlen und auf dem Markt Essen kaufen.«
Ich kichere. »Aber eine Million Pfund, Mag?«, frage ich. »Das ist eine Menge Geld. Fast zwei Millionen Dollar, wenn ich den Umrechnungskurs richtig im Kopf habe. Bist du dir sicher, dass du eine Million Pfund weggeben willst?«
»Du bist es wert.«
Da. Was soll ich darauf erwidern? Ich komme nicht damit klar, wenn er solche Sachen sagt. Ich meine, in einer Hinsicht gefällt es mir. Mich überlaufen dann immer diese herrlich gruseligen Schauder. Aber in einer anderen Hinsicht ist mir klar, dass es gefährlich ist. Ich darf seinem Charme nicht erliegen. Ich muss mein eigenes Leben weiterleben.

»Yeah, yeah«, antworte ich schließlich und suche Zuflucht im Sarkasmus, um seine Gefühle abzuwehren. »Wie auch immer.« Erpicht darauf, das Thema zu wechseln, springe ich aus meinem Sessel auf und gehe auf die Tür zu, durch die Llewellyn soeben verschwunden ist. Ich lege ein Ohr an das Holz. (Sind Druiden nicht angeblich eins mit den Bäumen und von daher gegen Dinge, die durch deren Dahinscheiden geschaffen wurden, wie zum Beispiel Holztüren? Es wäre so, als würde ein Hindu an einer Kuh kauen oder meine vegetarische Mom Lederpumps tragen.)

»Es geht um eine Million Pfund, Kumpel!«, erklärt soeben eine Stimme auf der anderen Seite. Eine Stimme, die bemerkenswerte Ähnlichkeit mit der Llewellyns hat, sollte dieser Worte wie *Kumpel* benutzen, was ich bis zu diesem Augenblick für höchst unwahrscheinlich gehalten hätte. »Ist das geil oder was?«

»Yeah, aber wir sollten doch eigentlich die Hüter sein und so weiter«, wendet eine andere Männerstimme ein. »Du weißt schon. Heilige Mission und der ganze Kram.«

»Zum Teufel damit, Kumpel. Weißt du, was für eine Wohnung wir in London für eine Million Pfund kriegen könnten? Wir könnten jeden Abend im Pub rumhängen, Bier kippen, im Fernsehen Fußball gucken und scharfe Vögelchen aufreißen. Das wär total irre.«

Hm, irgendwie gewinne ich den Eindruck, dass er nicht von Amseln und Rotkehlchen redet. So viel zum Naturburschen und seinen heiligen Gelübden. Tatsächlich bin ich sogar ein wenig enttäuscht. Aber wenn ich auf dieser verrückten Vampirreise eins gelernt habe, dann, dass niemand wirklich so ist, wie man es sich vorgestellt hat. Und der Umstand, dass sich der

in die Jahre gekommene Anführer eines uralten Druidenordens in diesem Fall als geldgieriger Hooligan erweist, kommt uns natürlich gewaltig zugute.
»Also schön«, erwidert die andere Stimme. »Aber wenn wir ihnen den Gral zeigen, dann nur ganz kurz. Sozusagen eine Rein-Raus-Geschichte, bevor die anderen von ihrem Festivalkater erwachen und wir die Knete mit ihnen teilen müssen.«
»Wie wahr.«
Ich springe zu meinem Sessel zurück, gerade rechtzeitig, bevor »Llewellyn« (BTW: Ich bin inzwischen ziemlich überzeugt, dass das ein falscher Name ist; in Wirklichkeit heißt er wahrscheinlich Bob oder so) mit seinem königlichsten, zeremoniellsten Gehabe durch die Tür tritt. Haha.
»Brave Menschen der Erde«, beginnt er und spricht jetzt wieder, als sei er ein Mitglied des Ensembles des *Herrn der Ringe.* »Ich bin von meiner Beratung mit der Guten Mutter, die einst die Erde selbst aus ihrem Schoß gebar, zurückgekehrt.«
Ich unterdrücke ein Kichern. Yeah. Gute Mutter, auch bekannt als mein Kumpel in der Küche, ein feiner Unterschied.
»Und?«, hakt Magnus nach.
»Und sie hat . . .« Er legt eine dramatische Pause ein. Ehrlich, diese Druiden sind fast so schlimm wie die Gothics. ». . . entschieden, Euch Eure Bitte zu gewähren. Da Eure Mission dazu dient, das Blut einer Jungfrau zu reinigen und zu erlösen, einer Jungfrau, die auf grausame Weise von einem verdammten Geschöpf der Anderen Welt aus dem Zustand der Unschuld herausgerissen wurde.«
Okay, mir ist klar, dass seine Ansprache totaler Mist ist, aber bitte schön, warum zum Teufel weiß jeder, dass ich noch Jungfrau bin? Wirklich, das wüsste ich gern. Habe ich einen Stem-

pel auf der Stirn, den ich nicht sehen kann? Einen geheimen Handschlag, den ich nicht kenne?

»Bitte, sagt der Guten Mutter, dass wir ihr ewig dankbar sein werden für ihre ungeheure Großzügigkeit«, erklärt Magnus, bevor ich dem Druiden sagen kann, dass er aufhören soll, mit dem J-Wort so um sich zu schmeißen. Der Vampir hält plötzlich eine Brieftasche in der Hand, die mir vorher nicht bei ihm aufgefallen war. »Und dass ich hoffe, dass dieser kleine Tribut ihr helfen wird, ihre guten Werke fortzusetzen.«

Oder es zwei Burschen aus dem Ort ermöglichen wird, nach Herzenslust zu trinken und zu vögeln, aber hey, mir soll's recht sein.

Llewellyn nimmt die Brieftasche entgegen und aus seinen Augen leuchtet die Habgier, als er sie öffnet. Darin liegen haufenweise Geldscheine mit großen Zahlen darauf.

»Heilige Sch. . .«, beginnt er und reißt sich dann zusammen. »Ja, dieser Tribut wird der Göttin sehr willkommen sein.« Er klappt die Geldbörse zu und informiert uns, dass er bald zurück sein werde. Dann verschwindet er wieder in die Küche.

Magnus und ich tauschen einen erheiterten Blick. »Ich glaube nach wie vor, dass er sich auch mit einer viel geringeren . . . Spende zufriedengegeben hätte«, bemerke ich. Der Vampir zuckt die Achseln. »Ich hätte ihm noch viel mehr gegeben.«

Ich erröte abermals. Er ist so gut zu mir gewesen. »Danke, Mag«, sage ich. »Das bedeutet mir wirklich viel.«

»Ich weiß«, erwidert er in einem sehr ernsten Tonfall. »Mir bedeutet es auch viel.«

23 Gralssuche

Etwa fünfzehn Minuten später gehen wir eine dunkle steinerne Wendeltreppe tief unter der Erde hinunter, mit Llewellyn als unserem Führer. Er hält immer noch an diesem falschen Naturimage fest und besteht darauf, eine Fackel zu benutzen, um unseren Weg zu erhellen. Aber egal. Solange wir nur ans Ziel kommen.

»Dieser Gang führt hinab zum mächtigen Tor«, erklärt unser Druidenreiseleiter. »Er wurde vor tausend Jahren von den Vorfahren unseres Ordens ausgehoben.«

Wow. Echt faszinierend. Dieser Typ könnte sich einen Job als Führer im Tower von London suchen, sobald er seine Million für Schnaps und Bräute verpulvert hat.

Wir erreichen das untere Ende der Treppe und gelangen an ein schmiedeeisernes Tor. Llewellyn greift in seine Robe, um einen antik aussehenden goldenen Schlüssel hervorzuholen. Hightech-Schlüsselcodes sind für diese Leute wohl nicht genug. Er steckt den Schlüssel ins Schloss und das Tor öffnet sich mit einem Knarren. Dahinter wird eine niedrige Decke über einem mit Spinnweben überzogenen Gang sichtbar, der in die Dunkelheit führt.

Mit anderen Worten, mein schlimmster Albtraum ist wahr geworden.

»Hier entlang«, kommandiert Llewellyn und deutet mit seinen langen Fingernägeln nach vorn.

Ich starre in den Gang und versuche, meinen Atem unter Kontrolle zu bekommen. Irgendwie hatte ich vergessen, dass ich an

Klaustrophobie leide. Das Herz hämmert mir in der Brust, während ich beobachte, wie das Licht der Fackel über die tiefen, irdenen Mauern tanzt. Ich würde meinen linken Arm geben, mein Erstgeborenes – alles –, wenn ich dafür nur eine Halogenstirnlampe bekommen könnte.

»Es ist alles in Ordnung«, flüstert Magnus mir ins Ohr. Er greift nach meiner zitternden Hand. »Entspann dich.«

Er hat gut reden. Für mich ist es viel schwieriger, da die Wände sich um mich herum zu schließen scheinen. In Gedanken sehe ich Szenarien von Erdbeben und Überschwemmungen und anderen Naturkatastrophen, die dazu führen könnten, dass der Tunnel einstürzt und uns bei lebendigem Leibe begräbt.

Mir wird bewusst, dass ich die Nägel in Magnus' Handfläche bohre, und ich lockere meinen Griff. »Tut mir leid«, flüstere ich.

»Es heißt, Joseph von Arimathäa sei einst in diesen Gängen gewandelt«, fährt Tourenführer Llewellyn, der meinen Stress überhaupt nicht mitkriegt, fort. »Er war auf der Suche nach einem sicheren Ort für den Kelch seines Vetters, Jesus Christus, dessen Blut er aufgefangen hatte, als dieser am Kreuz starb. Er hatte das Gefühl, dass dieses Blut rein und heilig sei und eines Tages zu einem guten Zweck benutzt werden könnte.«

»Gut mitgedacht, Joey, mein Junge«, murmele ich.

»Angesichts der Verfolgung der Christen in den östlichen Ländern glaubte er, dass der Heilige Gral dort nicht sicher sein würde. Also vertraute er ihn unserem Orden an. Und wir haben ihn seither gehütet.«

Yeah, bis heute, als du den armen Joey für eine Million Mäuse verkauft hast.

»Der Kelch selbst ist mit einem gewaltigen Stein verbunden

und lässt sich nicht bewegen. Aber ich habe für Euch zwei Phiolen, die aus reinstem Kristall gemacht sind und die ihr füllen könnt.«

»Du musst bis Samstagabend warten, bevor du es tatsächlich trinkst«, flüstert Magnus mir zu. »Jedenfalls nach dem, was ich gelesen habe.«

Verdammt. Es wird also keine Instantumkehrung geben. Na so was. Aber trotzdem, endlich habe ich Hoffnung. Und das ist alles, was zählt.

Wir erreichen eine massive steinerne Tür. Llewellyn schließt sie mit einem weiteren altertümlich wirkenden Schlüssel auf und die Tür öffnet sich lautlos.

Wir treten hindurch und ich schnappe nach Luft. Alle Gedanken an Klaustrophobie lösen sich von einer Sekunde auf die andere in Luft auf.

Ich weiß nicht, ob du *Indiana Jones und der letzte Kreuzzug* gesehen hast, aber in diesem Film gelangt Indiana in den Raum, in dem der Heilige Gral aufbewahrt wird. Dort stehen eine Million verschiedene kunstvolle Kelche und er muss herausfinden, welches der richtige ist, denn wenn er aus dem falschen trinkt, wird er sterben. Und am Ende stellt sich raus, dass der Gral der schlichteste aller Kelche ist.

Nun, lasst es euch von mir gesagt sein, das ist ein weiterer klassischer Hollywoodirrtum.

Zum einen scheint der Raum, in dem wir uns jetzt befinden, ganz und gar aus Gold gemacht zu sein. Goldener Boden. Goldene Decke. Goldene Wände. Und da steht nur ein einziger Kelch. Ein einziger Heiliger Gral. Und sosehr man seine Fantasie auch strapaziert, schlicht könnte man ihn auf keinen Fall nennen. Er ist an einem massiven Stein befestigt, wie Llewellyn es erzählt hat, und es ist der kunstvollste Kelch, der mir je unter die Augen gekommen ist. Er ist aus Gold. Mit Juwelen drauf. Ein verdammt fantastisches Teil, dieser Heilige Gral.

»Der Gral«, sagt Llewellyn mit einer schwungvollen Gebärde.

Ich blicke zu Magnus hinüber, um meiner Aufregung Luft zu machen. Ich stelle fest, dass er plötzlich kübelweise schwitzt. Er schwitzt buchstäblich Blut, wenn du es einmal so wörtlich nehmen willst. Außerdem geht sein Atem stoßweise und sein Gesicht ist leichenblass.

»Ist alles okay mit dir?«, frage ich. So erregt habe ich ihn nicht mehr gesehen, seit ich ihn an jenem ersten Abend mit dem Kreuz aufgezogen habe ...

Das ist es! Die Nähe eines so starken religiösen Objekts muss ihn in den Wahnsinn treiben. Armer Kerl.

»Mir geht es ... gut«, sagt er mit gepresster Stimme. »Hol ... einfach ... das Blut.«

Llewellyn zieht zwei durchsichtige Phiolen aus einer Tasche in seinem Gewand und tritt vor den Gral hin. Magnus gibt ein leises, ersticktes Geräusch von sich und ich drücke seine Hand. Wenn ich gewusst hätte, wie sehr ihm das hier zu schaffen machen würde, hätte ich vorgeschlagen, allein hinzugehen.

Ich wende mich wieder zu Llewellyn um und beobachte, wie er die Phiolen in den Kelch taucht und mit einer dunklen roten Flüssigkeit füllt. Dann versiegelt er jede Phiole und gibt eine davon mir und die andere Magnus.

»Moment mal, Magnus kann nicht ...«, beginne ich. Ich möchte nicht, dass die Phiole seine Hand verbrennt oder so.

»Mit mir ist alles in Ordnung, Sunny«, sagt Magnus und nimmt die Phiole entgegen. »Sie ist versiegelt.«

Oh. Hm, wer konnte das wissen? Ich drehe die Phiole in der

Hand um. »Dieses Ding ist nicht besonders zerbrechlich, oder?«, frage ich. »Denn es würde total nerven, wenn ich es den ganzen Weg bis nach Hause schaffen würde und dann irgendeinen Unfall damit hätte.«
Llewellyn schüttelt den Kopf. »Sie ist aus Kristall gemacht und sehr dick und stark. Und ich habe jedem von euch eine Phiole gegeben, für den Fall, dass es zu einem unglückseligen Missgeschick kommen sollte.«
Nun, es war nett von ihm, an einen Notfallplan zu denken. Aber hey, wir haben dem Burschen gerade eine Million Pfund gegeben, daher können wir wohl einen guten Service erwarten.
»Klasse.« Ich stopfe die Phiole in meine Blusentasche. »Dann wären wir hier also fertig?« Ich werfe einen letzten Blick auf den Gral und wünsche mir, ich hätte mein Fotohandy mitgenommen. Ich hätte das Foto an ein Museum verkaufen und damit die Million zurückgewinnen können, die wir gerade ausgegeben haben. Ähm, das heißt, die Million, die Magnus ausgegeben hat.
»Kommt, lasst uns den heiligen Ort verlassen«, sagt Llewellyn und steuert auf die Tür zu. »Es sieht so aus, als bereite er deinem Freund große Schmerzen.«
Er hat recht. Armer Magnus. Wir sollten hier verschwinden, und zwar pronto, bevor er einen Schlaganfall kriegt oder so was. Also folge ich Llewellyn hinaus und wir gehen durch den Flur zurück. Ich stelle fest, dass mein Herz abermals hämmert. Diesmal hat es jedoch nichts mit Klaustrophobie zu tun. Diesmal hämmert es vor Freude.
»Wir haben es geschafft!«, flüstere ich Magnus zu und ziehe ihn kurz an mich. »Ich werde wieder ein Mensch!«
Also, warum wirkt der Vampir nicht besonders glücklich?

24 Danke für die Erinnerungen

Der Rückweg in das gute alte Amerika verläuft ereignislos. Tatsächlich schlafe ich die meiste Zeit und wache erst auf, als das Flugzeug bereits wieder landet. Wahrscheinlich hätte ich noch länger geschlafen, hätte Magnus mich nicht geweckt und zur Eile gedrängt.

»Über dem Atlantik war ein Sturm«, erklärt er. »Deshalb hat die Reise länger gedauert als sonst. Wir haben nur wenig Zeit, um vor Sonnenaufgang nach Hause zu fahren.«

Ich nicke und reibe mir den Schlaf aus den Augen. »Okay«, antworte ich.

Magnus reicht mir eine Plastikflasche. »Frühstück«, sagt er. »Du kannst hier essen oder unterwegs.«

Ich nehme die Flasche mit einem Lachen an. »Du hast vergessen zu fragen, ob ich gern Pommes dazu hätte.«

Er lächelt und bedeutet mir, ihm aus dem Flugzeug zu folgen. Ich tue es und kurz darauf sitzen wir in seinem Luxusjaguar und zischen durch die frühmorgendlichen Straßen auf mein Haus zu.

Er ist sehr still während der Fahrt. Ich habe das Gefühl, dass ich etwas sagen soll, weiß aber nicht, was.

»Danke, dass du mir geholfen hast, das Gralsblut zu bekommen«, bemerke ich schließlich. Ich habe ihm bereits eine Million Mal gedankt, aber ich weiß seine Hilfe wirklich zu schätzen, daher kann einmal mehr nicht schaden. Ohne ihn hätte ich es bestimmt nicht geschafft. Es wäre schon schwer genug gewesen, nach England zu kommen. Ich hätte auf keinen Fall fast zwei Millionen ausspucken können, um einen Druiden zu bestechen, der auf Fußball und Bier steht.

»Kein Problem«, erwidert er und konzentriert sich auf die Straße vor ihm statt auf mich. Ich bemerke, dass seine Hände das Lenkrad eine winzige Spur zu fest umklammern, und ich überlege, was los ist. Bevor ich fragen kann, hält er vor meinem Haus an.

»Also, ähm, ich soll dieses Zeug dann morgen trinken?«, frage ich und stöbere in meiner Jackentasche nach der Phiole. Ich drehe sie in den Händen und bewundere die Art, wie der Kristall die Armaturenbeleuchtung des Jaguars widerspiegelt.

Magnus nickt. »Wenn du willst, können wir uns irgendwo treffen. Dann bin ich bei dir, wenn du trinkst«, fügt er hinzu. »Die Rückverwandlung wird wahrscheinlich ein wenig ... beunruhigend sein. Ich könnte dir währenddessen beistehen.«

»Klar«, sage ich sofort. Es ist nett von ihm, das anzubieten. Dann fällt es mir wieder ein. »Oh, warte.« Verdammt. »Ich werde eigentlich woanders sein ... auf dem Schulball«, beende ich meinen Satz lahm.

Magnus zieht eine Augenbraue hoch. »Du hast immer noch vor, zu dem Ball zu gehen?«

»Hm, ja.« Ich zucke die Achseln. »Ich meine, ich kann das Blut ja im Badezimmer trinken oder so. Oder ich könnte es in meinen Punsch geben?«

»Ich dachte bloß ...«, beginnt Magnus, dann verliert sich seine Stimme.

»Was?«

»Na ja, wo es doch deine letzte Nacht als Vampir ist und alles ...«

Mein Herz krampft sich zusammen, als mir klar wird, was er

da andeutet. Er wollte mit mir rumhängen. Eine letzte Nacht mit mir verbringen. Aber obwohl ich nichts lieber tun würde als das, muss ich stark bleiben. Der Sache hier und jetzt ein Ende machen. Mich wieder meinem realen Leben als Mensch zuwenden. Ich sollte mein Date mit dem realen Jake Wilder durchziehen und vergessen, dass es meinen Vampirblutsgefährten je gegeben hat.

»Tut mir leid, Mag«, sage ich und versuche, so zu klingen, als täte es mir überhaupt nicht leid, obwohl nichts weiter von der Wahrheit entfernt sein könnte. Trotzdem, ich denke, auf diese Weise wird es ihm leichter fallen, damit fertig zu werden. »Ich habe ein Date und das kann ich nicht absagen. Ich bin mit Jake Wilder verabredet, diesem Typen, in den ich schon seit einem Jahrtausend verschossen bin. Einem der beliebtesten Jungen der Schule. Ich komme da jetzt nicht wieder raus. Das wäre gesellschaftlicher Selbstmord.«

Magnus' Gesicht wird lang. Er wirkt absolut niedergeschmettert. Ich bin ein wenig überrascht. Ich meine, ich wusste, dass wir einige Zeit zusammen verbracht und einen heißen Kuss getauscht haben, aber kann er wirklich eine so feste Bindung zu mir entwickelt haben? Kann er wirklich so starke Gefühle für mich haben wie ich für ihn? Plötzlich fällt mir wieder ein, dass er reden wollte und dass ich ihm nie eine Chance gegeben habe, zu sagen, was er sagen wollte.

Ich schüttle den Kopf. Jetzt ist es zu spät. Es spielt keine Rolle mehr. Schon bald werde ich wieder ein Mensch sein. Und sobald ich wieder ein Mensch bin, hat es keinen Sinn mehr, eine romantische Beziehung zu einem tausend Jahre alten Vampir zu unterhalten. Ich muss diese Brücken jetzt ein für alle Mal hinter mir abbrechen und mein menschliches Leben wieder in

Angriff nehmen. Ein Leben, das hoffentlich den schnuckeligen Jake Wilder einschließen wird.

Also, warum widerstrebt es mir dann so sehr, das zu tun? Warum fühlt sich mein Herz plötzlich so an, als sei es in einen Schraubstock geraten?

»Hör mal, Mag«, sage ich entschieden und dränge alle Zweifel mit Macht aus meinem Kopf. »Ich bin dir wirklich dankbar für all deine Hilfe in der letzten Woche. Aber jetzt wird es für mich Zeit weiterzuziehen. Ich habe ein Leben. Ein menschliches Leben. Sobald ich wieder normal bin, kann ich nicht länger mit den Untoten abchillen. Lass uns realistisch sein. Wir wissen beide, dass dies wahrscheinlich das letzte Mal ist, dass ich dich je sehen werde. Also, danke für die Erinnerungen, und ich wünsche dir alles Gute bei der Suche nach einer neuen Blutsgefährtin und so weiter.«

Uh. Ich klinge so kalt. So schäbig. So gar nicht nach mir. Aber was kann ich sonst sagen? *Oh, Magnus, ich liebe dich so sehr und mir bricht gerade das Herz?* Nein. Denn dann würde er mich vielleicht bitten zu bleiben. Für alle Zeit ein Vampir zu bleiben. Und diese Entscheidung kann ich nicht treffen.

»Die ... Sonne geht auf«, sagt er schließlich und sein Gesicht ist zu einer Maske der Gleichgültigkeit verhärtet. »Ich muss weiterfahren. Also, wenn es dir nichts ausmacht, aus dem Wagen zu steigen ...?«

»Oh.« Ein scharfer Schmerz durchzuckt mein Herz. Habe ich insgeheim gehofft, dass er mir meine Worte nicht abkaufen würde? Dass er sagen würde: »Nein, Sunny, ich kann deine Gedanken lesen und ich weiß, dass du mich in Wirklichkeit liebst, und deshalb weigere ich mich, dich gehen zu lassen.« Das ist doch lächerlich. Ich will nicht, dass er das sagt. Ich will, dass er mich gehen lässt. Kapiert?

Ich spüre, wie mir die Tränen in die Augen schießen. Ein Damm kurz vor dem Bersten. Also öffne ich ohne ein weiteres Wort die Tür und steige aus. Ich drehe mich nicht um, um ihn anzusehen. Ich sage nicht Lebewohl. Denn wenn ich es täte, weiß ich, dass ich niemals imstande sein würde fortzugehen. Stattdessen laufe ich wie ein Feigling ins Haus und drehe mich nicht um, bevor ich sicher hinter der Tür stehe. Ich blicke aus dem Fenster und beobachte, wie sein Wagen sich aus der Einfahrt löst und in die Morgendämmerung davonbraust.
Dann breche ich in Tränen aus.

25 Zwillingsschwestern nerven

»Also, hast du's gekriegt?«

Ich wirbele herum, und beim Klang der Stimme hinter mir fährt mir das Herz in die Kehle. Ich war so beschäftigt mit meinen gequälten Gedanken und meinen Tränen, dass ich Rayne nicht habe näher kommen hören.

»Sunny?«, fragt sie besorgt. »Ist alles okay bei dir?«

Ich nicke, außerstande zu sprechen, ohne an dem Schluchzen zu ersticken, dass mir in der Kehle sitzt.

»Du hast den Gral nicht bekommen, ja?«, schlussfolgert Rayne. »Oh, Sunny, es tut mir so leid. Ich weiß, wie sehr du darauf gehofft hattest.« Sie tritt mit weit ausgebreiteten Armen vor mich hin. »Aber wirklich, das Leben als Vampir wird gar nicht so schlimm sein, wie du denkst. Und ich werde dir auf jedem Schritt des Weges helfen.«

Ich schüttele den Kopf. »Du . . . verstehst nicht«, bringe ich schließlich heraus. »Ich habe das Blut aus dem Gral.«

Rayne lässt die Arme sinken und sieht mich fragend an. »Du hast es?«, wiederholt sie. »Du hast es wirklich?«

Ich ziehe die Phiole aus meiner Tasche und halte sie ihr hin. »Ich habe es wirklich.«

»Das ist toll! Ich freue mich so für dich! Du musst überglücklich sein.« Sie betrachtet mein Gesicht. »Du siehst aber nicht überglücklich aus. Du siehst aus . . . Ich weiß es nicht, als hättest du deinen besten Freund verloren oder so etwas.«

Ich zucke die Achseln. »Mir geht es gut.«

»Und du weinst.«

»Tu ich nicht.«
»Sunny, du bist ein Vampir. Du weinst Blutstränen. Nicht gerade subtil.«
Ich streiche mir mit der Hand übers Gesicht und sehe sie mir dann an. Und tatsächlich, es sind rote Flecken drauf. Iih.
»Okay, ich weine also. Freudentränen wahrscheinlich.«
»Ja, klar. Für wie naiv hältst du mich eigentlich? Du bist meine Zwillingsschwester, erinnerst du dich? Hellseherische Verbindung und all das. Also los, spuck's aus. Was ist passiert?«
»Du wirst mich für total blöd halten.«
»Das hat dich noch nie daran gehindert, mir irgendwas zu erzählen«, bemerkt Rayne. Ich funkele sie an. »Tut mir leid. Also los, stell mich auf die Probe. Ich verspreche, dass ich dich nicht für blöd halten werde.«
»Nun ...« Ich blicke wieder aus dem Fenster zu der leeren Einfahrt hinüber, auf der noch vor wenigen Sekunden Magnus' Wagen gestanden hat. »Versteh mich nicht falsch. Ich möchte mich wirklich wieder in einen Menschen verwandeln ...«
»Aber?«, hakt Rayne nach.
»Aber ...«, beginne ich und breche dann schon wieder in Tränen aus.
»Aber du hast dich in Magnus verliebt«, erklärt Rayne düster.
Ich starre sie an. »Woher weißt du ...?«
»Man könnte es wohl Intuition nennen. Oder diese hellseherische Zwillingsgeschichte, die ich gerade erwähnt habe. Oder vielleicht liegt es auch nur daran, dass du so verdammt durchschaubar bist. Tatsächlich denke ich, dass sogar ein trainierter Affe deinen Liebeskummer bemerken würde. Vielleicht sogar ein untrainierter.«
»Oh, Rayne, es ist schrecklich«, rufe ich, vollauf bereit, alles

rauszulassen. »Ich liebe ihn. Das tu ich wirklich. Er ist süß und nett und ritterlich und sexy und witzig und ich liebe ihn einfach zu Tode.« Ich schlucke mein Schluchzen herunter. »Ähm, das sollte nicht komisch sein.«

»Geht klar.« Rayne nickt. »Und alles ist zutreffend. Also, wo liegt das Problem?«

»Dass er ein Vampir ist, du Dummkopf. Und nach morgen Nacht werde ich ein Mensch sein.« Ich reibe mir mit den Fäusten die Augen und wünschte, ich hätte ein paar Papiertaschentücher zur Hand.

»Sunny, versteh mich nicht falsch oder so, aber ...« Rayne hält einen Moment lang inne, als wolle sie ihre Worte sehr sorgfältig wählen. »Hast du je daran gedacht ... die Verwandlung nicht zu vollziehen? Ein Vampir zu bleiben, damit du mit Magnus zusammen sein kannst?«

»Nein. Auf keinen Fall. Ich will kein Vampir sein.«

Selbst wenn das bedeutet, dass du die Ewigkeit mit dem Mann verbringen könntest, den du liebst?, fragt eine Stimme in meinem Kopf. Ich schüttele sie ab.

»Bist du dir sicher?«, dringt Rayne in mich. Leider kann ich sie im Gegensatz zu der Stimme in meinem Kopf nicht genauso leicht zum Schweigen bringen.

»Ja. Ich bin mir sicher. Sehr sicher.«

Ich bin mir überhaupt nicht sicher.

»Weißt du, das Dasein als Vampir hat eine Menge Vorteile«, spult Rayne weiter ihre Sprüche ab, ohne sich von meinen halbherzigen Beteuerungen abschrecken zu lassen. Einen Moment lang frage ich, warum ihr das Thema so wichtig ist. Ich meine, seit wann interessiert es sie, ob ich untot oder lebendig bin? Normalerweise interessiert sich Rayne für nichts anderes als für sich selbst. Und ich weiß, dass sie Magnus als Blutsgefährten will, welchen Nutzen hätte sie also davon, wenn wir zusammenblieben? Komisch.

»Unvorstellbare Reichtümer . . .«, labert sie weiter.

Vielleicht rechnet sie sich aus, dass sie, wenn ich ein Vampir bleibe, quasi einen Fuß in der Vampirwelt haben wird. Vor allem, wo doch mein Blutsgefährte der neue König ist und alles. Vielleicht rechnet sie sich aus, dass sie selbst so schneller wieder einen Blutsgefährten zugeteilt bekommt. An der Warteliste vorbei. Ja. Das muss es sein. Es gibt keinen anderen Grund, warum sie versuchen sollte, mich zu überreden, ein Vampir zu bleiben.

Tief in meinem Magen steigt Wut auf und bewegt sich zu meiner Kehle hinauf. Sie ist so egoistisch. Sie interessiert sich überhaupt nicht für mich und meine Wünsche. Für meine Träume und Hoffnungen, für meine Ängste und meine Zukunft. Sie denkt einfach nur an sich und an ihre eigenen Vorteile.

»Magische Kräfte . . .«, fügt sie ihrer Top-Ten-Liste guter Gründe hinzu, aus denen Sunny ein Vampir bleiben sollte.

Miststück.

Absolutes Miststück.

»Die Freiheit, überallhin zu reisen, wo du hinwillst. Sogar nach Australien . . .«

Ich fasse es nicht. Nicht jetzt. Nicht so. Als Nächstes wird sie wieder ihren Blog zur Sprache bringen. Wehe, wenn sie wieder von ihrem Blog anfängt und von der Tatsache, dass ich ihn nicht gelesen habe . . .

»Wenn du meinen Blog gelesen hättest, wüsstest du, dass . . .«

AH!

»Zum Teufel mit deinem verdammten Blog, Rayne!«, explodiere ich, zu wütend, um mir noch länger Sorgen zu machen, Mom zu wecken. »Und weißt du, was? Du kannst gleich auch zum Teufel gehen. Du hast keine Ahnung, was ich durchmache. Du hast da irgendeine verrückte Vorstellung im Kopf, dass es hierbei nur um Spaß und Spiele geht. Nun, das tut es nicht.«

»Sunny . . .«, versucht Rayne, mich zu unterbrechen.

Aber ich bin voll in Fahrt und stelle fest, dass ich nicht aufhören kann zu schreien. »Es macht keinen Spaß, ein Vampir zu sein. Du kriegst die Sonne nicht mehr zu sehen. Du kannst keine Knoblauchpizza essen. Deine Mom gibt dir Hausarrest, weil sie glaubt, du nähmest Drogen, und du fühlst dich unvorstellbar erbärmlich, wenn du das verrückte Verlangen hast, dein altes Leben zurückzubekommen. Nun, ich weigere mich, Schuldgefühle zu haben, weil ich ein Mensch sein will. Weil ich mein menschliches Ich mag und nicht alles, was ich bin, opfern will, um mich in ein verrücktes, unsterbliches, allmächtiges Wesen zu verwandeln.«

Ich tobe jetzt förmlich. Ich weiß, ich sollte den Mund halten, aber ich kann nicht. »Hör mal, Rayne. Ich will ein Mensch sein. Ich will ein normales Leben haben. Ich will mit Jake Wilder zum Schulball gehen und mich mit ihm amüsieren! Ich möchte die Nacht durchtanzen wie eine ganz normale Highschool-Schülerin und vergessen, dass es diesen Schlamassel je gegeben hat.

Es tut mir leid, wenn *meine* Wünsche für *mein* Leben nicht mit deinen übereinstimmen. Es tut mir leid, wenn meine Rückverwandlung in einen Menschen dir ungelegen kommt. Aber weißt du, was? Das ist eben Pech. Dies ist mein Leben und ich werde damit anfangen, was zur Hölle mir gefällt. Also, warum schwirrst du nicht einfach ab und lässt mich in Ruhe!«

Rayne starrt mich einen Moment lang an, als könne sie nicht fassen, dass ich gerade so explodiert bin. Was keine Überraschung ist, da ich es selbst nicht fassen kann. Ich hatte nicht die Absicht, so hochzugehen. Es ist einfach ... passiert.

»Hast du eine Ahnung, was ich durchgemacht habe, als ich versucht habe, dich zu decken?«, fragt sie mit gepresster Stimme. »Mom hat praktisch nach der US-Army geschrien, als ich bei Spider war und drei Tage lang nicht nach Hause gekommen bin. Aber habe ich gebeichtet? Nein. Ich habe die Nummer bis zum bitteren Ende durchgezogen. Jetzt bin *ich* diejenige, die Hausarrest hat.« Sie stampft davon, immer noch vor sich hin murmelnd. »Das ist das letzte Mal, dass ich versuche, dir zu helfen, du undankbares kleines Biest.«

Schuldgefühle schlagen wie eine Flutwelle über mir zusammen. So viel zum Thema fehlgeleitete Aggression. Ich habe sie gerade ohne den geringsten Anlass angemotzt. Denn ich bin nicht sauer auf sie, begreife ich plötzlich. Ich bin sauer auf mich selbst. Und auf all die blöden Entscheidungen, die ich getroffen habe.

»Rayne. Es tut mir leid ...«, versuche ich es.

Sie wirbelt herum und sieht mich mit mörderisch blitzenden Augen an. »Das braucht es nicht«, sagt sie mit kalter, giftiger Stimme. *»Mir* tut es nicht leid.« Sie wendet sich wieder ab und geht die Treppe hinauf. »Oh, noch etwas«, fügt sie auf halbem Weg nach oben hinzu. »Da du dich dafür entschieden hast, nicht Magnus' Blutsgefährtin zu bleiben, macht es dir doch sicher nichts aus, wenn ich es mal versuche. Schließlich hat er zuerst mir gehört.«

Mein Herz sinkt in meine Zehen. Konnte es noch schlimmer werden? »Klar«, murmele ich und starre zu Boden. »Wie du willst.« Was kann ich sonst sagen? Ich habe beschlossen, alle Bande zu Magnus zu durchtrennen, aber ich möchte auch nicht, dass er sich mit jemand anderem trifft? Das wäre absolut unfair. Und wie sie sagte, sie hatte ihn tatsächlich zuerst.
»Wunderbar«, erwidert Rayne mit triumphierender Stimme, während sie weiter die Treppe hinaufgeht. »Danke, Sun. Ich kann es gar nicht *erwarten,* ihm die guten Neuigkeiten mitzuteilen. Ich würde ihn gleich jetzt anrufen, aber ich denke, es wäre viel, viel besser, von Angesicht zu Angesicht mit ihm zu sprechen.« Sie grinst boshaft, dann biegt sie um die Ecke und verschwindet aus meinem Blickfeld.
Ich lasse mich schluchzend in einen Sessel sinken. Ich versuche, daran zu denken, wie großartig es sein wird, wieder ins normale Leben zurückzukehren. Wie wunderbar der Schulball sein wird, auf dem ich Wange an Wange mit Traumtyp Jake Wilder tanzen werde. Vielleicht bittet er mich in sein Hotelzimmer. Vielleicht kann ich ein und für alle Mal den Sunny-das-Unschuldslamm-Mantel abstreifen. Vielleicht wird er sich in mich verlieben und wir werden heiraten und Babys kriegen und glücklich bis ans Ende unserer Tage leben.
Aber die Fantasie ist bittersüß. Denn wie sehr ich mich auch bemühe, ich kann die neuen Visionen, die in meinem Kopf tanzen, nicht abschütteln. Rayne, wie sie sich mit Magnus verbandelt. Er, wie er sie mit Küssen bedeckt und ihr ins Ohr flüstert, wie sehr er sie liebe. Und sie werden noch Jahrtausende miteinander herumhängen, Blut trinken und von den alten Tagen reden. Ab und zu wird ihr Gespräch auf jene Woche vor langer Zeit kommen, als er versehentlich ihre jämmerliche Zwillings-

schwester gebissen hat. Bis dahin werde ich natürlich lange tot sein. Würmer werden an meinem verwesenden Körper nagen. Oh, was soll ich nur tun?

26 Ballvorbereitungen

»Ich bin ja so froh, dass du dich wieder besser fühlst, Schätzchen«, sagt Mom, während sie mit den Waffeln herumhantiert, die sie am Samstagmorgen für mich gebacken hat. »Ich hatte mir langsam Sorgen um dich gemacht. Aber in den letzten Tagen scheinst du wieder ganz die Alte zu sein.«

Ich krümme mich vor schlechtem Gewissen. Als Rayne für mich eingesprungen ist, hat sie ihre Sache so gut gemacht, dass sie jetzt selbst in Schwierigkeiten steckt. Und was habe ich getan? Ich habe nur rumgemeckert, weil sie versucht hat, mir zu helfen. Nett, Sunny.

»Ja, ich fühle mich auch viel besser«, sage ich. »Was immer ich da für einen Bazillus im Leib hatte, die Sache scheint vorbei zu sein.«

Das ist wahr. Aus irgendeinem Grund hat sich plötzlich das untote Aussehen der vergangenen Tage verloren – dafür hat sich ein geradezu perfekter Look wie bei einer Porzellanpuppe eingestellt. Yup, zum ersten Mal in meinem Leben habe ich eine absolut makellose Haut. Selbst meine nervigen Sommersprossen scheinen über Nacht verblasst zu sein. Halleluja! Allein dafür würde es sich fast lohnen, ein Vampir zu bleiben.

»Ich bin so froh«, sagt Mom und stellt einen Teller mit Waffeln vor mich hin. Igitt! Muss ich so tun, als äße ich? Ich greife zaghaft nach einer Gabel und stochere in dem schwammartigen Zeug herum. »Ich wollte doch nicht, dass du den Ball versäumst.«

Ah, der Ball. Ich kann nicht fassen, dass er schon heute Abend

ist! Ich habe nicht mal etwas zum Anziehen! Ich werde mich schleunigst auf den Weg ins Einkaufszentrum machen müssen.
»Ja, ich kann's gar nicht erwarten«, sage ich und nehme einen Bissen. Bah. Es schmeckt wie Pappkarton. »Jake holt mich mit einer Limousine ab.«
»Ooh, das ist so cool«, kreischt Mom. Wie es aussieht, geraten sogar Hippie-Moms mit Weltverbesserungsambitionen wegen dieser törichten Highschool-Meilensteine aus dem Häuschen. »Du musst ganz aufgeregt sein.«
Ich nicke und versuche, aufgeregt auszusehen, was nicht so schwierig hätte sein sollen, wie es ist. Schließlich gehe ich mit dem heißesten, beliebtesten Jungen in der Schule zum Ball und das ist ein wahr gewordener Traum, stimmt's?
Also, warum sehe ich dem Ereignis dann mit so viel Unbehagen entgegen?

An diesem Nachmittag surfe ich an den Kleiderständern in einer schicken Boutique im Einkaufszentrum entlang, auf der Suche nach etwas Passendem für mein Traumdate mit Jake. Es ist komisch. Vor einer Woche hätte ich dir erzählt, dies sei das Highlight meines Lebens. Ich gehe zum Schulball. Und wichtiger noch, ich gehe mit einem Traumtyp hin. Aber stattdessen kann ich kaum genug Begeisterung aufbringen, um ein Kleid anzuprobieren. Und jedes Mal, wenn ich eins in der Hand halte, das halbwegs anständig aussieht, kann ich nicht umhin, mich zu fragen, was Magnus davon halten würde.
Ich entscheide mich schließlich für ein teures schwarzes Teil. Etwas, das sexy und hauteng ist und so gar nicht mein Stil. Schließlich sollten Mädchen, die Dates mit Sexgöttern haben, auch so aussehen. Und, so erinnert mich eine kleine Stimme in

den Tiefen meines Gehirns, da die nicht gar so unwahrscheinliche Chance besteht, dass Jake lediglich von meinem Vampirduft beeinflusst wurde, werde ich ihn, sobald ich mich in einen Menschen zurückverwandle, unbedingt beeindrucken müssen. Dieses Outfit sollte dazu in der Lage sein.
Hoffe ich.
Ich bringe das Kleid zur Theke und versuche, bei dem Verkäufer zu bezahlen, aber er weigert sich, mein Geld zu nehmen.
»Nein, Schätzchen«, sagt er und gibt mir meine Kreditkarte zurück. »Das hier geht auf mich.«
Ich hätte mir ein Armani-Kleid aussuchen sollen. Den Vampirduft ausnutzen, solange ich ihn noch habe. Wenn ich eine Vampirfähigkeit nach meiner Rückverwandlung behalten könnte, dann wäre es diese. So überaus nützlich.

Als ich vom Einkaufszentrum zurückkomme, bleibt mir kaum noch genug Zeit, um mich fertig zu machen. Sobald ich mich davon überzeugt habe, dass meine Frisur und mein Make-up so gut sind, wie man das in so kurzer Zeit überhaupt hinkriegen kann, gehe ich wieder in mein Zimmer, um in mein Kleid zu schlüpfen. Wow. Es hat schon was Beeindruckendes, am Schulballabend ein Vampir zu sein – eine tadellose Figur. Vielleicht liegt es daran, dass ich keinen Appetit auf menschliches Essen hatte. Oder vielleicht hat Blut auch nicht viele Kohlehydrate. Aber was auch immer der Grund sein mag, ich denke, ich habe in dieser Woche ungefähr fünf Kilo abgenommen. Und wenn man fünf Kilo abnimmt und dann ein Kleid anzieht, ist das das Kleid, das man anziehen muss. Es schmiegt sich um meinen Körper, als sei es genau für mich gemacht.

Hurra! Ich werde sooo gut aussehen.

Im Ernst. Ich neige nicht zum Angeben, aber als ich mich im Spiegel betrachte, stelle ich fest, dass ich plötzlich superheiß aussehe. Heiß wie Paris Hilton, wenn sie eins fünfundsechzig groß wäre. Ich hoffe nur, dass ich mich um Mitternacht nicht in einen Kürbis verwandeln werde, wenn ich das Gralsblut trinke. Das würde mächtig nerven.

»Bist du fertig mit dem Aufdonnern?«

Ich fahre herum. Rayne steht in der Tür, einen finsteren Ausdruck auf dem Gesicht.

»Geh weg«, knurre ich und werfe ihr einen wütenden Blick zu, bevor ich mich wieder zum Spiegel umdrehe. Es ist nicht nötig, dass sie mir den Abend verdirbt, der bestimmt der beste meines Lebens sein wird.

»Warte. Sunny«, sagt sie, ohne auf meinen Befehl zu achten, und tritt in den Raum. Oh nein. Ich wusste doch, dass ich ein Schloss an meiner Tür hätte anbringen lassen sollen. »Bist du dir sicher, dass du das durchziehen willst?«

»Dass ich was durchziehen will?«, frage ich. »Dass ich mit Jake auf den Ball gehen will? Natürlich bin ich mir sicher. Genau davon habe ich geträumt, seit ich im ersten Highschool-Jahr zum ersten Mal einen Blick auf den Typen geworfen habe.«

»Nein. Nicht das. Die . . . andere Sache.«

»Machst du Witze?«, frage ich ungläubig. Ich kann nicht fassen, dass sie nach alldem *immer noch* versucht, mich dazu zu bewegen, meine Meinung zu ändern. Als wäre das möglich. »Glaub mir ruhig, Rayne. Ich bin so was von bereit, der Vampirwelt den Rücken zu kehren. Tatsächlich wünschte ich, es wäre schon Mitternacht. Ich werde dieses Gralsblut kippen, als wär's eine Cherry-Cola. Und du weißt, dass ich sterben könnte für Cherry-Cola.«

»Und was ist mit Magnus?«

Ich sacke innerlich zusammen. Warum musste sie das Wort mit M ins Gespräch bringen? Ich hätte es ihr gegenüber natürlich niemals zugegeben, aber ich vermisse den Typen wie verrückt. Frage mich, was er tut. Welche Fortschritte die Übernahme des Zirkels macht. Ob sie ihn schon zum König gekrönt haben. Und wichtiger, ob sie ihm eine neue Blutsgefährtin zugewiesen haben. Und ob diese Blutsgefährtin zufällig meine Zwillingsschwester ist.

Ich weiß, dass Magnus sauer war wegen meiner Entscheidung, zu dem Ball zu gehen, aber tief im Innern hatte ich wohl gehofft, dass er nicht einfach von der Erdoberfläche verschwinden würde. Dass er immer noch in meinem Leben sein würde. Auch wenn ich nicht weiß, *wie* das vonstatten gehen sollte. Schließlich ist er nicht der Typ, der mal auf einen Tee vorbeikommt. Oder anruft und mich zum Essen oder ins Kino einlädt oder irgendwas.

Aber trotzdem ...

Irgendwie sieht es so aus, als wäre das nicht meine Bestimmung. Nachdem er in der vergangenen Nacht vor unserer Einfahrt wieder losgefahren ist, hat er nicht angerufen oder gemailt oder eine Message gesendet oder irgendetwas. Er ist einfach aus meinem Leben verschwunden, als hätte es ihn nie darin gegeben.

Nicht dass mir das etwas ausmachen würde. Tatsächlich bin ich sogar froh darüber. Es ist besser so.

Irgendwie.

Okay, nicht wirklich.

»Was ist mit Magnus?«, wiederhole ich. »Wer interessiert sich schon für ihn?«

Ich tue es! Ich tue es!

Halt die Klappe, Herz. Du zählst in diesem Fall nicht.

»Oh«, erwidert Rayne mit einer eigenartigen Stimme. Tatsächlich, wenn ich sie nicht besser kennen würde, dächte ich, dass sie beinahe enttäuscht klang. Was nicht im Mindesten Sinn ergäbe, wenn man bedenkt, dass sie diejenige zu sein hofft, der er sich in seiner Enttäuschung zuwenden wird. Mein Desinteresse sollte eine gute Nachricht für sie sein. Sie kann ihn haben und vampirlich bis ans Ende aller Zeiten mit ihm leben und ich werde kein Wort dagegen einwenden.

»Na schön«, fügt Rayne nach einer langen Pause hinzu. »Wenn du dir sicher bist.«

Himmel, was ist ihr Problem? »Hör mal, Rayne«, sage ich ein wenig verärgert, im Wesentlichen weil ich keine Ahnung habe, worauf sie hinauswill, und weil diese Beschäftigung mit Magnus in meinem Innern ganz gemeine Dinge mit mir tut, »so faszinierend dieses Gespräch gewesen ist, mir läuft langsam die Zeit weg. Wenn du also nichts dagegen hättest, würde ich dem Geplauder jetzt gern ein Ende machen und mich für mein Date mit dem Traumtyp zurechtmachen.«

»Oh. Verstehe. Okay. Gut. Wie du willst.« Rayne dreht sich sofort um und stampft aus dem Raum.

Ich wende mich wieder dem Spiegel zu und fühle mich ein klein wenig schuldig, weil ich so grob zu ihr war. Was ist in letzter Zeit nur los mit mir? Sie ist meine Zwillingsschwester. Der Mensch, mit dem ich aufgewachsen bin. Der Mensch, der mich besser kennt als jeder andere.

»Hrmumpf«, schnaufe ich, während ich ein verirrtes blondes

Haar von dem Kleid zupfe. Das zeigt es mal wieder. Wenn sie mich besser kennen würde als jeder andere, wüsste sie, dass ich vollauf bereit bin, mich heute Nacht wieder in einen Menschen zu verwandeln. Dass ich in Jake Wilder verliebt bin. Nicht in Magnus.

Nein. Rayne kennt mich überhaupt nicht.

27 Verzweifelte Ball-Dates

Jake ist auf die Minute pünktlich. Er hat eine Limousine gemietet. Und er trägt einen göttlichen Smoking. Was könnte ich mir von einem Ball-Date mehr wünschen? Er kommt zur Tür und er hat ein Sträußchen dabei. Sein Kummerbund passt zu meinem Kleid. Er lächelt mich an, nennt meine Mom »Ma'am« und zuckt nicht mal mit der Wimper, als sie ihn auffordert, sie Susan zu nennen, und ihm ihre verrückte Theorie von der Regierungsverschwörung erklärt, nach der Ausdrücke wie »Ma'am« geschaffen wurden, um Frauen barfuß und schwanger in der Küche festzuhalten. (Tja, ich kapier meine Mom manchmal auch nicht.)

Kurzum, Jake ist perfekt. Ein wahr gewordener Traum.

Also, warum kann ich keine Begeisterung aufbringen?

Er teilt »Susan« mit, dass er mich zu einer annehmbaren Uhrzeit zurückbringen wird. Er lässt mich zuerst in die Limousine einsteigen. Er bietet mir ein Glas Champagner in einer Flöte an.

Wenn man den Begriff *perfektes Ball-Date* im Lexikon nachschlagen würde, würde einem Jakes gut aussehende Visage entgegenblicken.

Warum also kämpfe ich gegen den Drang zu gähnen?

»Das schönste Mädchen der Oakridge High School«, sagt er und wir lassen die Gläser klirren.

»Warum trinken wir auf Mary Markson?«, frage ich mit einem Kichern.

Er zieht in aufrichtiger Verwirrung die Augenbrauen zusam-

men. »Ich habe dich gemeint, Sunny«, stammelt er. »Tut mir leid, ich schätze, ich hätte mich klarer ausdrücken sollen.«
»Ähm, das weiß ich doch«, versichere ich ihm. »Ich habe nur einen Scherz gemacht.« Einen ziemlich offenkundigen, hätte ich gedacht, aber ich beschließe, ihm eine Atempause zu gönnen. Ich spüre, dass er nervös ist. Ist das nicht einfach todkomisch? Der Traumtyp der Oakridge High ist in der Gegenwart meiner bescheidenen Wenigkeit nervös. Wer hätte das gedacht?
Ich lehne mich in meinem Sitz zurück und nippe an meinem Champagner. Nett. In einer luxuriösen Limousine zum Schulball zu fahren, mit dem begehrenswertesten Jungen der Schule direkt mir gegenüber. Ich werfe einen verstohlenen Blick in seine Richtung. Er ist wirklich so heiß mit dieser grüblerischen Miene und dem perfekten Körper. Und er gehört mir allein.
»Ich bin so froh, dass du dich entschieden hast, mit mir zu dem Ball zu gehen«, fährt Jake fort und unterzieht mich einer Musterung, die man nur als ehrerbietig beschreiben kann. »Ich hatte solche Angst, dich zu fragen.«
Stell dir das vor! Ich mache einem Jungen Angst! Ein Junge wie Jake Wilder hat Angst vor mir! Einfach todkomisch.
»Ich bin froh, dass du es getan hast«, antworte ich und senke den Blick, um bescheiden zu wirken. »Ich mag dich schon seit einer ganzen Weile.«
»Wirklich?« Jake sieht mich überrascht an. »Das ist komisch. Ich habe bis zu diesem Tag im Schauspielkurs nichts von deiner Existenz gewusst.«
Ah, das Eiswasser der Realität wird kübelweise über meinem Kopf ausgeschüttet. Ich nehme einen großen Schluck Champagner und wünschte, es wäre Blut. Insgeheim hatte ich doch

gehofft, er würde sagen, dass er schon das ganze Jahr über scharf auf mich gewesen war. Dann hätte ich Rayne berichten können, dass er mich wirklich um meinetwillen mag und nicht wegen irgendeines komischen Vampirlockrufes.

Aber, ähm, so scheint es nicht zu sein. Oh, na schön.

»Als wir auf der Bühne waren und ich dich geküsst habe, war es so, als hätte sich meine ganze Welt in diesem Moment verändert. Alles, was ich war, alles, was ich mir vom Leben gewünscht habe – all diese Dinge sind in einem einzigen Lichtblitz verschwunden. In dieser Sekunde ist mir klar geworden, dass ich ohne Weiteres die ganze Ewigkeit mit dir verbringen könnte.«

O-kay. Ich muss zugeben, das wird langsam etwas unheimlich und stalkermäßig. Ich meine, versteh mich nicht falsch – die Tatsache, dass die Liebe meines Lebens mich mit hingebungsvollen Sonetten übersprudelt, während ich in einer Luxuslimousine Champagner trinke, ist extrem cool und alles. Aber zu wissen, dass er das nur tut, weil ich ihn unbeabsichtigt verzaubert habe, ist einfach nur ätzend.

Ich frage dich: Ist es so schwer für einen Jungen, mich um meinetwillen zu mögen? Die echte Sunshine McDonald zu bewundern und leidenschaftliche Worte an sie zu richten, nicht an ihr vampirisches Alter Ego?

Du meinst so, wie Magnus es tut?, fragt die nervtötende Stimme in meinen Kopf. Der eine Mann, von dem du weißt, dass er nicht von dem Vampirduft beeinflusst wird?

Nein. Nicht wie Magnus, antworte ich der dummen Stimme. Ich hoffe wirklich, dass sie mit dem Rest des Vampirkrams verschwinden wird. *Ich will einen menschlichen Jungen, der so für mich empfindet.*

Jake beugt sich vor und fängt an, mein Knie zu streicheln. »Habe ich schon erwähnt, wie schön du bist?«, fragt er.
Ich unterdrücke ein neuerliches Gähnen. Das wird ein langer Abend werden.

Wir erreichen das Hotel, in dem der Ball stattfinden wird, und absolvieren einen Schaulauf über den Parkplatz, damit all die Eltern, die offenkundig nichts Besseres zu tun und eine Menge Film zu verschwenden haben, klatschen und applaudieren und Foto um Foto machen können. Als ich an die Reihe komme, wird es natürlich noch schlimmer. All diese erkahlenden, bierbäuchigen Dads, die mich mit lüsternem Grinsen mustern und dabei anerkennend mit der Zunge schnalzen, sehr zum Verdruss ihrer Ehefrauen.
Großes I-gitt. Zum Kuckuck mit geschenkten Kleidern; jetzt, da alte Kerle mir lüsterne Blicke zuwerfen, denke ich, dass dieser Vampirduft wegmuss.
Nach der Prozession gehen wir ins Hotel. Es ist ziemlich hübsch. Goldverzierte Wände, Kristallkronleuchter an der Decke und ein riesiger Tanzboden. Auf der Bühne steht ein DJ, der aus den Top 40 zusammengestellte Tanzmusik spielt. An der Wand gegenüber bersten mehrere Tische unter dem Büffet und an der Seite steht ein wunderschöner Dessertwagen. Alles ziemlich hochkarätig.
Weil alle Jungen mich sofort sabbernd anstarren und ihre Freundinnen entsprechend sauer auf mich sind, schleife ich Jake sofort auf die Tanzfläche, obwohl wir gerade erst angekommen sind und praktisch niemand auf dem Tanzboden ist. Ich meine, tanzen vor dem Dinner? Wie uncool kann man werden? Aber ich habe nur den verzweifelten Wunsch, aus der

Schussweite all dieser Mädchen zu kommen, bevor sie wie Charlies Engel über mich herfallen.

Glücklicherweise ist Jake immer noch verzaubert von mir und tut alles, was ich sage, selbst wenn es gesellschaftlicher Selbstmord ist. Also, obwohl ich mir sicher bin, dass wir absolut lächerlich wirken ganz allein auf der Tanzfläche, gehorcht er meinem Befehl. Es ist ein Glück, dass Jake der beliebteste Typ an der Oakridge ist. Sobald er auf der Tanzfläche aufkreuzt, folgt die Hälfte der Abschlussklasse seinem Beispiel.

Ich. Ein Trendsetter. Daran könnte ich mich gewöhnen.

Der DJ legt einen langsamen Song auf und Jake zieht mich an sich. Ich schmiege meine Wange an seine Brust und genieße das Gefühl seines schlaksigen, muskulösen Körpers dicht an meinem.

Ah. Das ist schön. Normales Highschool-Zeug. Genau das, wonach ich mich gesehnt habe.

Nun, das und die pulsierende Ader an Jakes Hals. Aber daran werde ich nicht mal denken. Ich werde unter keinen Umständen mein Ball-Date beißen. Zumindest nicht in der Öffentlichkeit.

»Du bist so schön«, murmelt Jake mir ins Ohr. »So wunderschön. Ich bin total süchtig nach dir.«

Seufz. Toll, jetzt fängt er schon wieder an. Ich hoffe, er würde einfach die Klappe halten. Ich meine, ich höre es gern, dass er mich für schön hält, versteh mich nicht falsch. Es ist bloß, dass ich jedes Mal, wenn er es sagt, schmerzlich an die Tatsache erinnert werde, dass er, wie es ein Beziehungsratgeber ausdrücken würde, einfach nicht auf mich steht. Dass dies alles in Wirklichkeit eine Illusion ist, die enden wird, sobald ich das Gralsblut getrunken habe und mich wieder in einen Kürbis verwandle.

Cinderella, du hast mein tiefstes Mitgefühl, Mädchen.

Wow! Mein Kopf dreht sich, als Jake plötzlich beschließt, auf dem Tanzboden Kreativität zu zeigen. Ohne jede Vorwarnung kippt er mich nach hinten. Als ich zappelnd versuche, das Gleichgewicht zu wahren, fällt mein Blick auf einen Überraschungsballgast.

Nein, auf zwei sehr überraschende Ballgäste.

Ich finde das Gleichgewicht wieder und reiße mich von Jake los. »Ich bin gleich wieder da«, sage ich, tätschele ihm den Arm und versuche, gefasst zu wirken. »Ich will nur schnell jemandem Hallo sagen.«

»Hallo« sagen oder »Was zur Hölle fällt dir ein hierher zu kommen, und warum hast du ihn mitgebracht?«, aber die schmutzigen Einzelheiten meines bevorstehenden Streits gehen Jake nichts an.

»Beeil dich, Baby«, erwidert er und senkt den Kopf zu einem unerwarteten, viel zu innigen Kuss vor aller Augen auf meine Lippen. »Ich werde dich jede Sekunde, die du fort bist, vermissen.«

»Ich soll mich beeilen. Klar. Okay«, stimme ich zu, während ich mich zurückziehe. Sobald ich in sicherer Entfernung bin, drehe ich mich um und stürme mit großen Schritten auf die Punschschale zu.

Ich werde sie umbringen. Ich werde sie umbringen. Ich werde sie umbringen. Und ihn würde ich auch umbringen, wenn er nicht bereits tot wäre.

»Was machst du hier?«, zische ich meine Schwester an, die (Überraschung, Überraschung) ein schwarzes, spitzenbesetztes Prinzessinnenkleid im Gothicstil trägt, das absolut unpassend für Schulbälle ist.

Rayne runzelt finster die Stirn. »Ich freue mich auch, dich zu sehen, Schwesterherz«, sagt sie.
»Du bist nicht in der Abschlussklasse. Du stehst nicht auf der Gästeliste.«
»Wirklich. Na, so was. Vielleicht habe ich – oooh«, sie stößt einen übertrieben dramatischen Kreischlaut aus, »vielleicht habe ich mich reingeschlichen.« Sie fächelt sich mit den Händen Luft zu. »Oh Schock, oh Horror. Ruf die Polizei. Ich bin unerlaubt auf dem Schulball der Abschlussklasse der Oakridge High erschienen. Vorbei an allen Lehrern und Agenten der Landesverteidigung. Den ganzen Weg bis zur Punschschale. Sei auf der Hut, Abschlussklasse ... In eurem Hotel ist ein böses Mädchen aus einer niedrigeren Klasse.«
Ich verdrehe die Augen. »Du bist so was von gar nicht witzig. Und du hast meine Frage immer noch nicht beantwortet.«
»Und was war das für eine Frage?«, fragt Rayne honigsüß.
Ich hasse sie. Ich hasse sie total. Kann man sich von seiner Zwillingsschwester scheiden lassen? Wenn ja, werde ich am Montagmorgen definitiv die nötigen Papiere ausfüllen.
»Warum. Bist. Du. Hier?«, frage ich und betone dabei mit zusammengebissenen Zähnen jedes einzelne Wort. »Und. Warum. Hast. Du. Ihn. Mitgebracht?«
»Ihn?«, fragt Rayne mit lächerlich argloser Stimme zurück. Als hätte sie keinen Schimmer, von wem ich rede. »Oh, du meinst Magnus?«, schlussfolgert sie schließlich. »Hm, ich brauchte ein Date und er hatte nichts zu tun und ...«
Ich balle die Hände zu Fäusten, nicht ganz sicher, ob ich sie erwürgen oder schlagen soll. Die Nähe unseres Klassenlehrers, Mr Moodys, ist im Augenblick das Einzige, was mich daran hindert.

»Dies ist *mein* Abend«, knurre ich sie an. »*Meiner.* Ich habe ein Date mit dem heißesten Typen der Oakridge High. Und ich lasse mir das von dir nicht verderben.«
»Ich verderbe dir gar nichts. Wir sind bloß hier, um zu tanzen und Punsch zu trinken.«
»Ja, klar. Ich kenne dich zu gut, Schwesterherz«, fauche ich. Mein Magen spielt vor Wut verrückt. »Du bist hergekommen, um es mir unter die Nase zu reiben. Um hier vor meinen Augen diese Show abzuziehen.«
»Wirklich, Sunny, du solltest an deinen Wutausbrüchen mal arbeiten«, sagt Rayne mit einem *Tsts.* »Ich habe keine Ahnung, wovon du redest, aber du klingst so, als bräuchtest du ernsthaft Hilfe.« Sie greift nach der Schöpfkelle und schenkt sich einen Becher Punsch ein. »Geh zurück zu deinem Date und genieße den Ball. Magnus und ich werden dir nicht in die Quere kommen.«
»Ja, keine Bange, wir würden dir deinen Traumabend niemals verderben«, stimmt Magnus, der jetzt neben Rayne getreten ist, ihr zu.
Sobald ich einen Blick auf ihn werfe, machen all meine Organe gleichzeitig die komischsten Dinge und ich habe das Gefühl, als würde ich gleich ohnmächtig werden. Meine Hände fangen an zu zittern. Übelkeit steigt in mir auf. Mein Herz tut weh. Hinter meinen Augen bilden sich Tränen und es fällt mir plötzlich schwer zu atmen.
Er sieht so gut aus. Tiptop gekleidet in einen umwerfenden Smoking. Er hat sein langes Haar auf Ohrlänge gekürzt und ein paar dicke Strähnen fallen ihm ins Gesicht. Seine verblüffenden blauen Augen wirken, wenn das überhaupt möglich ist, noch blauer. Aber die Wärme, in der ich solchen Trost gefun-

den habe, ist lange verschwunden. Stattdessen mustert er mich mit einem eisigen Blick.

Schluck.

Ich brauche alles, was in mir ist, um mich nicht in seine Arme zu stürzen, in wildes Geheul auszubrechen und zu hoffen, dass er mich festhalten und mich trösten und mir sagen wird, dass alles wieder gut werden wird. Aber diesmal wird er das nicht tun. Er wird mich von sich stoßen und die Arme um Raynes Taille legen, um mir zu zeigen, dass *sie* jetzt seine neue Blutsgefährtin ist. Und später werden sie in den Zirkel zurückgehen und kichernd darüber reden, wie lächerlich ich mich auf dem Ball benommen habe und wie offenkundig es war, dass ich immer noch in Magnus verknallt bin, obwohl ich diejenige bin, die technisch gesehen dem Ganzen ein Ende gemacht hat.

Ich drehe mich zu Jake um. Meinem Traumdate. Er und seine Kumpel schlagen einander auf den Rücken und amüsieren sich auf Teufel komm raus. Einer der Jungs reicht eine silberne Flasche mit Gott weiß was für einem Alkohol herum und Jake nimmt einen langen Zug. Dann kichern sie noch ein wenig mehr, offenkundig ach so zufrieden mit ihrer jugendlichen Straftat. Ich winde mich innerlich und frage mich, was Magnus von ihrem unreifen Benehmen halten mag.

Plötzlich fühle ich mich sehr alt und erschöpft.

Ich sehe wieder zu Magnus und Rayne hinüber und blinzele gegen die Tränen an. Wie konnte ich nur so dumm sein? Wie konnte ich Magnus gehen lassen? Er ist alles, was ich mir je von einem Freund gewünscht habe. Er ist süß und loyal und nett und witzig und ach so gut aussehend. Er hat alles in seiner Macht Stehende getan, um mir bei meiner Mission zur Rückerlangung meiner Menschlichkeit beizustehen, obwohl das ganz und gar nicht in seinem Interesse war.

Und ich bin so undankbar gewesen. Tatsächlich habe ich mich noch nicht einmal richtig bedankt für all das, was er getan hat. Ich habe nur gesagt: »Danke für die Erinnerungen, Kumpel«, und ihn fallen gelassen wie eine schlechte Angewohnheit, sobald ich hatte, was ich wollte, und er mir nicht länger helfen konnte. Ich war nicht einmal bereit, mich heute Abend mit ihm zu einem richtigen Lebewohl zu treffen.

Ich bin der größte Loser auf dem Planeten. Ich verdiene ihn nicht. Tatsächlich verdiene ich niemanden. Ich verdiene es, eine alte Jungfer zu sein, die allein lebt mit fünfzig Katzen, um die sie sich kümmern muss.

Ich werfe noch einen verstohlenen Blick auf Magnus und plötzlich kommen mir all die dummen Ausreden, warum eine Beziehung zwischen uns niemals funktionieren könnte, lächerlich und naiv vor. Mit einem Mal erscheinen mir all die Gründe, warum ich ein Mensch bleiben wollte, unerheblich.

Ich will mit Magnus zusammen sein. Ganz gleich, was ich dafür aufgeben muss.

Das wäre es wert, es wäre alles wert.

Sogar meine Seele.

Aber es ist zu spät.

Oder nicht?

Rayne schaut mit undeutbarer Miene zwischen Magnus und mir hin und her.

»Ich muss mal pinkeln«, erklärt sie plötzlich kurzerhand. Und bevor ich sagen kann: »Tu, was du tun musst«, ist sie bereits fort.

Und lässt mich mit Magnus allein.

War das ein Teil ihres Plans? Könnte meine böse freundstehlende Zwillingsschwester in Wirklichkeit eine verkappte Heilige sein?
Mir geht so manches durch den Kopf ...
Ich starre Magnus an. Er starrt mich an. Man könnte die Spannung im Raum mit einem Messer schneiden. Mir wird klar, dass ich diejenige bin, die den ersten Schritt tun muss. Ich war es schließlich, die bei diesem ganzen Schlamassel Nein gesagt hat. Er hat sich mir geöffnet. Hat mir seine Gefühle offenbart. Und ich habe sie ihm ins Gesicht geschleudert. Ich bin diejenige, die ernsthafte Wiedergutmachung leisten muss.
Und jetzt bin ich bereit dazu, es zu tun.
»Magnus, ich ...«
»Sunny, da bist du ja!« Bevor ich protestieren kann, werde ich von hinten gepackt. Ich wirbele herum. Jake grinst mich an und sieht dabei aus wie ein verloren gegangener, leicht betrunkener kleiner Welpe.
Ich blicke wieder zu Magnus hinüber, der die Szene mit kalten Augen beobachtet. Das ist nicht gut.
»Ich habe überall nach dir gesucht, meine Liebste«, sagt Jake und presst mich an sich. *Oh Mann! Schwirr ab! Du vermasselst alles.*
Aber Jake schwirrt nicht ab. Stattdessen beugt er sich vor und bedeckt meinen Hals mit schlabberigen Küssen. »Oh Gott, ich liebe dich so sehr, Sunny«, murmelt er zu laut. Viel zu laut.
Magnus' Augen werden schmal. »Ich muss los«, murmelt er.
»Nein, Mag, warte!«, rufe ich. Aber er ist schon auf halbem Weg zur Tür. Vampire können sich wirklich bewegen, wenn sie wollen.
Ich muss ihn einholen. Ihm sagen, wie ich empfinde, bevor es zu spät ist!

»Ich flehe dich an, Sunny, meine Liebste, bitte, verlass mich niemals!«
»Oh, verzieh dich, Jake!«, rufe ich, während ich mich aus seiner Umarmung freizappele. Ich weiß sehr wohl, dass ich meine einzige Chance, jemals zur Prominenz unserer Schule zu gehören, über den Haufen werfe. Meine Chance, mit einem Traumtyp zusammen zu sein und von all meinen Freundinnen beneidet zu werden. Aber es ist mir total egal. Tatsächlich ist es mir egal, wenn ich zum größten Loser an der Oakridge High werde.
Solange ich eine Gelegenheit bekomme, mit Magnus zu reden.
Aber Jake lässt mich nicht kampflos los, also muss ich ihn ein wenig überreden.
Mit anderen Worten, ich trete ihm auf den Fuß. Fest.
Mit Pfennigabsätzen.
Und Vampirkraft.
Er lässt mich los und heult vor Schmerz auf. Ich hoffe, ich hab ihm nicht wirklich ein Loch in den Fuß gebohrt. Oh, hm, im Moment habe ich keine Zeit, das zu überprüfen.
Ich sprinte auf den Ausgang des Ballsaals zu. Das Ganze ist wie Cinderella, nur umgekehrt, obwohl ich mir sicher bin, dass Magnus keinen Glaspantoffel zurücklassen wird. Vielleicht einen Prada-Slipper …?
Ich bin schon draußen, bevor ich ihn einhole. Er geht mit gesenktem Kopf und langsamen Schritten über den Parkplatz. Er sieht so aus, als hätte er seinen besten Freund verloren.
Was er nicht weiß, ist, dass sein bester Freund ihn zurückhaben will. Unbedingt.
»Magnus!«, rufe ich.
Er bleibt wie angewurzelt stehen, dreht sich aber nicht um. Ich

eile zu ihm hinüber und greife nach seinen Händen. Ich bin so außer Atem, dass es nicht mal komisch ist. Sobald dies alles vorüber ist, muss ich dringend eine beträchtliche Zeit im Fitnesscenter einplanen.

»Magnus«, wiederhole ich keuchend. Unsere Blicke treffen sich. Seine Augen sind so traurig, dass es mir das Herz bricht. »Es tut mir leid. Ich wollte nicht . . .«

»Sunny, ich . . .«, sagt er.

Und plötzlich reden wir und wir weinen und lachen gleichzeitig. Entschuldigen uns, erklären, flehen um Vergebung.

»Ich liebe dich, Magnus«, sage ich, nachdem wir beide innehalten, um Atem zu schöpfen. »Ich wusste es nicht. Oder vielleicht wusste ich es, wollte es aber nicht wahrhaben. Ich dachte, es wäre viel zu kompliziert. Und mir war es viel zu wichtig, wieder normal zu werden. Aber das ist mir jetzt egal. Ich liebe dich. Und ich möchte mit dir zusammen sein. Für immer. Ganz gleich, was dazu notwendig ist.«

»Ich liebe dich auch, Sunny«, antwortet er, beugt sich vor und wischt mir eine blutige Träne aus dem Auge. »Dass ich dich versehentlich gebissen habe, war der beste Fehler, den ich je im Leben gemacht habe.«

Ah. Er ist so süß. So wundervoll. So . . .

Sein Kuss ist so was von gut.

Unsere Münder finden einander und suchen verzweifelt, was der andere zu geben hat. Suchen und finden, könnte ich hinzufügen. Wir finden Einverständnis. Verlangen. Liebe. Alles, was dazugehört.

Es ist so wunderbar, dass ich es kaum ertragen kann. Er liebt mich. Magnus liebt mich. Es ist so unglaublich, dass ich nicht einmal begreifen kann, wie großartig es ist.

Während wir einander küssen, zieht er mich näher an sich. Wir passen perfekt zusammen. Als seien wir füreinander geschaffen. Und vielleicht sind wir das auch. Schließlich weiß ich, dass wir eine kompatible DNA haben.

Es würde mir ehrlich nichts ausmachen, wenn er mich die ganze Nacht küsst. Wenn ich nie wieder zu dem Ball zurückkomme. Nie wieder meinem verrückten, besessenen Date gegenübertreten muss. Wenn dies meine neue Wirklichkeit ist und ich den Rest der Welt vergessen kann. Wenn ich Magnus an meiner Seite hätte, bin ich davon überzeugt, dass ich es mit Stil bewerkstelligen könnte.

Dann löst Magnus sich von mir und blickt auf seine Armbanduhr. Zuerst ärgere ich mich. Hallo? Muss er irgendwohin oder was?

»Es ist fast Zeit«, sagt er.

Ich lege verwirrt den Kopf schräg. »Zeit? Wofür?«

»Dass du das Gralsblut trinkst.«

»Aber . . .« Ich kneife die Augen zusammen. »Ich werde nicht . . .« Hat er mir eigentlich überhaupt nicht zugehört? Ich liebe ihn. Ich will mit ihm zusammen sein. Und das bedeutet natürlich, dass ich meine Menschlichkeit für ihn aufgeben werde. Will er das denn nicht?

»Nicht?« Jetzt ist er an der Reihe, verwirrt dreinzublicken.

»Nein, Magnus.« Ich schüttele den Kopf. »Kapierst du es denn nicht? Ich werde es nicht trinken. Ich werde ein Vampir bleiben, damit ich mit dir zusammen sein kann.«

Er runzelt die Stirn, greift nach meinen Händen und drückt sie an seine Brust. Ich kann sein Herz nicht schlagen fühlen, aber das liegt wahrscheinlich nur daran, dass er keins hat.

»Nein, Sunny«, erklärt er entschieden.

»Wie? Was soll das heißen, nein?«
»Ich werde nicht erlauben, dass du meinetwegen ein Vampir bleibst.«
»Aber ...« Will er denn nicht mit mir zusammen sein? Oder war das alles nur vorgetäuscht? Ich spüre, wie es mir das Herz entzweireißt. »Aber ich liebe dich«, sage ich und habe beinahe Angst, es noch einmal zuzugeben.
Er lächelt sanft und beugt sich vor, um mich auf die Stirn zu küssen. »Ich liebe dich auch«, flüstert er. »Und deshalb kann ich nicht zulassen, dass du ein verfluchtes Geschöpf der Nacht bleibst. Ich möchte, dass du das Geschenk des Lebens hast, das ich nie gehabt habe.«
»Aber ich dachte, du hättest gesagt, dass du gern ein Vampir bist.«
»Es hat seine Vorzüge«, antwortet er mit einem Achselzucken. »Aber gleichzeitig kann es ein sehr einsames Leben sein. Und für immer ist eine lange Zeit, um zu leben.« Er zieht mich fest an sich. »Ich möchte nicht, dass du so leidest, wie ich es getan habe. Ich möchte, dass du du bist. Das menschliche Du, das ich liebe.«
»Aber dann, aber dann ...« Irgendwie kann ich keinen vollständigen Satz bilden. Das läuft nicht so, wie ich es geplant hatte. Überhaupt nicht. Nicht dass ich es wirklich geplant hätte, aber wenn ich es getan hätte, wäre dies bestimmt nicht mein Wunschszenario. In meiner geplanten Version wäre er außer sich vor Freude gewesen, dass ich ein Vampir bleiben wollte. Wir würden die Phiole mit dem Blut zerschmettern, uns in seinen Zirkel zurückziehen und bis in alle Ewigkeit eins sein.
Das ist es! Das ist es, was ich tun muss.
Ich ziehe die Phiole aus meiner Handtasche, und bevor mir

Zeit für Zweifel bleibt, lasse ich sie auf den Boden krachen. Dann zertrete ich sie mit dem Fuß. Blut und Glas spritzen durch die Nacht und besudeln meine einst so zauberhaften Stilettos.

Ich schlucke. So. Es ist geschehen. Vorbei. *Finito.* Jetzt gibt es kein Zurück mehr.

Ich bin ein Teenagervampir.

»Warum hast du das getan?«, ruft Magnus mit entsetzter Miene.

»Weil ich ein Vampir sein will«, antworte ich halsstarrig. Oh Gott, was habe ich getan? Was ist nur in mich gefahren? Panik steigt in mir auf.

»Aber das stimmt nicht«, beharrt Magnus, was mir die Sache nicht leichter macht. Warum können wir nicht einfach glücklich sein? Warum kann er nicht die Arme um mich schlingen und sagen, er habe gehofft, dass ich genau das tun würde? Dass ich ihn zum glücklichsten Vampir auf Erden gemacht hätte und er es nicht erwarten könne, die Ewigkeit mit mir zu verbringen. Oder dass er irgendetwas anderes tun würde, als mich mit einem ungläubigen Ausdruck auf dem Gesicht anzustarren und Dinge zu sagen wie »Aber du hasst es, ein Vampir zu sein«.

»Ich habe meine Meinung geändert«, sage ich entschieden. Es ist nicht nötig, ihm meine Zweifel und Ängste zu zeigen und zu verraten, dass ich hier praktisch ausflippe. »Ich habe mich während der letzten Tage an diese ganze Vampirgeschichte gewöhnt und festgestellt, dass es mir Spaß macht. Und ich denke, es wäre eine zauberhafte Möglichkeit, die Ewigkeit zu verbringen.«

»Das sagst du nur, weil du glaubst, es sei das, was ich hören

will«, erwidert Magnus mit einem tiefen Seufzer. »Aber das ist im Grunde nicht dein Ernst. Sunny, ich kenne dich zu gut.«
Himmel. Das läuft nicht so, wie ich es gehofft hatte. Überhaupt nicht. Wo sind all die zärtlichen Umarmungen? Die Idee, mich in den Zirkel zu fahren und mein neues Nichtleben zu feiern?
»Nun, passiert ist passiert«, sage ich und versuche mich an einem lässigen Achselzucken. »Jetzt gibt es kein Zurück mehr.«
Ich blicke auf die Gralsschweinerei auf dem Pflaster hinab. Wenn ich auf die Knie ginge und lecken würde . . .
Nein, das ist lächerlich. Es ist futsch. Geschichte. Erledigt. Ich bin ein Vampir und das schockt mich ungemein.
»Möchtest du hineingehen?«, fragt Magnus abrupt. »Vielleicht tanzen oder so etwas?«
Tanzen? Ich starre ihn ungläubig an. Wie kann er zu einem solchen Zeitpunkt an Tanzen denken? Ich habe soeben meine ganze Menschlichkeit geopfert und er kann nur daran denken, sich zu amüsieren?
Ich schüttele den Kopf, zu niedergeschmettert, um sprechen zu können. »Nein, mir geht es gut«, sage ich, obwohl das überhaupt nicht stimmt. Mir geht es gar nicht gut, wenn du die Wahrheit wissen willst.
»Okay«, antwortet er. »Hast du was dagegen, wenn ich es tue? Ich muss mal . . . für kleine Vampire.«
Ich lächele halbherzig. »Ich werde hier warten.«
Ich lehne mich an einen Wagen in der Nähe und beobachte Magnus, wie er in das Gebäude tritt. Ich liebe ihn. So, so sehr. Daran habe ich keine Zweifel. Und ich möchte wirklich für immer mit ihm zusammen sein. Warum also bin ich so niedergeschlagen? Ich habe meine Entscheidung getroffen. Es gibt kein

Zurück mehr. Klar, ich habe meine Menschlichkeit geopfert, aber ich habe es für den Mann getan, den ich liebe. Das ist die Sache total wert.

Ich werde das Vampirsein wahrscheinlich lieben lernen. Man wird mir meine eigenen Spenderbräute zuweisen. (Oder vielleicht heiße männliche Spender, he, he!) Ich werde die Welt bereisen. An Magnus' Seite als Königin herrschen. Wir werden böse Jäger auslöschen etc. Klingt echt gut. Viel besser als die Highschool.

Natürlich wird das Übergangsstadium schwierig sein. Ich werde es meiner Mom niemals erzählen können – sie würde mich einfach an einem Ort einsperren lassen, an dem Ärzte tonnenweise Nadeln in mich reinstecken und alle möglichen Experimente mit mir machen würden, als sei ich eine Art Laborratte. Uh.

Nein, es wäre besser, wenn meine Mom mich für tot halten würde. Ich werde einen Autounfall heucheln oder so etwas. Solche Dinge scheinen zur Schulballzeit ständig zu passieren. Klar, sie wird am Anfang traurig sein. Aber dann wird sie langsam ein Leben ohne ihre Tochter akzeptieren lernen. Außerdem wird sie immer noch Rayne haben. Nun, jedenfalls bis Rayne wieder an die Spitze der Warteliste kommt und selbst ein Vampir wird.

Seufz.

Zumindest werde ich von der Highschool abgehen, fällt mir wieder ein, was mich ein wenig aufmuntert. All diese Tests und Quiz und komplizierten Projekte? Nie wieder. Obwohl es mir leidtun wird, dass ich nun doch nicht die Hauptrolle in *Bye Bye Birdie* werde spielen können. Wow, mein Tod wird denen das Stück echt vermasseln. Soweit ich weiß, gibt es keine zwei-

te Besetzung für die zweite Besetzung. Ich hätte unbeabsichtigt die ganze Schulaufführung sabotiert und die harte Arbeit aller Beteiligten zunichte gemacht. Sie würden mich echt umbringen, wenn ich nicht ohnehin so täte, als sei ich tot.
Und dann ist da noch das Hockey. Aber meine Mannschaftskameraden werden auch ohne mich klarkommen. Nun ja, zumindest gegen jeden außer Salem. Salem ist ziemlich hammerhaft.
Und zuletzt wäre da noch Audrey. Meine beste Freundin. Sie wird echt geschockt sein, wenn sie am Montag aus Disney World zurückkommt und feststellt, dass ich die Schule, das Hockey und den Schauspielkurs aufgegeben habe. Oh, und natürlich auch, dass ich tot bin.
Wow. Wer hätte gedacht, dass sich das Leben so vieler Menschen ändern würde, wenn ich nicht mehr da wäre? Man stelle sich vor. Nett von mir, plötzlich zu dieser Erkenntnis zu gelangen, nachdem es zu spät ist.
»Sunny, bist du okay?«
Ich blicke auf. Magnus ist von seinem Trip zur Toilette zurück und sieht mich mit einem sehr besorgten Gesichtsausdruck an. Zuerst habe ich keine Ahnung, warum, dann wird mir klar, dass ich weine. Blöde Bluttränen.
»Mir geht es gut. Wunderbar. Ich bin sehr glücklich«, sage ich und wische mir übers Gesicht. Ich möchte nicht, dass er denkt, mir seien auf einmal Zweifel gekommen. Nicht dass es so wäre, wirklich. Zumindest nicht, was ihn betrifft.
Er tritt vor mich hin und umfasst meinen Kopf mit beiden Händen. Dann lässt er die Finger durch mein Haar gleiten, zieht mich an sich und küsst mich. Plötzlich fühle ich mich viel besser. Meine Sorgen, was Schule, Eltern und Freunde betrifft,

lösen sich in nichts auf, während ich das Gefühl seiner Lippen auf meinen auskoste.
Ich kann das schaffen. Ich kann ein Vampir bleiben. Bei Magnus bleiben. Glücklich sein und ein erfüllendes ewiges Leben führen.
Seine Küsse wandern über mein Gesicht zu meinem Hals hinunter. Ich liebe Halsküsse. Und als Freundin eines Vampirs nehme ich an, dass ich noch viele davon kriegen werde.
Und dann fährt ein sengender Schmerz durch meinen ganzen Körper.
»Au!«, rufe ich und fahre zurück. »Warum zum Teufel hast du mich gerade gebissen?«

28 Jungs zum Anbeißen

Ich springe weg, die Hand auf meinen Hals gepresst. Ein echtes *Déjà-vu.*
»Das hat wehgetan!«, rufe ich. Tatsächlich hat es viel schlimmer wehgetan als beim ersten Mal vor einer Woche im Club Fang. Der Club-Fang-Biss war sozusagen ein Halsschmerz. Dieser Biss fühlt sich an wie Gift, das durch jede Ader meines Körpers schießt – vom Kopf hinunter in die Zehen und wieder rauf in die Fingerspitzen.
»Sunny, setz dich«, befiehlt Magnus. Benommen und unter massiven Schmerzen lasse ich mich von ihm auf den Straßenrand ziehen. Ich ringe nach Luft.
»Was hast du mit mir gemacht?«, weine ich. Ich fühle mich so, als würde ich sterben. Nicht dass ich wüsste, wie sich sterben anfühlt, aber ich bin mir ziemlich sicher, dass dies hier auf der Skala der Schmerzen nicht weit davon entfernt sein kann. Mein Kopf tut weh. Mein Körper brennt. Mir ist todübel. Es ist schrecklich.
Magnus zieht seinen implantierten Zahn heraus und hält ihn mir hin. »Es tut mir leid, Sunny«, sagt er ernst. »Ich dachte, es sei das Beste so.«
»Was?«, schluchze ich und flehe den Schmerz an wegzugehen. Mein ganzer Körper zuckt, als hätte ich einen Anfall. »Hast du mich vergiftet?«
Er seufzt und öffnet die andere Hand. Ich starre sie an, dann blicke ich zu ihm auf.
Die andere Gralsphiole.

Und sie ist leer.
Ich zähle zwei und zwei zusammen.
»Es tut mir leid, Sunny«, wiederholt Magnus. »Ich weiß, du hast gesagt, du wolltest ein Vampir sein, aber ehrlich, ich glaube dir nicht. Tatsächlich würde ich einen Liter Blut darauf wetten, dass du das nur gesagt hast, weil du mit mir zusammen sein willst.«
Ich lasse beschämt den Kopf hängen. Der körperliche Schmerz hat ein wenig nachgelassen, aber die seelischen Qualen fangen gerade erst an. Was kann ich sagen? Er hat natürlich recht. Aber er soll nicht denken, dass das irgendwelche Rückschlüsse auf meine Gefühle für ihn zulässt.
»Also schätze ich, dass es einfach nicht sein sollte«, sage ich mit einem Seufzen. Klasse. Jetzt bin ich glücklich, dass ich mich in einen Menschen zurückverwandle, aber höllisch niedergeschlagen, weil ich Magnus verliere.
»Was sollte nicht sein?«, fragt Magnus sanft.
Ich sehe überrascht auf. »Du und ich. Zusammen.«
Er lächelt sein typisches süßes Lächeln und greift nach meiner Hand. Ich zittere, als er meine Finger streichelt.
»Machst du Witze?«, fragt er. »Vampir oder Mensch, zum Teufel, selbst wenn du eines Tages beschließen solltest, dass du ein Werwolf oder eine Elfe werden willst, werde ich dich nicht gehen lassen.«
Einen Moment lang fühle ich mich versucht zu fragen, ob es außer Vampiren tatsächlich auch Werwölfe und Elfen gibt, aber dann geht mir plötzlich die volle Wucht seiner Worte auf.
»Wirklich?«, stoße ich unter Glückstränen meine Frage hervor. »Du willst trotzdem mit mir zusammen sein? Selbst wenn ich nicht deine Blutsgefährtin bin?«

Er nickt. Seine Augen sind voller Liebe.
»Aber es wird schwer sein ...«
»Wir werden dafür sorgen, dass es funktioniert.«
»Und was ist, wenn du eine Blutsgefährtin zugewiesen bekommst ...?«
»Zerbrich dir deswegen nicht den Kopf.«
»Aber was ist, wenn die anderen Vampire ...«
»Ich werde mich um sie kümmern.« Magnus legt mir einen Finger auf die Lippen. »Die Dame, wie mich dünkt, bedenkt zu viel«, zitiert er seinen Shakespeare.
Ich grinse töricht. »Hast du mich gerade erst kennengelernt?«
Er lacht, dann wird sein Gesicht wieder ernst.
»Sunny, ich liebe dich. Ganz gleich, was geschieht. Wir werden dafür sorgen, dass es funktioniert. Ich habe volles Vertrauen in unsere Beziehung.« Er hält inne, dann fügt er hinzu: »Du magst nicht meine Blutsgefährtin sein, aber du bist eindeutig meine Seelengefährtin.«
Oh. Ganz, ganz großes Oh. Ich liebe ihn so sehr.
Dann, bevor mir eine gleichermaßen zärtliche Erklärung einfällt, küsst er mich. Lange. Ich würde dir Einzelheiten verraten, aber ich schätze, das willst du gar nicht wissen. Außerdem muss ein Mädchen wohl ein paar Geheimnisse haben, stimmt's?
Nur so viel sei gesagt, ich küsse ihn glücklich zurück. Von Mensch zu Vampir. Von Vampir zu Mensch.
Hey, für uns funktioniert das.

Epilog Blogeintrag 407

Von: Rayne McDonald

Da habt ihr's also. Meine Schwester Sunny ist wieder ein offizielles Mitglied der menschlichen Rasse. (Und ja, ihre Sommersprossen sind wieder da, hähä!) Sie und Magnus (der sowieso nie mein Typ war! Ich brauche jemanden, der viiiiel dunkler und grüblerischer ist) sind offiziell ein Paar. Freund und Freundin. Vampir und Mensch. Es spielt keine Rolle, die beiden sind übelkeiterregend glücklich miteinander. Und Magnus hat sich als offizieller Meister des Blutzirkels der Region Östliche USA etabliert. Ende gut, alles gut, stimmt's?

Nun ja, so gut auch wieder nicht.

Um eine lange Geschichte kurz zu machen, da gehe ich am Montag nach dem Ball durch die Flure der Oakridge High und bin ziemlich zufrieden mit mir. Zeige ein paar Leuten den Finger, mache einen großen Bogen um die Lehrer, die mir eine Stunde Nachsitzen verpassen wollen, weil ich den Unterricht geschwänzt habe, um drüben in »The Block« eine zu rauchen, und flirte mit dem Neuen, der ein Interpolshirt trägt. (Er ist nicht besonders süß, hat aber offensichtlich einen guten Geschmack in puncto Musik.) Du weißt schon, eben der typische Rayne-Tag.

Plötzlich packt mich aus dem Nichts so ein alter Kerl am Arm und schleift mich in einen Nebenflur hinüber. »Du musst mit mir kommen«, sagt er drängend.

Ich schicke mich gerade an, an seinem Hintern mein Taekwondo zu erproben, aber dann geht mir auf, dass es Mr Teifert ist, Sunnys Schauspiellehrer.

»Kumpel, ich glaube, sie verwechseln mich mit meiner Zwillingsschwester«, sage ich, als er mich in die Aula und hinter die Bühne zerrt. »Ich bin Rayne. Sunny ist diejenige, die bei Ihrem Stück mitmacht, nicht ich.«

Der Lehrer zieht die Tür mit einem lauten, Unheil verkündenden Knall hinter sich zu. Hm, cooler Soundeffekt. Den könnte ich in meinem Film benutzen. (Hat Sunny euch gesagt, dass ich eine vielversprechende angehende Filmemacherin bin? Ich werde der nächste Tim Burton oder David Lynch sein, nur zu eurer Information.)

»Ich weiß, wer du bist, Rayne«, sagt Mr Teifert und kratzt sich seinen fast kahlen Kopf.

Ich ziehe eine Augenbraue hoch. »Oh. Dann wäre vielleicht eine Erklärung angebracht, warum Sie mich hierher geschleppt haben, finden Sie nicht auch?«

Er nickt. »Jaja, natürlich.« Er holt tief Luft. »Jetzt mach dich auf was gefasst. Es könnte dir zuerst ein wenig schwerfallen, das zu verstehen . . .«

Ähm, er wird mir doch nicht etwa erzählen, er sei in mich verliebt, oder? Das wäre extrem ekelhaft. Ich meine, klar, ich bin während des letzten Halbjahrs zwei Wochen lang mit meinem Englischlehrer ausgegangen, aber er war ein sexy zweiundzwanzig Jahre alter Australier, der auf Nietzsche stand. Mr Teifert ist praktisch ein Fossil – mindestens vierzig, würde ich sagen – und so was von gar nicht sexy oder süß oder Australier. Außerdem habe ich ihn einmal erwischt, wie er Showmelodien sang, daher hatte ich gedacht, dass er vielleicht vom anderen Ufer ist.

»Was ich dir erzählen werde, könnte ein kleiner Schock für dich sein«, fährt er mit einer extrem ernsten Stimme fort.

Himmel, genug der Schauspielerei, Herr Schauspiellehrer.

»Schock. Ehrfurcht. Kapiert. Spucken Sie es aus.« Schließlich bin ich schon spät dran für den Unterricht. Nicht dass mich das normalerweise stören würde.

Er räuspert sich. »Also schön. Einmal in jeder Generation wird ein Mädchen geboren, dem es bestimmt ist, die Vampire zu töten.«

Ich starre ihn an. »Sie wissen von Bertha?«, frage ich ungläubig. »Sie wissen über Vampire Bescheid?« Okay, er hat recht. Ich bin geschockt. Und voller Ehrfurcht. Und all das. Ich hatte ja keine Ahnung, dass dieser kauzige alte kahlköpfige Lehrer auch nur den geringsten Schimmer von der Unterwelt hatte. Ich schätze, deshalb hat er so komisch reagiert, als Sunny und ich letzte Woche in der Aula unsere Witze gerissen haben.

»Bertha hat, ähm, irgendwelche Blutdruckprobleme«, stammelt er. »Sie hat sich vorübergehend aus dem Jägergeschäft zurückgezogen.«

»Ich verstehe ...«, sage ich langsam. Die gute Bertha ist wohl zwischen ihren Jagden zu oft durch den Drive-in gefahren, um sich Superportionen zu holen.

»Nein, ich glaube nicht, dass du verstehst«, antwortet Mr Teifert. »Was ich dir mitzuteilen versuche, Rayne, ist, dass du die Nächste bist.«

»Die Nächste?« Ich schlucke heftig, denn die Richtung, in die sich das Gespräch entwickelt, gefällt mir gar nicht. »Die nächste was?«

Mr Teifert lächelt und streckt mir die Hand hin. »Herzlichen Glückwunsch, Rayne McDonald. Du bist die Auserwählte. Slayer Inc.s neue offizielle Vampirjägerin.«

Fortsetzung folgt ...

Glossar

BTW = by the way	übrigens
IMO = in my opinion	meiner Meinung nach
OMG = Oh my God	Oh mein Gott!

Jaclyn Moriarty

Der Club der nackten Wahrheiten

Die 15-jährige Elizabeth kämpft sich durch ihren Teenageralltag – und zwar mehr schlecht als recht. Gäbe es einen „Club der nackten Wahrheiten“, so würde dieser ihr in einem freundlichen Brief raten, in den Kühlschrank zu steigen und nie wieder herauszukommen. Es sei denn, sie wurde endlich ihre Schäfchen-Patchworkdecke entsorgen, Lippenstift benutzen und sich auch sonst wie einer normaler Teenager benehmen.

328 Seiten. Arena Taschenbuch.
ISBN 978-3-401-02951-1

www.arena-verlag.de